AF569831

Place Furstenberg

DE LA MÊME AUTEURE

Aux Éditions Héloïse d'Ormesson :

Jamais pas là par hasard, 2023.

À l'adresse du bonheur, 2022 ; Le Livre de Poche, 2023.

Face à la mer immense, 2021 ; Le Livre de Poche, 2022.

J'ai failli te manquer, 2020 ; Le Livre de Poche, 2021.

Tout ce que tu vas vivre, 2019 ; Le Livre de Poche, 2020.

Poste restante à Locmaria, 2018 ; Le Livre de Poche, 2019.

Les Couleurs de la vie, 2017 ; Le Livre de Poche, 2018.

Entre ciel et Lou, 2016 ; Le Livre de Poche, 2017.

J'ai rendez-vous avec toi, 2014 ; Le Livre de Poche, 2021.

Aux Éditions Robert Laffont :

Couleur champagne, 2012 ; Pocket, 2022.

La Mélodie des jours, 2010 ; J'ai lu, 2021.

Le Chant de la dune, 2009.

Une vie en échange, 2008.

Nous n'avons pas changé, 2005 ; J'ai lu, 2006.

Le Bateau du matin, 2004 ; J'ai lu, 2006.

24 Heures de trop, 2002 ; J'ai lu, 2004.

L'agence Changer tout, 2003 ; J'ai lu, 2023.

Aux Éditions Denoël :

Le Talisman de la félicité, 1999.

Aux Éditions Flammarion :

Le Phare de Zanzibar, 1998 ; J'ai lu, 2003.

Château en Champagne, 1997 (prix Anna de Noailles de l'Académie française 1998) ; J'ai lu, 1999.

De toute urgence, 1996 (prix Littré de l'Académie Littré des écrivains médecins 1997) ; J'ai lu, 1998.

Inédits aux Éditions J'ai lu :

Taxi maraude, 1992.

Jeanne, sans domicile fixe, 1990.

LORRAINE FOUCHET

Place Furstenberg

ROMAN

© Éditions Robert Laffont, S.A., 2007

Le Code de la propriété intellectuelle interdit les copies ou reproductions destinées à une utilisation collective. Toute représentation ou reproduction intégrale ou partielle faite par quelque procédé que ce soit, sans le consentement de l'auteur ou de ses ayants droit ou ayants cause, est illicite et constitue une contrefaçon sanctionnée par les articles L335-2 et suivants du Code de la propriété intellectuelle.

À la librairie « Comme un roman » à Chatou,
et à la lectrice qui, pendant que j'y dédicaçais,
m'a parlé du parrain de mon frère
alors que je suis fille unique.

1

Quand je dis que ma sœur et moi sommes filles uniques, cela signifie que nos parents n'ont pas eu de garçon.

Certains viennent au monde avec une cuiller en argent dans la bouche, nous avons eu un as dans notre manche : notre père était Hubert Saint Jean, l'acteur de théâtre. Nous étions ces petites filles bouclées qu'il tenait par la main dans la rue et sur lesquelles il se penchait du haut de son mètre quatre-vingt-douze. Les gens se retournaient parfois sur notre passage, nous le partagions avec les inconnus que nous croisions, vous aviez bien le droit de l'aimer, vous aussi.

Ma sœur est devenue actrice, moi écrivain, deux manières diverses d'être reconnues et portées par ceux qui, autrefois, applaudissaient Hubert. Mais qu'on ne s'y trompe pas : vous n'avez pas idée de la force du lien qui nous unit. Aucune de nous n'hésiterait à tuer pour protéger l'autre.

Nous nous appelons Marie Amélie, en deux mots : elle est Marie, je suis Amélie. Nous avons toujours appelé notre père Hubert, et notre mère maman. Je serais incapable de vous dire pourquoi, ni qui est à l'origine de cela. Est-ce Hubert ? Est-ce maman ? L'avons-nous décidé Marie et moi ?

L'été de nos quinze ans, serrées l'une contre l'autre, nous avons suivi le cercueil d'Hubert dans l'église Saint-Roch, la paroisse des comédiens, au milieu d'un parterre d'acteurs venus par amitié ou par ambition. Il était moins grand couché. Il avait passé sa vie sur les planches des théâtres, on l'a enfermé entre quatre planches de bois verni. À l'époque de Molière on enterrait les acteurs de nuit comme des pestiférés mais les temps ont changé. J'étais sûre qu'Hubert aurait aimé qu'on l'applaudisse une dernière fois, pourtant je n'ai pas osé. Le silence, dans cette église, était assourdissant.

Aujourd'hui, dix ans plus tard, des lecteurs me demandent parfois : « Amélie Saint Jean... vous êtes de la famille d'Hubert Saint Jean ? », mais cela arrive moins souvent qu'avant. D'autres acteurs l'ont remplacé, à commencer par Marie qui joue dans la série télévisée de l'été. Le spectacle continue, on a oublié notre père. Moi, je me souviens de tout, chaque minute de nos années bonheur est gravée dans ma tête.

2

Au temps d'Hubert, nous étions bien partout ; après, j'ai mis des années à me sentir à l'aise quelque part. Je respire mieux depuis que je suis publiée, sans doute parce que je m'efface derrière mes mots, que mon vide est rempli par mes livres.

Cet après-midi je dois dédicacer mes livres dans une librairie de Chatou. Marie me demande à quelle heure j'y vais et veut m'obliger à grignoter quelque chose. Je refuse, j'en serais incapable. Je ne devrais pas avoir le trac, je me suis déjà pliée à cet exercice, pourtant cela demeure une épreuve. Je crains d'être ridicule, de décevoir le libraire qui a commandé des caisses de livres, de désappointer mon éditeur, de ne pas être à la hauteur du nom de notre père.

Dans ces moments-là, je regrette d'avoir écrit un jour un mot devenu une phrase, puis un chapitre, puis un manuscrit que j'ai osé envoyer par la poste à un éditeur. Dans ces moments-là, je rêve d'un ermitage au fond d'une forêt perdue où je pourrais me confier à un cahier qu'on ne lirait qu'après ma mort. Et puis ça passe, je m'arme de courage, je dompte ma peur. Tout le monde me croit enthousiaste et sûre de moi, sauf Marie qui me connaît comme si elle m'avait faite. Tout le monde la croit heureuse et épanouie, sauf moi qui la connais par cœur. Je doute, mais j'ai du talent pour le bonheur, c'est incontestable. Marie sait briller en société et faire illusion mais elle n'est pas douée pour la félicité, c'est indéniable. Parce que nos qualités s'additionnent, nos défauts se voient moins.

Je préviens ma sœur que je prends la voiture. Nous possédons en commun une petite Fiat 500 verte que nous surnommons la Laitue, si vieille qu'elle vaudrait cher si elle était un whisky.

Depuis la mort de notre père nous habitons chez oncle Georges et tante Pauline, dans un village des Yvelines qui s'appelle Montesson. Autrefois, nous vivions avec nos parents place Furstenberg, à Paris, dans le sixième arrondissement. Hubert était sociétaire à la Comédie-Française, nous menions une existence dorée. Mais un matin il s'est disputé avec l'administrateur et a claqué la porte de la grande maison pour se tourner vers le théâtre d'auteur, moins populaire. Hubert avait beau être aimé, le public boudait parfois les pièces aux sujets trop ardus. Il s'en rendait à peine compte, trop absorbé par son plaisir de jouer. Il a continué à vivre sur le même pied alors qu'il aurait dû réduire ses dépenses. Il ne thésaurisait pas, il estimait que l'argent se partage, il invitait sa bande d'amis au restaurant, il offrait des tournées générales, il nous couvrait de cadeaux.

Bientôt maman n'a plus supporté cela, elle est repartie seule dans son pays, l'Italie. Et nous sommes restés tous les trois à nous serrer les coudes. La vie a été moins facile, l'argent est devenu plus rare, la passion d'Hubert pour sa vocation demeurait intacte. Jusqu'à son infarctus.

J'ouvre le cartable en cuir que ma sœur m'a offert afin de me porter chance. J'y glisse les accessoires indispensables, carnet, crayon, une petite bouteille d'eau et le stylo d'Hubert dont je ne me sépare jamais. La glace me renvoie mon reflet : mes cheveux noirs bouclés tombent sur mes épaules, j'ai les yeux bleus de notre père, les traits fins et la peau mate de notre mère, je suis un peu trop grande donc je porte des talons plats, et deux fichus kilos à perdre m'empêchent d'enfiler mon jean taille basse préféré. J'ai choisi un pantalon en lin rouge et un petit chemisier bleu cintré, j'ignore à quoi doit ressembler une femme écrivain, je n'ai pas envie de me fabriquer un personnage, je ne veux pas tricher, les lectrices me prendront comme je suis, ce que je dégage se retrouve dans mes pages, je joue franc jeu.

Ne croyez pas que je sois du genre blasé, je suis très consciente de la chance que j'ai : être publiée si jeune est rare, mais à double tranchant. Je n'ai pas plus de talent qu'une autre, j'ai juste frappé à la bonne porte au bon moment. Le fait d'être la fille d'un homme connu m'a sans doute facilité les choses, cela m'a aussi desservie, impossible de prétendre le contraire, je n'y peux rien, c'est mon histoire, on n'échappe pas à sa trame familiale. Ma jeunesse a intrigué mais je n'ai pas couché pour réussir, ce n'est pas une tradition dans l'édition. Je sais qu'on m'attend au tournant, qu'on ne me fera pas de cadeau. Dans mon premier roman j'ai parlé de gémellité, c'est peut-être ce qui a fait pencher la balance en ma faveur. Dans le second je traite des rapports entre père et fille.

J'écris à partir de mon propre fonds, le contraire serait impossible. J'écris là où cela pulse, là où j'ai mal, où je me sens différente, où j'ai envie de hurler. Peut-être qu'un jour j'aurai tout utilisé, tout partagé, tout raclé, tout gratté, tout mis à nu. Ce jour-là, j'arrêterai et je me reposerai enfin. Ce jour-là, je pourrai glisser et mourir. Serai-je encore jeune ou déjà vieille ? Serai-je comblée ou dans un vide abyssal ? Au moins j'aurai réalisé mon rêve, ce n'est pas donné à tout le monde. Je ne laisserai pas derrière moi une œuvre magistrale, je n'ai pas cette ambition.

C'est venu presque tout de suite, le besoin, l'exigence d'écrire, comme une réponse aux tirades d'Hubert sur scène. C'est venu et cela a justifié ma vie, lui donnant couleur, saveur, sens. Grâce aux mots, je suis passée du noir et blanc au technicolor. Ne vous y trompez pas : j'existe à cause d'eux, non le contraire. Cela a à voir avec l'enfance, avec la présence formidable, écrasante, magnifique de notre père. Cela détermine et explique tout.

Pour m'encourager, Marie dit avec conviction : « Tu vas signer des tas de livres, Amélie, j'en suis sûre. Tu te souviens de ces écrivains que tu regardais dédicacer avec admiration ? C'est ton tour à présent ! »

Je lui souris alors qu'intérieurement je n'en mène pas large. Dédicacer est une preuve de confiance du libraire, une preuve de reconnaissance du public, mais c'est aussi se jeter dans la gueule du loup, s'offrir en pâture aux lecteurs. S'ils viennent, je leur expliquerai les thèmes que j'aborde. S'ils ne viennent pas, je plaquerai sur ma figure un sourire benêt et j'écouterai s'égrener les heures en regardant le libraire arpenter avec anxiété les travées.

Être jeune et femme aide, les gens compatissent et s'approchent. L'an dernier, lors de la sortie de mon premier roman, j'avais envie de leur crier que j'avais mis mes tripes dans ce livre, mon cœur battait la chamade lorsqu'ils s'approchaient... et, me prenant pour la responsable des lieux, me demandaient une gomme, du papier cadeau, les livres pour enfants ou le dernier roman de Marc Levy. Maintenant cela va mieux, certains m'ont déjà lue, je récidive, je confirme, je persiste.

Marie ne passe pas par les mêmes affres, les tournages ne se font pas devant les téléspectateurs, les acteurs n'entendent pas ce qui se dit de l'autre côté de l'écran. Les critiques les jugent, l'audimat décide de leur notoriété, le résultat est aussi sanglant mais on a au moins le temps de se composer un visage, le décalage amortit le choc.

Hubert a-t-il eu les mêmes difficultés quand il a commencé le théâtre ? Je ne le lui ai jamais demandé, maintenant c'est trop tard. Depuis dix ans qu'il a disparu, les questions sans réponse s'accumulent, torturantes, meurtrières. On devrait profiter de la présence de ceux qu'on aime, ne jamais remettre au lendemain, oser, interroger. Parce que nous avons vécu trop peu de temps près de lui, j'ignore qui était notre père dans son enfance ou sa jeunesse.

Je souffre d'une carence aiguë d'Hubert et aucun médicament de la pharmacopée n'y remédiera, alors je lui redonne vie dans mes romans. Marie l'a aimé autant que moi mais elle a choisi de tirer un trait sur le passé et de ne plus parler de lui. Je respecte le choix de ma sœur, ce n'est pas de l'indifférence, c'est une plaie ouverte, une escarre. Moi, j'ai recollé les morceaux autrement.

En ce samedi de début d'été, le village de Montesson est calme, des oiseaux se chamaillent sur la branche du cerisier, la cour de récréation est vide dans l'école maternelle de la rue du Lavoir. Je marche d'un pas dansant vers notre Laitue vingt ans d'âge garée sur le trottoir d'en face. Un cycliste descend la rue, m'aperçoit et freine. Il ouvre une bouche pleine de dents très blanches, s'écrie :

— J'espère que ce crétin de Rodolphe va changer d'idée !

Je mets plusieurs secondes à comprendre. Rodolphe est un des protagonistes de la série télévisée dans laquelle joue Marie. Le cycliste me prend pour Charlène. Enfin, il me confond avec ma sœur jouant le rôle de Charlène.

Je balbutie :

— Oui... moi aussi !

Il me considère avec étonnement, hausse les épaules, se remet à pédaler.

Un jour, ma sœur et moi en avons eu assez de préciser chaque fois laquelle était laquelle, Marie ou Amélie. Nous avons alors pris le parti de laisser les gens croire que nous sommes celle qu'ils désirent. Il faut dire que Marie est née exactement deux minutes avant moi. Nous sommes de vraies jumelles miroirs, semblables, interchangeables. Quand nous nous regardons dans la glace, nous avons chacune l'impression de voir l'autre.

3

Je gare la Laitue près de la station RER de Chatou. La librairie s'appelle Comme un roman, cela ne s'invente pas. La libraire a agrandi le portrait au dos de mon dernier livre, elle a ajouté en rouge dessous : « L'auteur dédicace aujourd'hui de 14 heures à 18 heures. » Mais l'auteur a des papillons dans l'estomac et envie de se cacher sous sa couette. Je serre les poings, je me cravache mentalement, j'accroche sur mon visage un sourire chaleureux et à l'aise, j'entre d'un pas décidé et je lance :

— Bonjour, je suis Amélie Saint Jean !

La libraire me retourne mon sourire puis me tend un délicieux thé à la menthe. Je ressemble à ma sœur et à ma photo. Mon téléphone portable couine pour me prévenir que j'ai reçu un SMS. Je consulte l'écran. Ma jumelle m'écrit : *Suis fière de toi.*

Elle a toujours su trouver les mots justes, aller à l'essentiel, viser la cible au centre. Moi, j'ai besoin de phrases ponctuées de silences.

L'après-midi passe vite, la libraire a bien travaillé en amont et ses clients sont fidèles. Des femmes entrent par vagues, se dirigent vers la table derrière laquelle je me cache à l'abri de mes livres.

— Ma mère a quatre-vingts ans, je cherche un cadeau pour son anniversaire, votre dernier roman lui plairait ?

— Ma fille a dix-huit ans, les jeunes lisent si peu, lequel me conseillez-vous ?

Je m'adapte, je réfléchis, je discute. Je décourage un monsieur qui veut offrir mon livre à son fils de huit ans, la littérature jeunesse lui conviendra mieux. Une femme s'approche, l'œil pétillant. Elle a forcé sur le shampooing à reflets roux, ses cheveux sont couleur carotte.

— Vous êtes la fille d'Hubert Saint Jean, n'est-ce pas ? Votre père était un grand monsieur.

J'approuve, émue. Ne serait-ce que pour cet instant, je suis mieux ici que partout ailleurs. Se mettre en danger, c'est aussi risquer un moment de bonheur. Je crispe les doigts sur le vieux stylo à la plume en or, éraflé, mordillé, précieux, unique.

Elle m'annonce :

— J'ai quelque chose à vous montrer.

Parfois, les gens m'apportent un ancien programme de théâtre ou un article de journal jauni qui parle de notre père. Cela m'émeut au plus haut point, cette fidélité par-delà la mort. Cela fait partie des raisons pour lesquelles je m'expose ainsi. L'espace de quelques secondes, ces inconnus font irruption au cœur de ma famille. Ils me touchent au plus fragile, leurs pères sont mon père, leurs souvenirs sont miens, nos yeux se croisent, nos sourires se reconnaissent. Puis nous nous quittons du regard et chacun réintègre son monde, je ne suis plus qu'un écrivain laborieux, ils ne sont plus que des lecteurs anonymes, la magie est rompue.

Marie éprouve exactement le sentiment inverse sur les plateaux de tournage quand un technicien qui a autrefois travaillé avec Hubert au théâtre s'avance pour évoquer notre père. Elle ne ressent ni connivence ni fraternité, seulement de la colère contre l'inconnu maladroit qui se permet de mentionner cet absent qu'elle refuse de nommer. Nous avons les mêmes traits et des façons d'aimer notre père opposées. Vous vous rappelez cette chanson de Gainsbourg où Jane Birkin chante *Fuir le bonheur de peur qu'il ne se sauve* ? J'ai choisi de me souvenir du bonheur pour le raconter. Ma sœur jumelle préfère le nier à présent qu'il s'est enfui.

La femme aux cheveux carotte plonge la main dans un élégant sac Vuitton, en sort un grand cadre en argent qui contient une photo en noir et blanc, me le tend. Je le saisis, je reconnais Gustave Dalba, dit Gus, le meilleur ami de notre père. Ils ont fréquenté le même cours de théâtre dans leur jeunesse puis Gus s'est tourné vers le cinéma et la télévision.

C'est un fantôme de notre passé. Je ne l'ai pas revu depuis dix ans, très exactement depuis l'enterrement d'Hubert. Place Furstenberg, après que maman eut disparu de la circulation, nous étions nombreux chaque soir autour de la table, et Gus avait sa place attitrée près de la cheminée. Hubert, Marie et moi préparions des assiettes de charcuterie, des spaghettis carbonara, des omelettes pantagruéliques. Les cadavres de bouteilles se succédaient. Hubert et Gus se donnaient la réplique en déclamant les grands rôles classiques. Aucun texte n'était censuré. Notre père nous a eues tard, ses amis étaient de sa génération et nous fascinaient. Marie et moi avons baigné très jeunes dans cette atmosphère de passion et de tolérance. On ne nous traitait pas en gamines, nous avions droit à la parole, à tous les livres, à tous les rêves.

Je secoue la tête pour chasser les souvenirs, cette époque est bien loin, il y a prescription. Je m'efforce de sourire à la femme aux cheveux carotte qui a sûrement cru me faire plaisir.

Elle dit :

— Vous le reconnaissez ?

— Bien sûr, c'est Gus ! Nous nous sommes perdus de vue ces dernières années. Comment va-t-il ?

Elle hausse les sourcils.

— Il est mort il y a cinq ans, d'une embolie. Vous ne saviez pas ?

Je secoue la tête. Derrière elle, d'autres lectrices piétinent mais je n'ai pas envie qu'elle parte, elle est ce fil ténu qui me rattache à hier, elle est le trou noir où ma mémoire vient de s'engouffrer.

Indifférente aux gens qui la bousculent, elle reprend :

— Gus était mon parrain. J'ai pensé que voir cette photo vous ferait plaisir puisqu'il était aussi le parrain de votre frère !

La librairie devient soudain floue. Les étagères couvertes de livres se mettent à danser. Mon portrait agrandi me considère d'un air narquois. Je vacille et me raccroche à la table.

— Pardon ?

Ma voix est rauque, étrange. Mes mains, agrippées à la table, se mettent à trembler.

La femme pense que j'ai mal entendu, elle se penche et hausse le ton :

— J'étais la filleule de Gus, comme votre grand frère. Je me rappelle, il nous achetait toujours le même cadeau en double.

Elle a dit cela et mon front se couvre de sueur. Elle a dit cela et mon estomac se tord d'angoisse. Je pâlis aussi, sans doute, car elle s'en rend compte.

Elle s'inquiète :

— Ça ne va pas ?

Si. Très bien. On ne peut mieux. Sauf que Marie et moi n'avons jamais eu de frère.

4

Je continue à dédicacer mécaniquement mes livres, le cerveau en ébullition. Avant de partir, la filleule de Gus m'a donné ses coordonnées, elle habite juste à côté, nous sommes convenues que je passerai chez elle tout à l'heure en quittant la librairie.

Je n'ai qu'une envie, téléphoner à Marie pour lui raconter ce qui vient de m'arriver, puis foncer chez cette femme pour en savoir plus. Gus, qui était sans conteste le meilleur ami d'Hubert, n'a été le parrain d'aucune de nous deux. Nous ne nous sommes jamais demandé pourquoi. Nous aurions dû, pourtant. Si cette inconnue dit la vérité, la réponse s'impose aujourd'hui : il était déjà parrain d'un autre enfant de notre père.

Nous aurions donc un frère ? Né, forcément, d'une autre femme que maman, sinon nous le saurions ? Né, sûrement, avant le mariage de nos parents, sinon ce ne serait pas un grand frère ?

L'idée me bouleverse, me ravit, m'excite et me trouble. J'ai Marie, mon portrait, ma semblable, mon double. Mais un frère aurait, j'en suis persuadée, les traits et la voix de notre père, il marcherait comme lui, légèrement voûté, il aurait ses mains, ses gestes, son panache, son charme. Il ressusciterait pour nous Hubert, il serait le rire retrouvé, l'espoir renouvelé, une sorte de phénix. Nous ne serions plus toutes les deux seules au monde. C'est comme si, par-delà la mort et dix ans après, Hubert nous envoyait un remplaçant.

Ma sœur et moi avons été des bébés faciles puis des enfants sages, nous jouions dans notre coin, sans gêner, dans les coulisses, pendant que notre père et ses camarades répétaient. Lors des matinées du dimanche, avant de monter sur scène, il se promenait avec nous devant la Comédie-Française ou dans les jardins du Palais-Royal, sous les fenêtres de la grande Colette. Il ne s'énervait pas quand des inconnus l'abordaient pour avoir un autographe, il nous présentait gravement et ses yeux pétillaient. Quand il nous emmenait au restaurant et qu'entrait un petit vendeur de fleurs, il ne l'envoyait jamais paître mais nous offrait une rose à chacune. À la fin des représentations, quand le public applaudissait, il nous cherchait des yeux. Le jour de notre anniversaire, il annonçait :

— Aujourd'hui j'ai joué pour deux jeunes personnes qui me sont chères, Amélie et Marie Saint Jean !

Malgré tout cela, nous aurions un frère ? Je n'arrive pas à le croire. Et pourtant, je vous le jure, c'est comme si je l'avais toujours su.

Un homme ne peut pas disparaître ainsi, se résumer à une messe, un cercueil, des programmes de théâtre, un stylo à la plume en or et l'écho d'un rire contagieux. Quelque chose devait se passer, quelqu'un devait venir. Hubert aimait prendre son temps, il était toujours en retard sauf pour monter sur scène. Nous faire cette surprise tant d'années après, c'est bien son style.

La nuit est tombée quand j'émerge enfin de la librairie, épuisée. Un avion passe très haut, les Yvelines sont situées sous le couloir aérien d'Orly. Je me réfugie à l'abri de la Laitue, je sors mon portable, j'appelle ma jumelle qui voit mon nom s'afficher sur son écran.

— Alors ? Tu en as signé combien ?

— Il faut que je te dise...

Je déglutis avec peine tellement je suis émue.

— Tu as une voix bizarre, Amélie, ça va ?

— J'ai une nouvelle incroyable à t'annoncer !

— Attends, je suis au volant et il y a un policier au carrefour, je te reprends dans une minute.

Je fronce les sourcils, c'est pourtant moi qui aujourd'hui dispose de notre voiture commune. Marie revient en ligne.

— Amélie ? Tu es toujours là ?

— Tu conduis quoi ?

— La Porsche de Bertrand.

Bertrand est le réalisateur d'*Uriel et les fantômes*, la série télévisée dans laquelle joue Marie, et il est aussi son amant depuis peu. Il a gonflé le rôle de ma sœur pour s'attirer ses bonnes grâces, elle est la plus jeune actrice du casting. J'aimerais être certaine qu'il est sincère avec elle. La série triomphe, le scénario mêle fantastique et polar noir, l'audimat est excellent, la production jubile, les responsables de la chaîne exultent, tout le monde en parle et Bertrand a la grosse tête.

— Gare-toi, j'ai quelque chose de très important à te dire.

— Je t'écoute. Bertrand est à côté de moi, il t'embrasse ! précise Marie pour me prévenir qu'elle n'est pas seule.

Je secoue la tête. Pas comme ça. Ce que j'ai à lui révéler n'appartient qu'à nous. Je dis :

— Je t'expliquerai à la maison. Tu rentres à quelle heure ?

— Tu te crois drôle ?

Je viens de faire la gaffe du siècle. Cette histoire de frère m'a tellement bouleversée que j'en ai oublié que nous sommes samedi, jour de la diffusion hebdomadaire d'*Uriel et les fantômes*. Marie rentre d'autant plus tôt que nous serons une dizaine à Montesson devant le grand écran plasma. C'est devenu un rite incontournable. Chacun apporte un plat froid ou une bouteille et nous picorons en suivant les péripéties de Charlène et de l'inénarrable Rodolphe face aux fumeux mystères mis en images par Bertrand.

Je rectifie le tir :

— Non, je voulais dire, tu rentres directement ?

Marie éclate de ce rire frais que je connais par cœur, qui désarme ceux qui lui en veulent et faisait craquer notre père.

Elle me taquine :

— Je te connais, tu avais oublié ! C'est normal, tu as eu une journée éprouvante.

Marie me comprend parfois mieux que je ne me comprends moi-même. Je m'étonne que ce soir elle ne sente pas l'urgence dans ma voix. La proximité de l'ineffable Bertrand doit brouiller ses antennes.

— À tout à l'heure, dis-je avant de raccrocher, tendue, déçue et frustrée.

Les hypothèses jaillissent dans ma tête. Ce frère tombé du ciel, sait-il que nous existons ? Pourquoi ne s'est-il fait connaître ni du vivant de notre père ni après sa mort ? Quel nom de famille porte-t-il ? Nous en veut-il d'être les jumelles légitimes, les enfants reconnues ? Enfin, question essentielle : qui est sa mère ?

Hubert était un Casanova de théâtre, un passionné de textes, je l'ai vu pleurer de désir sur les planches mais je ne l'ai jamais imaginé dans le lit d'une autre femme que maman.

La première fois qu'un garçon m'a fait l'amour, j'ai été obsédée par une pensée absurde. Je me demandais si, du haut du ciel, à travers les nuées, mon père me voyait et s'il était choqué. Je n'ai pas songé une seconde qu'il avait lui aussi tremblé et joui. Les parents font des enfants, c'est un fait acquis. Hubert s'est marié à quarante-cinq ans avec maman qui en avait vingt-cinq, notre âge aujourd'hui. Il avait sûrement aimé avant de la rencontrer ? Qui ? Où ? Quand ?

Marie et moi avons découvert l'amour physique le même jour, avec deux garçons différents bien sûr. Nous avons gambadé dans le soir comme deux jeunes filles, nous sommes entrées dans deux appartements distincts, nous avons embrassé et étreint nos premiers amants, nous sommes ressorties au matin heureuses, en marchant comme marchent les femmes. Ce n'était pas prémédité, cela s'est passé ainsi. Le même jour. Presque à la même heure. Toute notre vie, nos bouleversements ont été concomitants, nos rages simultanées, nos ivresses synchrones. Ce soir, pourtant, je suis seule à être fébrile. Ce soir, exceptionnellement, nous ne sommes plus en phase.

5

Il y a beaucoup de cambriolages dans la région, pourtant le portillon de la lectrice aux cheveux carotte n'est pas fermé et je cherche en vain une sonnette. Je rassemble mon courage et j'entre dans le jardin.

— Il y a quelqu'un ?

Personne ne me répond. Je pousse plus loin, hésitante. La propriétaire n'a pas l'air du style à posséder un chien d'attaque mais on ne sait jamais.

Son jardin lui ressemble, fantasque et fouillis. L'herbe pousse entre les pavés disjoints, une vigne court le long du mur, des rosiers jamais taillés ploient sous le poids de fleurs cramoisies, une balancelle déglinguée rouille en paix.

— Ohé ! C'est Amélie Saint Jean ! Vous êtes par là ?

Un bruissement, je me retourne. Elle est là qui m'observe, ses cheveux de feu auraient besoin d'un coup de peigne, elle s'est changée et porte une salopette rose. Elle esquisse une curieuse révérence de petite fille, m'entraîne dans une véranda où trônent trois tables de bridge au tapis de feutre vert couvertes de cartes étalées devant d'invisibles joueurs. Elle dit :

— J'ai bien vu, tout à l'heure, vous ne m'avez pas crue quand je vous ai dit que Gus était mon parrain. Vous n'avez qu'à demander à votre frère, il vous le confirmera !

Je me racle la gorge.

— Je vais avoir du mal...

— Vous êtes fâchés ?

Je secoue la tête, livide.

— Je n'ai qu'une sœur. Aucun frère. Vous êtes sûre de ne pas confondre avec quelqu'un d'autre ?

Elle me dévisage, stupéfaite. Son regard ne flotte pas, elle a l'air de quelqu'un de sensé.

— Je ne comprends pas. Vous êtes bien la fille d'Hubert Saint Jean, l'acteur de la Comédie-Française ?

— Oui.

— Votre père était bien l'ami de Gus Dalba ?

J'acquiesce.

— Vous habitiez bien à Saint-Germain-des-Prés ?

— Place Furstenberg.

— Vous avez bien une jumelle ?

— Marie, dis-je dans un souffle.

Je ne reconnais pas ma voix, pointue et sifflante. Je ne me reconnais pas non plus dans le reflet que me renvoie la vitre poussiéreuse de cette véranda où des bougies odorantes diffusent un parfum capiteux.

— Alors je ne me trompe pas ! s'exclame mon hôtesse, rassurée. Ici c'est la maison de mes parents, j'en ai hérité. Quand il n'était pas en tournage, Gus venait déjeuner chaque dimanche, puis il jouait au bridge avec nous. Maintenant je gagne ma vie grâce aux cartes, je suis championne de bridge, mais petite, je n'aimais pas les jeux de société. Gus m'a raconté que votre frère les adorait.

J'écoute, pétrifiée. Elle reprend :

— Gus jouait souvent aux échecs avec votre frère. Je n'ai jamais su son prénom, Gus disait *mon filleul préféré, ma filleule préférée*. La belle affaire, il n'avait que nous deux comme filleuls et, je vous l'ai dit, il nous achetait les mêmes cadeaux en double !

Elle sourit. Je recule, bouleversée.

— J'ignore de qui vous parlez. Notre père est mort il y a dix ans et nous n'avons aucun frère !

Ma voix se brise. La femme semble confuse.

— Je suis navrée, j'étais persuadée... Enfin, je ne pouvais pas deviner, n'est-ce pas... Gus n'a jamais fait mystère... Je ne me doutais pas...

J'imagine qu'en jouant aux cartes elle sait se composer un visage impassible, mais là elle perd pied, se rattrape en me proposant du thé. Je déteste le thé, pourtant j'accepte pour qu'elle s'éloigne et me donne le temps de me ressaisir.

Je reste seule dans la véranda. Je frissonne et je sens la nausée qui monte. L'évocation de notre père et de ce fils inconnu me serre le cœur. Pourquoi nous l'avoir caché ? Je ne doute pas une minute de la véracité des propos de la femme aux cheveux carotte, quel intérêt aurait-elle à inventer cette histoire ?

J'imagine Gus, achetant deux cadeaux semblables pour ses deux filleuls, un garçon et une fille. Des cadeaux unisexes, forcément, pas de soldats ni de poupées mais des peluches, puis des jeux, puis des livres. Une bile amère me vient aux lèvres et je me précipite dans le jardin pour vomir au pied d'un rosier joufflu qui n'a pas mérité cela.

J'aurais donné ma tête à couper qu'Hubert n'avait pas de secrets pour nous. J'aurais mis ma main au feu que nous connaissions tout de lui. Ce soir, cette inconnue me met échec et mat.

Je regrette l'absence de Marie, elle saurait poser les bonnes questions, trouver la solution de cet imbroglio. Seule, je suis submergée.

— J'espère que vous aimez le thé vert ? vérifie mon hôtesse en se matérialisant au seuil de la véranda.

Je bredouille un vague assentiment et j'avale une gorgée brûlante. Il faut qu'elle réponde à mes interrogations sinon je vais exploser. Je demande :

— Donc, vous ne connaissez pas le prénom de... l'autre filleul ?

J'imagine un clone d'Hubert en train de manier les pièces anciennes de l'échiquier marqueté qui trônait dans le salon de Gus.

— Non.

— Vous savez où il habitait à l'époque ?

— Je croyais qu'il vivait avec vous. Gus vous présentait comme une famille unie... normale !

— Vous l'avez rencontré ?

Elle secoue la tête.

— Non, mais Gus parlait si souvent de lui que j'avais l'impression de le connaître.

— Il avait quel âge, par rapport à vous ?

Elle répond sans hésiter à ma question implicite.

— J'ai trente-cinq ans. Gus disait que nous étions dans la même classe, nous avions donc sensiblement le même âge.

Dix ans de plus que Marie et moi. Notre frère, s'il existe, est donc né bien avant le mariage de nos parents, bien avant leur première rencontre dans les coulisses de la Comédie-Française.

Maman venait d'y arriver comme habilleuse, elle était encore maladroite, elle a piqué Hubert avec une épingle en ajustant directement sur lui son costume de scène. Le sang a perlé du doigt d'Hubert, et Maman s'est carrément évanouie. Je ne blague pas, elle n'a jamais supporté la vue du sang, quand nous nous blessions, enfants, elle glissait doucement à terre et nous n'avions plus qu'à nous débrouiller avec les moyens du bord.

Donc, maman s'est effondrée dans les bras d'Hubert qui piaffait dans les coulisses. Il jouait une pièce de Molière, son partenaire a lancé sa dernière réplique, c'était à lui. Il ne voulait pas abandonner cette jeune fille inconnue, de surcroît ravissante, il n'a pas osé la reposer par terre, inconsciente, alors il est entré en scène en la portant comme si c'était prévu. En bon professionnel, son partenaire n'a pas sourcillé. Le metteur en scène a failli avoir une attaque. Et Hubert a récité toute sa tirade avec sa future femme dans les bras. Elle ne pesait pas lourd. Malgré leurs vingt ans de différence, il en est tombé amoureux au premier instant. Elle a repris conscience sur les planches, devant le public, et a eu la présence d'esprit de ne pas s'en étonner. Elle a seulement murmuré, avec son accent chantant, qu'elle s'appelait Elena.

Je chasse les souvenirs, je demande d'un ton pressant à la championne de bridge :

— Vous avez une idée de qui est sa mère ?

— Je pensais que c'était la vôtre !

Inutile d'insister. Comme Gus, ses parents sont décédés. Elle est fille unique. Elle ne m'apprendra rien de plus. À nous de remonter la piste.

À cette minute, je ne doute pas une seconde de l'intérêt que Marie portera à cette quête. Je n'ai aucune raison de penser que ma sœur, mon autre moi-même, pourrait avoir une réaction différente de la mienne. Quoi de plus important, à ce stade, que de substituer la vérité au mensonge et de retrouver notre frère perdu ?

6

Quand j'arrive chez oncle Georges, un joyeux brouhaha monte de la maison illuminée. C'est *sa* maison, pas *notre* maison. Enfin, *leur* maison puisqu'il est marié avec tante Pauline. Ils nous ont recueillies après la mort d'Hubert avec lequel Georges, son cadet de cinq ans, était brouillé depuis des années. Nous vivons chez eux, pas chez nous. Georges nous héberge par devoir. Pauline nous supporte, on ne peut pas lui reprocher de nous en vouloir, elle avait choisi de ne pas avoir d'enfants, elle était bien tranquille jusqu'à ce que nous déboulions dans son existence. Elle ne dit jamais un mot plus haut que l'autre, jamais un mot tendre non plus. Nous cohabitons dans une indifférence glacée. Ma sœur et moi essayons de ne pas trop gêner. C'est le premier grand rôle de Marie à la télévision, elle ne gagne correctement sa vie que depuis cette année. Moi, je viens seulement de publier mon second roman. Nous n'avons pas encore les reins assez solides pour prendre un appartement seules. Bientôt, j'espère que ce sera possible.

La Porsche grise de Bertrand est garée dans la rue près de la CX décapotable de Cyril, mon petit ami. Mimmo, notre voisin, est venu à pied en traversant la rue. Georges, journaliste politique dans la presse écrite, invite chaque samedi des amis différents pour varier les plaisirs. Ce soir c'est François, un confrère, flanqué d'une ravissante jeune blonde prénommée Eurydice qui pourrait être sa fille et dont le chemisier Prada découvre un ventre plat au nombril tatoué d'un papillon. Notre oncle et son ami portent veste et cravate, tante Pauline a opté pour une élégante robe noire, ma sœur est en jean avec des baskets assorties à sa veste rose.

Le champagne est au frais. Bertrand, qui n'en boit pas, a apporté son whisky personnel, un Caol Ila qu'il ne partagera avec personne. Il doit bouillir dans son ensemble en cuir mais il faut souffrir pour être tendance. Le grand écran ultraplat diffuse la fin des prévisions météo, quelqu'un a coupé le son, la présentatrice articule absurdement des mots que personne n'entend. Dans quelques minutes, après les publicités, nous aurons les yeux rivés sur le quatrième épisode d'*Uriel*.

Cyril s'avance vers moi et me prend dans le faisceau de son regard troublant.

Cyril est d'une beauté à couper le souffle, au sens littéral du terme. Il a des yeux verts fascinants, dérangeants, irréels, pour lesquels on se damnerait. Ses cheveux bruns gominés sont rejetés en arrière, son nez est fin, sa bouche pulpeuse. Une écharpe orange entoure ce soir son cou athlétique, il porte un pantalon de velours du même orange et un pull du même vert que ses yeux. Il est trop parfait pour être vrai, trop sublime aussi pour se cantonner à une seule femme. J'ignore ce qu'il me trouve, en quoi je l'intéresse : je suis mignonne, aucun défaut majeur mais rien de transcendant. Je suis un jeune écrivain qui publie, ce qui est déjà énorme. Lui est un jeune écrivain qui réussit et figure systématiquement sur les listes des meilleures ventes. Hubert est mort depuis si longtemps que notre filiation ne peut aider la carrière de Cyril. Je crois que le fait de sortir avec une jumelle le fait fantasmer, et qu'il caresse le rêve excitant de nous avoir Marie et moi dans son lit en même temps. Il peut toujours attendre.

Il dit :

— Tu m'as manqué, Amélie...

Sa voix est chaude et caressante, il a oublié que je dédicaçais aujourd'hui, il oublie en général tout ce qui ne le concerne pas.

— Il m'est arrivé une chose incroyable, Cyril...

— À moi aussi ! Devine chez qui je suis invité dans quinze jours ?

Il me cite une célèbre émission littéraire télévisée.

— C'est génial ! s'écrie Eurydice, les yeux hors de la tête.

Je me réjouis pour Cyril, mais la nouvelle m'importe moins que l'existence d'un frère qu'on nous aurait caché depuis notre naissance.

— Super ! dit Marie. Tu leur parleras du livre d'Amélie ?

Je fronce les sourcils une seconde trop tard. Marie a conseillé mes livres à son producteur, j'ai vanté à mon éditeur le talent de ma sœur, cela fait partie de notre fraternité. Mais Cyril, fils unique, joue en simple et c'est tout à fait normal.

Je dis :

— Bien sûr que non, il aurait l'air ridicule !

Cyril, soulagé, darde sur moi son fabuleux regard. Il m'apprécie parce que je ne lui demande rien. Je l'aime parce que je le trouve beau à en mourir. Mais, au restaurant, je prends les devants pour refuser les roses des petits vendeurs asiatiques, j'ai trop envie qu'il m'en offre et cela ne lui viendrait jamais à l'idée.

— Attention, ça commence dans deux minutes ! prévient Bertrand qui ne plaisante pas avec ce qu'il considère comme son chef-d'œuvre.

Réaliser la série de l'été, diffusée juste après le journal, en six épisodes de quatre-vingt-dix minutes, cela vous pose un homme dans le milieu fermé de la télévision.

Je souffle à ma sœur :

— Il faut absolument que je te parle...

— Je t'écoute, dit-elle en sortant le champagne du frigidaire. Zut, je croyais que c'était du rosé !

Elle attrape des coupes dans le placard, se tourne vers moi, souriante et pressée.

— Alors ?

Pas comme ça. C'est une nouvelle trop délicate pour être annoncée dans une cuisine où quelqu'un risque d'arriver à l'improviste. Où justement Mimmo surgit, plein de bonne volonté.

— Vous avez besoin d'aide ?

— Non merci ! répondons-nous en chœur.

Il rit doucement, sa maladresse est légendaire. Il a l'œil pétillant mais la vue basse, envie d'aider mais ses mains tremblent, et cela ne date pas d'aujourd'hui.

Mimmo s'appelle en réalité Maurice Bloch. Il a survécu, enfant, au camp de concentration où ses parents et sa jeune sœur ont perdu la vie. Puis il a rencontré Sarah qui, terrible hasard, avait été déportée dans le même camp, et il l'a épousée. Ensuite David est né.

Mimmo a une barbe blanche, des yeux bruns, des vestes pied-de-poule, une canne à pommeau doré, il marche courbé par le poids du souvenir et des ans, sa poignée de main est sincère, il habite la maison d'en face. Il n'avait jamais adressé la parole à Georges ni à Pauline quand Marie et moi sommes arrivées ici. Un matin, en rentrant les poubelles, nous avons fait sa connaissance.

Il dit, avec son intuition habituelle :

— Tu as l'air préoccupée, Amélie...

— Ça commence ! crie oncle Georges.

Nous rejoignons les autres. Mon oncle et ma tante prennent place dans le canapé près de François. Eurydice couve Cyril du regard, je m'intercale entre eux pour marquer mon territoire. Bertrand, radieux, regarde son nom apparaître en tête du générique. Le sourire heureux de ma sœur me réchauffe l'âme. Un court résumé des épisodes précédents nous permet de revoir Marie (alias Charlène) dans un gros plan flatteur. Mimmo applaudit.

J'échange un regard complice avec ma jumelle. Hubert serait terriblement fier d'elle, mais je lui ferais de la peine et je gâcherais son plaisir si j'évoquais le souvenir de notre père. Elle a eu trop de mal à remonter la pente après sa disparition. Parce qu'elle est née deux minutes avant moi et qu'elle l'a connu plus longtemps ?

Quatre-vingt-dix minutes plus tard, oncle Georges se lève pour éteindre la télévision. Nous avons vidé deux bouteilles de champagne et nettoyé les plats. Bertrand sourit à la ronde, quêtant les compliments.

Je dis :

— Bravo ! C'est l'épisode que je préfère. L'intensité va crescendo, une grande réussite !

Bertrand boit du petit-lait, il ne comprend pas que sa série, plutôt banale, ne vaut que par la personnalité de Marie, qui crève l'écran.

— C'est remarquable, Bertrand, enchaîne aussitôt Cyril. Au fait, je t'ai apporté mon dernier roman, il serait parfait pour une adaptation télé, prends ton temps pour le lire, je serais flatté que tu le réalises.

Bertrand, qui d'habitude considère Cyril comme un rival, se rengorge. On dirait deux paons faisant la roue. Marie s'amuse. Eurydice écarquille les yeux. Oncle Georges félicite ma sœur et se tourne aussitôt vers moi pour me complimenter.

Quand il nous a accueillies, il a acheté un livre de psychologie expliquant comment élever des jumelles, et il met un point d'honneur à, primo, nous différencier, secundo, nous complimenter à égalité pour n'en traumatiser aucune. Je l'ai entendu un jour expliquer à Pauline qu'il voulait contrebalancer l'influence néfaste qu'Hubert avait eue sur nous. Il en veut à notre père pour une raison que nous ignorons. Nous n'avons jamais su le pourquoi de leur brouille mais une chose est certaine : Georges ne figure sur aucune des photos du mariage de nos parents, Hubert n'apparaît sur aucune des photos du mariage de Georges et Pauline.

— Tu as aimé l'épisode ? me souffle Marie.

— Tu es excellente.

— Qu'est-ce que tu voulais me dire, juste avant ?

— Tout à l'heure... je dois te parler en tête à tête...

Mimmo, très ému, prend les mains de ma sœur dans les siennes. Nous sommes samedi soir, le shabbat vient de se terminer avec l'apparition de la première étoile dans le ciel des Yvelines mais lui ne pratique pas, contrairement à sa femme Sarah.

— Si on allait fêter ça en boîte ? propose soudain Bertrand.

Les yeux de Marie brillent. J'adore danser, mais la nouvelle que j'ai apprise aujourd'hui m'a terrassée. Je voudrais qu'ils partent tous, même Cyril, pour que je puisse annoncer à ma sœur que nous ne sommes peut-être plus seules.

— Bonne idée ! s'exclame Eurydice à qui personne n'a rien demandé.

François, qui avoisine la cinquantaine, lui jette un regard mécontent. Il grogne :

— Nous n'allons pas vous encombrer et je déteste danser.

— Pas moi ! insiste Eurydice, têtue et mutine.

Cyril fixe le papillon tatoué sur le ventre plat de la jeune fille.

— Eurydice peut nous accompagner si elle veut, n'est-ce pas Amélie ?

De jalousie, mon cœur saute deux battements. Je devrais répondre que c'est délicat puisqu'elle est venue avec François, arguer de ma fatigue et demander à Cyril de rester avec moi. Au lieu de cela, je m'entends déclarer :

— Bonne idée, vous vous tiendrez compagnie, moi je préfère me coucher tôt, allez-y tous les quatre !

Marie me dévisage avec étonnement. C'est un suicide programmé de mon histoire d'amour avec Cyril. Nous sommes ensemble depuis six mois, une éternité pour lui. Sa beauté me comble. Il est de ces êtres dont la perfection physique vous éclabousse, dont l'harmonie vous ravit. Il désire, plus que tout, sortir du lot, provoquer, être remarqué. Hélas pour lui, il a eu une enfance heureuse, des parents aimants, en bonne santé, même pas divorcés, même pas au chômage. Alors il s'invente un passé sulfureux, des épreuves, des blessures. D'après lui, les gens aiment le scandale et le chagrin des autres, on n'achète plus les livres pour ce qu'ils racontent mais pour qui les raconte. Je ne suis pas d'accord. Je prétends qu'on aura toujours du goût pour les belles histoires.

— Tu ne veux vraiment pas venir avec nous, Amélie ? vérifie Cyril en dardant sur moi son regard vert.

Sa question va plus loin. Il aime le sexe, les corps. Eurydice est piquante, n'importe quel homme descendrait aux enfers pour la sauver. Le laisser partir avec elle signifie, d'une certaine manière, que j'approuve ce qui se passera entre eux, que je leur donne ma bénédiction. C'est inconcevable et pourtant je m'apprête à le faire.

Je ferme les yeux, je me revois avec ma sœur, pendue à la main d'Hubert dans les jardins du

Palais-Royal. Étions-nous trois enfants ? Marie et moi regardions le monde à travers ses prunelles, sûres de sa force, de sa puissance, persuadées qu'il serait toujours là pour nous protéger, que nous avions la vie devant nous.

— Amélie, insiste Cyril de sa voix si sensuelle, tu es bien sûre de ne pas vouloir nous accompagner ?

Je redescends brutalement sur terre. Bertrand, Marie, Eurydice et Cyril sont suspendus à mes lèvres. François, vexé et furieux, a les sourcils froncés. Je pense à la peau sucrée et salée de Cyril, à la manière dont il me fait l'amour, au plaisir que j'ai à m'endormir dans ses bras ensuite. Admirer Cyril, me réchauffer à sa magistrale beauté, me remplissait ces derniers mois d'une joie profonde. Jusqu'à ce soir.

Ses yeux me font fondre mais ma décision est prise, de toute façon je n'ai pas vraiment le choix. Mon plaisir importe peu. Ma quête d'un frère prime. C'est sans doute le prix à payer. Le regard brûlant et le corps puissant de Cyril ne font pas le poids face au passé qui a resurgi aujourd'hui. Je renonce au désir, aux étreintes, à l'émerveillement et aux naufrages communs. Je renonce à cela, d'un bloc, mon corps se tord de regret, ma peau vibre d'envie, mais il le faut, j'en suis consciente. J'y renonce pour cette nuit et sans doute pour toujours, Cyril ne résistera pas au charme de sirène d'Eurydice.

— Amusez-vous bien ! dis-je, le cœur serré.

Marie plonge son regard dans le mien et s'inquiète :

— Tu veux que je reste avec toi ?

Je la rassure, c'est seulement le contrecoup de ma séance de dédicace, une bonne nuit de sommeil et il n'y paraîtra plus.

Elle a envie de danser, je ne veux pas gâcher sa soirée en lui donnant de faux espoirs tant que je ne suis sûre de rien. Elle a eu tant de peine à la mort de notre père, un frère l'aiderait à accepter, à rebondir. Oui, ce frère tombé du ciel serait sans doute un ticket pour le bonheur. Nous pourrions évoquer Hubert, confronter notre histoire, nous souvenir du meilleur et construire tous les trois un avenir heureux.

Ils sont partis. Je sais qu'en sortant de boîte Eurydice rentrera avec Cyril. Elle utilisera ma brosse à dents et empruntera mon eau de toilette. Leurs corps se mêleront, il la caressera, elle l'étreindra, ils rouleront ensemble, elle dormira de mon côté du lit, abandonnée, offerte, il embrassera son tatouage en forme de papillon. Je l'ai perdu, j'ai perdu le réconfort de sa beauté, la chaleur de sa perfection.

Cette nuit j'ai d'autres chats à fouetter. Cette nuit je repars en arrière vers mon enfance.

J'aide tante Pauline à débarrasser la table. Elle dit :

— Heureusement, Marie joue juste. J'ai toujours trouvé votre père trop grandiloquent, trop pompeux...

— Tu veux dire, trop théâtral ? C'était son métier, en effet !

Je me contiens, Hubert n'a pas besoin que je le défende, sa carrière parle pour lui. Pauline, elle, n'est personne.

Mimmo nous suit en trottinant. Il profite du moment où elle retourne dans le salon pour lancer :

— Je n'aimais pas Cyril, il ne te méritait pas, Amélie !

Au moins il est franc. Il a employé l'imparfait, persuadé comme moi que la page est déjà tournée.

— Il était si beau.

— Je ne le sens pas. Il n'est pas catholique... et je sais de quoi je parle !

Mimmo a un sens de l'humour que j'adore.

Je monte dans la chambre que je partage avec Marie. Georges et Pauline n'avaient qu'une seule pièce disponible pour nous mais elle est spacieuse et nous sommes jumelles, cela ne nous pose aucun problème. J'occupe le lit de droite, près de la fenêtre. Place Furstenberg aussi, j'étais placée ainsi et Marie dormait à gauche, du côté du cœur. Ma sœur dormira cette nuit chez Bertrand et ne rentrera que pour le brunch dominical, vers midi.

Je me tourne et me retourne dans mon lit sans trouver le sommeil. En bas, François, abandonné, piteux et triste, digère sa désillusion à grandes lampées de vieux calvados. Eurydice l'a laissé tomber comme une vieille chaussette, elle danse dans la pénombre d'une boîte à la mode, collée serrée contre Cyril qui fleure bon la menthe, le poivre et le désir. J'ai un vide au creux de l'estomac en les imaginant enlacés. Six mois, c'est déjà beaucoup pour un tour de piste. Qu'est-ce que je croyais, qu'il me resterait fidèle devant Dieu et les hommes, dans la richesse ou dans la pauvreté, jusqu'à ce que la mort nous sépare ? Il aime trop les étreintes pour se contenter d'une seule femme. Moi, il me suffisait et je fermais les yeux sur le reste. De toute façon je ne pourrai jamais me marier à l'église, j'imagine que vous comprenez pourquoi ?

Par la fenêtre, de l'autre côté de la rue, j'aperçois la chambre éclairée de Mimmo à travers le cerisier en fleur. Lui non plus ne dort pas. Il raconte sa soirée à Sarah et à David, il brode, narre, mime, conteur tendre et magnifique.

7

Marie me réveille en entrant dans notre chambre. Il fait grand jour, le soleil éclabousse la pièce.

— Debout, donne un sens à ta vie, que chaque moment soit unique ! s'écrie-t-elle gaiement.

Elle ne peut pas deviner que ce que je vais lui annoncer va changer notre existence, que plus rien jamais ne sera pareil.

Les stigmates d'une nuit d'amour creusent le visage de ma jumelle, ombrent ses paupières, gonflent ses lèvres. Je me redresse dans mon lit, j'ébauche un sourire, si elle va bien je vais mieux, si elle est heureuse je suis plus sereine. Chaque fois que nous nous retrouvons j'ai le sentiment d'être à nouveau complète.

Je vérifie :

— Ils sont rentrés ensemble ?

Elle ne me demande pas de qui je parle, il est logique que ma première pensée soit pour Cyril. Elle ne ment pas non plus pour me protéger, ce n'est pas son genre.

— C'était évident, Amélie. Pourquoi n'es-tu pas venue ?

Je hausse les épaules et je tente d'ignorer la jalousie et la colère qui m'étreignent. J'ai joué, j'ai perdu.

— Il aurait pu résister...

Ma sœur secoue la tête.

— Ce garçon est superbe, arrogant et creux. Tu t'attendais à quoi ? dit-elle avec douceur.

Elle a raison, pourtant sa réflexion me peine.

Je dis :

— Hier, pendant que je dédicaçais, une lectrice m'a apporté une photo de Gus.

Marie, qui commençait à se déshabiller, s'interrompt et pivote vers moi, surprise.

— De Gus ? Quelle drôle d'idée...

— Elle était sa filleule. Il est mort il y a cinq ans, d'une embolie.

Le visage de ma sœur se crispe mais elle se ressaisit vite, fidèle à sa ligne de conduite. Le passé est mort, elle l'a volontairement gommé, seul le futur importe.

— J'en suis désolée, murmure-t-elle en jetant à terre ses vêtements d'hier. C'était ça ta grande nouvelle ?

— Non. Elle m'a parlé de l'autre filleul de Gus.

— Ah oui ? fait-elle avec indifférence en enfilant un chemisier blanc.

— Elle prétend qu'il était le fils d'Hubert... donc notre frère !

La main de ma jumelle se raidit et, inconsciemment, elle arrache un des boutons en nacre de son corsage.

— Regarde ce que j'ai fait ! s'exclame-t-elle d'une voix changée. Ta lectrice est une idiote qui s'est trompée...

— Je ne crois pas. Je suis allée chez elle en sortant de la librairie. Elle est championne de bridge, assez originale mais pas folle. Gus déjeunait chez eux tous les dimanches, il leur parlait de nous, de la place Furstenberg, du fils d'Hubert avec lequel il jouait aux échecs. Tu ne trouves pas ça extraordinaire ?

Marie ôte son chemisier blanc et replonge dans l'armoire. J'ai le sentiment qu'elle cherche à gagner du temps, à repousser l'évidence. Elle me tourne le dos. Elle reprend, et sa voix tremble :

— Cette femme raconte n'importe quoi. Elle confond forcément avec quelqu'un d'autre.

Je tends le bras pour la toucher. Elle frémit et se dérobe, elle est sous le choc. Je n'ai pas mentionné notre père devant elle depuis si longtemps, je suis consciente de la bouleverser, même pour la bonne cause. Mais il est temps, enfin, de rompre le pacte du silence.

Je vous l'ai dit, à la demande expresse de ma jumelle, nous n'avons plus parlé d'Hubert ensemble depuis dix ans. Il était notre père, nous l'aimions infiniment, pourtant il est désormais banni de nos conversations, exclu, interdit, proscrit, censuré. Marie l'a décidé. L'évoquer est devenu inconcevable. Mon écriture tourne autour de lui, son ombre tutélaire plane sur notre duo, mais nous n'abordons jamais le sujet. C'est le seul point d'ombre entre nous, majeur, pas rédhibitoire. Au fond, nous prenons tellement soin de ne pas le citer que c'est comme si nous répétions inlassablement son nom. Notre mutisme est plus bruyant qu'un hurlement. Éviter de faire ne serait-ce qu'allusion à lui, c'est crier son absence à tous les vents du globe.

— Nous avons toujours regretté de n'être que deux, Marie. Cela ne te plairait pas d'avoir un frère ?

Elle se retourne brusquement et m'affronte, furieuse. Ses yeux lancent des éclairs, sa bouche se tord en un rictus amer, je ne comprends pas sa colère et la subis de plein fouet.

— Ta lectrice ment. Nous sommes les seuls enfants d'Hubert ! Il n'y en a aucun autre !

Je ne rêve pas, elle vient, pour la première fois, de prononcer à nouveau son prénom. J'insiste, persuadée qu'elle finira par partager mon enthousiasme.

— C'est une chance inespérée, Marie, il existe peut-être quelque part un homme qui lui ressemble, avec lequel on pourra reformer une vraie fami...

Elle m'interrompt, ivre de rage :

— C'est faux !

Sa hargne me stupéfie. Elle me fixe avec agressivité. Je frémis. Elle ne m'avait jamais encore regardée de cette façon. Elle poursuit, vibrante :

— Je refuse de t'écouter plus longtemps, Amélie. On n'est pas dans un de tes romans, Hubert est mort, le rideau est tombé. Il ne reviendra pas. Inutile de lui inventer un fils. C'est la réalité, tu dois l'accepter, oublier tout ce qui le concerne. Tu auras moins mal.

Cela fait deux fois qu'elle le mentionne, je ne suis pas sûre qu'elle s'en soit rendu compte.

J'enfonce le clou, pour ce que je m'imagine être son bien.

— Si c'était quand même vrai ? Accordons au moins à cette femme le bénéfice du doute.

Elle recule comme si ma curiosité était contagieuse. Son visage est crayeux, son nez pincé, sa bouche crispée.

— Il n'y a aucun bénéfice à fouiller le passé, Amélie. Tu n'y trouveras que du sang et des larmes. Une folle tombée du ciel te raconte n'importe quoi et toi tu fonces tête baissée ?

J'avale une grande goulée d'air avant de répondre :

— Que sais-tu des femmes qui ont précédé maman dans l'existence d'Hubert ?

Alors Marie explose :

— Ça ne nous regarde pas ! Cela ne se fait pas de fourrager dans l'histoire des morts, cela porte malheur ! Tu veux imiter les Malgaches qui retournent leurs cadavres ? Nous avons eu assez de mal à nous remettre de sa disparition. Je ne veux plus souffrir de ce manque, c'est fini, terminé. Je ne veux plus me sentir grignotée, effritée, désagrégée par la peine. Tu veux fureter, espionner, remuer la boue ? Vas-y, Amélie, mais sans moi !

Elle quitte notre chambre en claquant la porte. Je demeure pétrifiée, en pyjama, au milieu de la pièce.

Par la fenêtre, je la vois sortir en courant, monter dans la Laitue, démarrer en malmenant le moteur et s'éloigner.

Je me mords la lèvre inférieure et je serre les poings. Nous venons de vivre notre première véritable querelle. Il nous est arrivé d'être parfois en désaccord, de nous chamailler pour une broutille, mais nous nous sommes entraidées et avons encaissé les coups du sort ensemble. Sauf la fois où, adolescentes, nous avions toutes les deux remarqué le même garçon. Je l'avais invité à la maison où il était tombé en admiration devant ma sœur. Il m'a expliqué, des années plus tard, qu'il adorait l'eau de toilette qu'elle portait. À quoi tiennent les choses...

D'habitude, même si nous pensons différemment, nous faisons corps face à la meute. Cela ne signifie pas pour autant que nous réagissions de la même manière. Après la mort d'Hubert, j'ai revu pendant quelques mois ses meilleurs amis, j'en avais besoin, c'était ma manière de le garder encore vivant. Mais le couvre-feu que Marie s'est imposé s'étendait même aux proches de notre père. Elle était si dévastée qu'elle a fait comme s'ils n'existaient pas, comme si nous n'avions jamais vécu ces années magiques, comme si nous étions nées orphelines.

Aujourd'hui, ce qui nous sépare est mille fois pire qu'une dispute. C'est une rupture, c'est plus grave, cela vient de loin, là où la faille est profonde, la blessure à vif. Cela nous ramène en arrière, aux questions fondamentales, aux peurs ancestrales.

À cause de cette violence peut-être, je décide à cet instant, toutes affaires cessantes, de faire la vérité sur l'existence éventuelle de notre frère. Plus rien d'autre n'a d'importance.

La table de la véranda est couverte de plats appétissants, œufs brouillés au bacon, pancakes dégoulinant de beurre, café, thé, toasts, confitures.

— Je croyais avoir entendu Marie rentrer ? s'étonne Georges.

— Elle est repartie.

Ma tante hausse les épaules, elle ne se mêle pas de nos histoires, elle s'en fiche. Mon oncle se sert copieusement. Je mâche chaque bouchée avec peine, l'âme déchirée, l'absence de ma sœur me coupe l'appétit. J'imagine qu'ils attribuent, à tort, mon attitude à Cyril.

Je demande :

— Oncle Georges, tu ne nous as jamais raconté pourquoi vous étiez fâchés, Hubert et toi ?

— C'est une vieille histoire qui ne vous concerne pas.

Tante Pauline me foudroie du regard.

Je reviens pourtant à la charge :

— Même indirectement ?

Georges répond d'un ton sec :

— Cela n'a rien à voir avec vous deux, Amélie. Le sujet est clos. Passe-moi le sirop d'érable.

J'obéis. Pas question de l'interroger à propos de notre frère éventuel, le sujet Hubert est interdit ici aussi. Nous croulons sous les non-dits dans cette famille. Des milliers de spectateurs ont applaudi notre père au théâtre et se souviennent de lui mais il est *persona non grata* dans son propre clan. C'est le lot de ceux qui dépassent les autres. Il a brillé trop fort, la terre est redevenue froide et morne après sa fulgurance. Georges lui en veut d'avoir été vivant pour une raison que j'ignore, qui remonte à l'enfance peut-être, qui découle de leurs rapports fraternels complexes. Et Marie lui en veut tout simplement d'être mort.

8

Je range la cuisine avec ma tante, c'est devenu notre mode de relation essentiel, je l'embarrasse puis je débarrasse. La véranda reprend son aspect de tous les jours. Marie a téléphoné pour s'excuser sans demander à me parler. Son absence exprime sa désapprobation, un désaccord fondamental.

J'erre à travers la maison en piaffant. Puis je m'assieds en tailleur sur mon lit, devant la fenêtre ouverte, et je compose sur mon portable le 00 39, suivi du numéro de maman en Toscane.

Je ne vous ai pas encore parlé d'elle. C'est un sujet délicat. Nous avons été heureux ensemble tous les quatre, jusqu'au jour où maman a annoncé à Hubert qu'elle repartait dans son pays d'origine, l'Italie. C'est venu d'un coup, elle a hésité longtemps puis elle s'est décidée et c'était irrémédiable. Elle ne pouvait plus revenir en arrière, elle ne supportait plus la vie de hasard qu'elle menait avec notre père qui, grand acteur et mauvais gestionnaire, croulait sous les applaudissements, les prix d'interprétation et les dettes.

Marie et moi n'avions que sept ans, comment aurions-nous pu comprendre ? Maman n'a voulu ni partir seule, ni nous priver de notre père. Alors elle a coupé la poire en deux et elle a proposé à Hubert de nous séparer, de nous scinder, de nous dissocier, d'emmener juste l'une d'entre nous. On ne sépare pas des jumelles, cela n'aboutit qu'à les anéantir. Nous avons décliné son invitation, pas avec des mots mais en tombant malades.

Le téléphone sonne à Porto Santo Stefano, dans l'imposante maison ocre. La femme de ménage philippine décroche :

— *Pronto* ?

— *Buon giorno, voglio parlare con la signora Elena, prego.*

Entre étrangères, on se comprend. Elle ne me demande pas qui je suis, elle a reconnu mon accent et va chercher maman qui arrive, essoufflée.

— J'étais à la piscine... Tout va bien, ma chérie ?

Je l'assure que oui en m'abstenant de préciser quelle jumelle je suis.

Subtilement, elle évite l'écueil et poursuit avec une gaieté forcée :

— Je suis allée faire du shopping à Rome l'autre jour, j'ai repéré des robes ravissantes via Veneto, je vous en offrirai une à chacune quand vous viendrez !

Je grommelle un vague assentiment. Nous ne portons jamais de robes mais elle nous connaît si peu. Je l'appelle pour savoir si nous avons ou non un frère. Je l'appelle aussi parce qu'elle est notre mère, vers qui d'autre me tourner ? Je l'appelle enfin parce que, malgré tout, nous avons vécu sept ans ensemble, et que, je l'avoue, même si elle est partie, je l'aime.

Je dis :

— J'ai rencontré la filleule de Gus Dalba hier.

Elle ne sait toujours pas si elle parle à Amélie ou à Marie et je prolonge volontairement l'équivoque. Depuis le temps, elle aurait dû apprendre à nous différencier au téléphone. La voix de Marie est un poil plus basse. Je traîne en fin de phrase.

Je poursuis :

— Elle m'a raconté que Gus avait un autre filleul, un garçon plus âgé que nous...

— Ah oui ? fait-elle de sa voix chantante.

Elle parle désormais français avec un accent italien et italien avec un accent français.

J'ajoute :

— Hubert le connaissait.

Elle soupire :

— Votre père connaissait la terre entière !

C'est vrai, Hubert parlait aux inconnus dans la rue et réunissait autour de nous au restaurant les dîneurs des tables voisines, ce qui exaspérait maman qui se sentait délaissée. Il transformait notre vie quotidienne en théâtre, se déshabillait l'âme. Maman aimait habiller les acteurs. Ils n'étaient guère faits pour s'entendre.

Je ne m'avoue pas vaincue.

— Tu n'as jamais entendu parler de ce filleul ?

— Tu n'as qu'à demander à Gus, fait-elle avec indifférence.

— Cela risque d'être difficile, il est mort il y a cinq ans. Tu ne le savais pas ?

— Non, murmure-t-elle d'une voix changée.

Je n'ai pas voulu lui faire de peine mais comment atténuer le choc, il n'y a pas trente-six moyens d'annoncer ce genre de nouvelle, même en y mettant les formes on poignarde l'autre. Je dis :

— Je suis désolée de te l'apprendre.

— Tout cela est si loin, ma chérie !

Pas pour moi. Peut-être que les humains, comme les chats, ont plusieurs existences ? Marie et moi avons vécu une première vie jusqu'au départ de maman l'année de nos sept ans. Puis une deuxième vie avec Hubert, jusqu'à nos quinze ans. Notre troisième vie a commencé le jour où notre père est mort. Ma quatrième vie a débuté hier, quand la lectrice m'a tendu cette photo de Gus en me parlant de notre frère.

— Vous seriez quand même mieux ici avec nous, enchaîne maman, mettant les pieds dans le plat. Luigi aurait été un deuxième père pour vous.

Je serre les dents. Je n'ai rien contre Luigi, il est italien, chaleureux, drôle, plein d'humour. Mais deux pères, c'est un de trop.

À sept ans, nous étions trop jeunes pour nous rendre compte que le couple de nos parents battait de l'aile. Ils s'aimaient quand Hubert était à la Comédie-Française, cela ne s'est gâté qu'après, avec les soucis financiers. « Mon mari a le cœur plein mais le portefeuille vide, il dispense ses largesses à ses amis et jette l'argent par les fenêtres », soupirait maman. Nous nous précipitions alors sur le balcon, cherchant vainement à voir l'argent tomber en contrebas sur la place Furstenberg.

Le jour où maman a perdu son emploi d'habilleuse, cela a été la goutte d'eau qui a fait déborder le vase. Elle est rentrée en Italie, soi-disant pour prendre du recul. Elle n'en est jamais revenue. Elle ne supportait plus l'insouciance d'Hubert et avait peur des lendemains qui déchantent.

Ils ont divorcé juste avant Noël et maman s'est remariée avec Luigi, un riche banquier toscan. C'est à ce moment-là qu'elle a exprimé l'inconcevable désir que l'une de nous la rejoigne là-bas. Mais proposer de nous désunir, de nous morceler, de nous fractionner, c'était forcément nous perdre. On ne nous demandait pas notre avis, alors nos corps ont refusé à notre place. Nous avons toutes les deux développé un zona géant, du jour au lendemain. Nous étions atteintes du même côté, le gauche, celui du cœur. Nous avions horriblement mal et les médicaments étaient inefficaces. La pédiatre a supposé que le virus avait été réveillé par le stress de la séparation que préconisait notre mère. Un spécialiste italien a confirmé cette hypothèse. Mais maman s'est entêtée et a appelé un avocat à la rescousse.

Le juge pour enfants nous a convoquées et interrogées séparément. Puis il a tranché : puisque nous en étions malades, nous devions rester avec notre père. Le jour où le jugement a été rendu, nos douleurs ont disparu comme par enchantement. Maman nous a accusées d'avoir simulé. Ce n'était pas le cas.

Nous sommes donc restées vivre place Furstenberg avec Hubert. Il déclamait, Marie lui donnait la réplique, j'écrivais de courtes pièces qu'ils jouaient ensemble, nous nous serrions tous les trois dans le même panier comme des chiots transis. Chaque été, par ordonnance du juge, Marie et moi devions passer deux mois en Toscane dans la grande maison ocre de Luigi, avec piscine, tennis et jacuzzi. Nous menions une vie luxueuse gâchée par la rancœur de maman qui ne nous pardonnait pas d'avoir dû batailler juridiquement pour nous avoir. Nous nous tenions bien, jamais un mot plus haut que l'autre. Nous avions une chambre immense, des vêtements griffés, nous étions polies et respectueuses, nous mangions des légumes bio et des fruits non traités, et nous comptions les jours qui nous séparaient d'Hubert, du joyeux foutoir de notre petit appartement parisien, de notre chambre exiguë, des omelettes, des spaghettis, de la folie et du théâtre.

Maintenant que je suis adulte, je comprends notre mère. Elle a voulu être équitable, nous partager avec Hubert, et elle nous a perdues. Si nous n'avions pas été deux, elle aurait sans doute emmené sa fille unique avec elle. C'est frustrant d'avoir des enfants jumeaux, on se sent exclu. Nous avons été injustes envers elle. Je crois qu'elle nous aime.

Huit ans après le départ de maman en Italie, notre père est mort. Nous venions de fêter nos quinze ans, nous étions donc mineures, notre mère vivait à l'étranger, Hubert était brouillé avec notre oncle Georges que nous connaissions à peine. Le premier soir, Gus est venu dormir avec nous place Furstenberg. Maman et Luigi sont arrivés trois jours plus tard. J'ai compris que notre vie ne nous appartenait plus en voyant Luigi s'installer dans le fauteuil club d'Hubert. Pourtant il se faisait petit, discret, il était presque gêné, il sentait bien que Marie et moi ne l'aimions pas, que Gus se demandait ce qu'il fichait là, qu'il débarquait comme un cheveu sur le minestrone.

Après l'enterrement, Gus a proposé de nous recueillir chez lui, et maman a réitéré son offre, valable cette fois pour toutes les deux, de nous ramener en Italie.

— Luigi serait ravi de vous accueillir à Porto Santo Stefano. Je suis votre mère, vous n'allez pas vivre avec un étranger ! avait-elle argumenté.

— Ce n'est pas un étranger, on le voit tous les jours, avait rétorqué Marie. Toi, depuis huit ans, on ne te voit que l'été. Tu as choisi de partir. Nous choisissons de rester !

Vous n'allez pas me croire : le zona a récidivé. Chez toutes les deux. Du même côté. Je vous jure que c'est vrai. Nos corps criaient notre peur et notre douleur.

Maman, vaincue, n'a plus insisté, mais elle s'est opposée à ce que nous emménagions chez Gus, célibataire inconditionnel. Du coup notre oncle Georges a hérité de deux jumelles pour le prix d'une. Comme la fois précédente, le zona a guéri et les douleurs ont cessé le jour où nous avons emménagé à Montesson. Notre inconscient considérait que rejoindre maman en Italie serait revenu à trahir Hubert.

Gus et les autres familiers de la place Furstenberg ont voulu rester en contact avec nous, Marie a refusé, je les ai revus, seule, à plusieurs reprises. Puis j'ai jeté l'éponge et je me suis rendue aux raisons de ma jumelle. Nous n'avions que cette solution pour survivre, trancher dans le vif, séparer au scalpel notre vie d'avant de notre vie d'après, sectionner pour ne pas couler.

Luigi voyage souvent pour ses affaires, et maman s'embête en Toscane à enchaîner les longueurs de piscine. Nous y sommes allées pour la dernière fois l'été de nos dix-huit ans. Quand nous avons atteint notre majorité, l'ordonnance du juge pour enfants est devenue caduque.

Notre maman, à Paris, était une femme douce, timide et secrète. Elle est devenue une élégante étrangère qui fume des cigarettes à la chaîne mais a perdu sa flamme.

Qui est responsable de la mort d'Hubert ? Son cœur, ses artères, les plaques d'athérome, son taux de cholestérol élevé, son alimentation, son mode de vie, le stress inhérent à la carrière de comédien, l'âge ? Marie et moi aurions dû mieux le protéger. Maman n'aurait pas dû partir. Nous sommes toutes les trois coupables et condamnables au même titre.

— Comment va ta sœur ? demande maman d'un ton faussement enjoué.

Elle ignore toujours à quelle jumelle elle parle. Cette conversation est absurde, mais les non-dits entre nous sont trop lourds, trop invalidants. Certaines questions sont interdites, létales.

Les ordinateurs modernes ont des logiciels qui filtrent les messages indésirables et les conservent dans la mémoire informatique. Moi aussi j'ai accumulé les questions embarrassantes dans un coin de ma tête, en poser une ouvrirait la porte aux autres, libérerait les vieux monstres, anéantirait l'espoir d'une possible réconciliation, nous engloutirait. Laquelle d'entre nous maman voulait-elle emmener ? Laquelle Hubert aurait-il accepté de garder ? Hubert et elle avaient-ils choisi la même jumelle ? Est-ce pour cette raison qu'ils n'ont pu se mettre d'accord ? Qui est en double ? Qui est de trop ? Moi ? Marie ?

Rien n'est logique dans cette histoire. Dans la logique, quand nos parents ont divorcé, nous aurions dû suivre notre mère au lieu de rester avec Hubert. Dans la logique, après la mort d'Hubert, nous aurions dû partir avec elle en Italie. Dans la logique, je devrais pouvoir lui demander si nous avons ou pas un frère.

Je réponds :

— Ma sœur est en pleine forme. Maman, es-tu heureuse avec Luigi ?

J'espère de tout mon cœur qu'elle va dire oui.

— Je suis en paix, c'est déjà énorme. Et toi ? Ton métier ? Tes amours ?

Je songe à Cyril dont le regard vert fascinera les téléspectateurs du talk-show. À ses lecteurs qui se pressent dans les salons du livre pour qu'il leur dédicace ses romans et auxquels il fait avec indifférence l'aumône d'un gribouillage. Un jour je me suis étonnée de voir qu'il se contentait d'écrire « amicalement » et de signer sans s'enquérir de leur nom. Il m'a répondu avec un grand rire : « Je m'en fiche, de leur nom, l'essentiel c'est qu'ils connaissent le mien et qu'ils achètent mon livre ! » Il se croyait drôle. On pardonne tout à la beauté du diable.

Je dis :

— Tout va bien, maman.

— Où en es-tu, en ce moment ?

Je décide de cesser ce jeu cruel et de lui révéler mon identité.

— J'écris mon prochain livre. Marie t'a enregistré l'épisode 4 d'*Uriel et les fantômes*, il a été diffusé hier soir, elle va te l'envoyer.

Nous sommes deux, notre mère est seule. C'est pour cela que je lui expédie régulièrement les cassettes d'*Uriel* sans le dire à ma sœur. Cela ne me demande qu'un maigre effort, programmer le magnétoscope, écrire l'adresse de Toscane sur l'enveloppe, imiter la signature de ma jumelle, passer à la poste. Je peux bien faire cela, c'est quand même notre mère.

De même, je m'astreins à l'appeler deux fois par mois pour garder le contact. Je prétends parfois être Marie, elle ne s'en rend pas compte. Ma sœur ne lui a pas téléphoné depuis un an, je répare cette omission, cela ne me coûte guère.

Je tente une dernière question.

— La filleule de Gus a mentionné une femme qui était proche d'Hubert avant votre rencontre. Il t'a parlé de ses anciennes conquêtes ?

— Jamais, et je ne l'aurais pas écouté ! J'ignore aussi tout des ex-fiancées de Luigi. Le passé est encombrant, Amélie. Il vaut mieux se concentrer sur le présent.

Elle ne sait rien. Je ne suis pas plus avancée. Elle dit :

— Vous me faites toujours plaisir en m'appelant, l'une et l'autre. Luigi et moi vous espérons bientôt !

Je la sens si fragile, si inadaptée à la vie moderne. Elle n'était pas faite pour avoir des filles, c'est une geisha, une femme enfant, ravissante, inconséquente et touchante. Heureusement Luigi prend soin d'elle.

Je dis :

— Tu sais, ce n'est pas parce qu'on ne vient pas qu'on ne pense pas à toi...

— Je sais. Je t'embrasse. N'oublie pas d'embrasser ta jumelle pour moi.

Et elle raccroche doucement la première.

9

Je suis épuisée, saturée d'émotions. C'est l'impasse : les vivants se taisent et les morts sont muets. Qui interroger ? Ceux d'autrefois, les autres inconditionnels de la bande d'Hubert dont je ne vous ai pas encore parlé ?

Gus était l'Ami avec un grand A, mais durant nos années bonheur il y avait aussi César, Jacques et Diane. César était mon parrain. Jacques, le mari de Diane, était le parrain de ma sœur.

César a loyalement tenu la promesse faite sur les fonts baptismaux, il s'est manifesté à chaque Noël, à chaque anniversaire, et il m'a écrit régulièrement depuis la disparition d'Hubert. Je n'ai ni répondu ni remercié. Oncle Georges et tante Pauline ne souhaitaient pas recevoir la bande d'Hubert dans leur maison, Marie ne voulait plus entendre parler d'eux, alors j'ai été lâche, je me suis fondue dans le paysage, j'ai fait la morte, comme Hubert. Il faut préciser que c'est César qui nous a annoncé la mort de notre père. Je n'ai jamais pu le lui pardonner. J'ai tué le messager, pourtant il n'y était pour rien. Mais il a prononcé les mots qui assassinent, les paroles qui fouaillent.

Je ne connais pas par cœur les numéros de téléphone de mes proches, ils sont enregistrés dans la mémoire de mon portable : 1 pour Marie, 2 pour Montesson, 3 pour Cyril, 4 pour Mimmo. Mais je me souviens encore des numéros d'autrefois.

Il y a dix ans, César vivait dans un vaste et sombre appartement de la rue de Rivoli. Je compose son ancien numéro, il décroche presque tout de suite.

— César ?

— C'est toi, Amélie ?

Il me reconnaît alors qu'il ne m'a pas entendue depuis des lustres. Il sait quelle jumelle je suis alors que notre mère hésite.

— Oui. Je suis désolée... Ne m'en veux pas... Je regrette...

— Moi, je ne regrette pas d'avoir décroché. C'est un jour heureux !

Il se tait, me redonne l'avantage. Célèbre auteur de théâtre, il connaît l'importance des dialogues et la valeur du silence. Les années écoulées s'engouffrent dans la brèche, l'absence de mots en dit plus long que bien des phrases, nous sortons de cette pause apaisés et complices.

Je dis :

— J'ai besoin de toi !

— Sous les fenêtres de Colette ?

Là où nous le retrouvions avec Hubert dans les jardins du Palais-Royal. Cela ne pouvait être que là. César n'a pas changé. Aucune nouvelle depuis une décennie, je viens quémander son aide et il accepte sans broncher.

— Quand ?

— Dans deux heures.

— J'y serai.

Je raccroche. J'ai la tête qui tourne. Ni questions ni blâmes, nous sommes allés à l'essentiel. Je sais qu'il ne me reproche rien, qu'il a tout compris. Il savait, en nous apprenant la mort d'Hubert, qu'il allait forcément nous perdre.

C'était un jeudi, Hubert répétait une pièce de Tennessee Williams, Gus nous avait emmenées ma sœur et moi au cinéma voir un film en costumes dont il jouait le rôle principal. Quand nous avons quitté la salle obscure, César nous attendait à la sortie, sur les Champs-Élysées.

Il n'avait aucune raison de se trouver là. Il se tenait raide comme un piquet dans son costume de lin froissé, bras ballants, jambes écartées, son éternel panama à la main, le regard fuyant, ployant sous la mauvaise nouvelle qu'il venait nous assener. Les passants reconnaissaient Gus et se retournaient sur lui comme sur Hubert.

César avait les paupières gonflées, la mine grave. J'ai su en regardant son expression. J'ai deviné dès que j'ai vu l'absence de lumière dans ses yeux, dès que j'ai senti sa tristesse, son désespoir et son odeur d'alcool. Il avait bu pour se donner le courage de nous achever. En l'espace d'une seconde, dans la clarté de cet après-midi parisien, sur la plus belle avenue du monde, nous n'étions plus les jumelles Saint Jean mais deux orphelines. Le visage de César n'était plus le même, il exprimait la compassion et la pitié. Notre vie venait de changer fondamentalement.

Je me suis tournée vers Marie et je lui ai soufflé : « Il est arrivé quelque chose à Hubert. »

Elle a cligné des yeux dans le soleil. Elle a gardé cette habitude lorsqu'elle est émue. Moi, je me ronge les ongles, c'est laid et ça se voit plus. Ce n'est pas grave, je suis écrivain, on me lit, on ne me regarde pas. Marie, de par son métier, est en représentation perpétuelle, corps et âme. Moi, je peux me cacher derrière mes virgules.

10

Des touristes et des Parisiens flânent dans les jardins du Palais-Royal, déjeunent à la terrasse des restaurants. À l'autre bout, j'aperçois la Comédie-

Française, hiératique et imposante. César m'a quittée adolescente, il me retrouve femme. J'ai toujours les cheveux bouclés, les yeux bleus, la peau mate, et il hésite à peine. Il porte toujours un costume de lin et un panama. Nous sommes l'un en face de l'autre mais Hubert manque à l'appel.

Si César n'avait pas porté ces vêtements et son éternel chapeau je ne l'aurais pas reconnu : il s'est empâté, ses cheveux se sont raréfiés, ses yeux se sont creusés, son nez a grandi, il boite.

— L'arthrite. C'est de famille. Tu es ravissante, Amélie. Hubert serait...

Il s'interrompt, ne s'arroge pas le droit de penser à la place de notre père. Marie ne supporte pas qu'on évoque son nom, moi je n'aime pas qu'on fasse parler les morts et mon parrain l'a deviné.

— Tu es venue seule ? s'étonne-t-il en cherchant derrière moi.

Je me rends compte qu'il ne m'a jamais vue sans ma jumelle. Enfants, ma sœur et moi ne nous quittions que pour aller chez le dentiste ou le médecin. Quand Marie a été opérée de l'appendicite par Diane, l'épouse de son parrain Jacques, j'ai eu si mal au ventre qu'elle a décidé de m'opérer dans la foulée.

Je dis :

— Tu en vois une, tu vois les deux !

— Deux pour le prix d'une, ajoute-t-il, reprenant l'expression favorite d'Hubert.

Nous éprouvons le besoin, pour nos retrouvailles, de la béquille du rituel. Répéter les gestes d'autrefois, renouer les anciens dialogues, nous rassurer avec les attitudes familières. César me fixe, puis il trace une ligne imaginaire à la hauteur de ses yeux, avec sa main, comme si un avion passait en rase-mottes juste au bout de son nez. Et, dans le mouvement, son élégant panama tressaute, quitte sa tête, s'envole et choit dans la poussière. Les promeneurs qui nous entourent croient au geste maladroit d'un vieil homme. Il n'en est rien. Le chapeau a valdingué exprès.

Je le ramasse et je le lui rends.

Je dis :

— *Donne-lui tout de même à boire.*

Vous connaissez forcément ce poème de Victor Hugo, tiré de *La Légende des siècles*, celui qui commence par « Mon père, ce héros au sourire si doux ». Vous l'avez étudié à l'école. Il se termine par les vers : « Le coup passa si près que le chapeau tomba / et que le cheval fit un écart en arrière. / Donne-lui tout de même à boire, dit mon père. »

César l'avait mis en scène pour nous. Hubert jouait bien sûr le père, Marie personnifiait son hussard fidèle, moi j'étais le vil soldat espagnol qui tire sur le héros. C'était devenu un leitmotiv, nous récitions ces vers à tout bout de champ.

Nous sommes émus, c'est normal. Les dix dernières années ont compté double. Je lis souvent le nom de César sur les colonnes Morris, il n'a jamais quitté l'affiche, il y a en permanence une de ses pièces qui se joue quelque part au monde. J'ouvre la bouche pour le féliciter mais il est plus rapide.

— J'aime ce que tu écris, Amélie.

Il sort de derrière son dos un sac en plastique, y pêche mes livres.

— Tu veux bien me les dédicacer ?

Très touchée, je sors le stylo d'Hubert, César le reconnaît aussitôt, son regard se voile.

Je m'assieds sur un banc. Vous imaginez la scène ? Sous les fenêtres de la grande Colette, à quelques mètres de la salle Richelieu où triomphait Hubert, je dédicace mes deux petits romans à un auteur internationalement joué. Ils ont été lus et relus, la tranche est brisée, les pages froissées, certains passages sont annotés. La plume court sur la feuille, j'hésite pour la formule de fin. D'habitude, je termine par « de tout cœur », « avec toute ma sympathie », et je suis sincère. Aujourd'hui c'est différent. Avec émotion, tristement, tendrement ? J'écris trois mots. Il se penche.

« Parce que Furstenberg », lit-il à voix haute.

Hubert affirmait que ce César-là, avec sa sensibilité à fleur de peau, n'aurait pas franchi le Rubicon. Il disait aussi : « Il faut rendre à César ce qui est à César, c'est le plus talentueux d'entre nous. »

Mon parrain s'installe près de moi, son regard brun me jauge.

Je dis :

— J'ai appris hier seulement la disparition de Gus.

— Cela m'a fourni l'occasion de voir les États-Unis, je n'y étais jamais allé avant, soupire-t-il.

Je ne vois pas le rapport mais il y a plus urgent. Je fonce, bille en tête.

— Une lectrice m'a annoncé sa mort dans une librairie où je dédicaçais. Elle était sa filleule. Elle prétend qu'Hubert a eu un fils avant nous...

César cille à plusieurs reprises, fronce le mufle, gratte le sol du bout de sa chaussure. Il n'est pas comédien, lui, il ne sait pas dissimuler.

C'est donc vrai !

J'éprouve un soulagement immense, aussitôt suivi d'une bouffée d'angoisse. César ne s'est pas récrié, il n'a pas protesté, Hubert a donc bien eu un fils. La championne de bridge n'a rien inventé. Notre père nous a menti pendant quinze ans. Je tombe des nues.

Vous qui me lisez, vous avez, ou vous avez eu, un père. Imaginez une seconde qu'on vous apprenne, là, brutalement, que bien avant vous il a eu un enfant dont il vous a caché l'existence. Vous n'auriez pas envie de hurler ?

Pourtant je ne hurle pas, mon cri reste intérieur. C'est quelque chose d'indéfinissable, d'irrationnel, qui procède de la stupeur, qui touche au sacré, au mystique. Un chamboulement si profond que j'en ai du mal à respirer.

— Tu étais au courant ! dis-je à César avec effort.

Il opine du bonnet.

— Pourquoi ne nous l'as-tu jamais dit ?

— J'avais promis à Hubert...

— Pourquoi nous l'a-t-il caché ?

— Je ne peux pas te répondre.

Je secoue la tête avec colère.

— Tu savais aussi que Gus était son parrain ?

— Bien sûr. Je suis allé au baptême.

J'encaisse, sonnée. Gus savait, César savait, Jacques et Diane aussi, sans doute.

César esquisse le geste de tendre la main vers moi mais je le foudroie du regard et son bras retombe.

— Notre frère s'appelle comment ? Il habite où ?

César, embarrassé, feinte :

— Écoute, Amélie. J'ai demandé un jour à Hubert pourquoi il ne souhaitait pas vous réunir. Sa décision était inébranlable. Je ne l'ai pas trahi avant sa mort, je ne le ferai pas aujourd'hui.

Je serre les poings, ma mâchoire se crispe.

— Je vais chercher ce garçon, et le trouver. Tu m'épargnerais du temps et de la peine en parlant. Je vais me mettre en chasse et réussir, je suis têtue, tu me connais !

Il soupire.

— Je suis lié par mon serment, Amélie.

— Mais Hubert est mort !

— Je sais. Il me manque encore.

— Je t'en prie...

Mon parrain hésite, son regard vacille, j'ai marqué des points. Il n'en faudrait pas beaucoup pour qu'il fléchisse. Manifestement il désapprouvait Hubert et aurait trouvé normal de nous dire la vérité.

— Je t'en supplie, César !

Il prend une grande inspiration.

— Pas toute seule. Pas comme ça ! Je vous parlerai à toutes les deux. Reviens avec Marie.

Il sourit, rassuré, il a trouvé la parade, repoussé le moment du parjure.

— C'est cela, répète-t-il, il faut que vous soyez toutes les deux pour me relever de ma promesse.

Je m'énerve. Marie refusera de m'accompagner. Je ne vais pas échouer si près du but sous prétexte que ma jumelle ne veut pas admettre une réalité qui la dérange.

— Tu as des frères et sœurs, n'est-ce pas ?

Il acquiesce.

— Tu aurais préféré ne pas les avoir connus, qu'on te les ait cachés ?

Une expression étrange passe sur son visage ridé.

— Franchement, oui. Mais là n'est pas la question. Reviens avec Marie.

Il se lève, notre entrevue est terminée. Les questions se bousculent dans ma tête. Je demande :

— Il ne vit pas en France, c'est ça ? Sa mère est étrangère ?

César lève les deux paumes pour endiguer le flot.

— Je vous parlerai à toutes les deux !

Je baisse la tête, vaincue. Tout de même, j'ose poser la question idiote qui me brûle les lèvres :

— Hubert nous aimait, n'est-ce pas ?

— Tu en doutes ?

À cette minute, franchement, je ne sais plus quoi penser. Mettez-vous à ma place.

César plante son regard dans le mien.

— Hubert vous aimait plus que tout au monde.

Il tourne les talons et s'éloigne, boitant bas, vers les arcades sous lesquelles il disparaît. Je secoue la tête de dépit, je marmonne, un passant me dévisage, il doit me prendre pour une folle.

Il n'y a désormais plus de doute : nous avons bien un frère. Sait-il, au moins, qu'il est le fils d'Hubert ? J'ai oublié de le demander à César.

Mes doigts se crispent sur mon téléphone portable au fond de ma poche. Je brûle d'appeler ma jumelle, mais elle était si bouleversée ce matin qu'il vaut mieux temporiser. Elle s'est reconstruite en faisant comme si Hubert n'avait jamais existé, en gommant nos souvenirs. Aujourd'hui, j'ai brutalement arraché le sparadrap qui masquait la blessure, et la plaie suinte.

11

La femme part de chez elle à huit heures précises chaque matin. Je connais par cœur ses horaires de travail. Puisque Marie a pris la Laitue, je marche jusqu'au RER, je monte dans un wagon, je me laisse bercer par les secousses du train. Un homme devant moi joue au sudoku. Un adolescent lit *Le Journal de mon père,* le génial manga de Jirô Taniguchi.

Marie n'a pas dormi à Montesson hier soir, elle a dû retourner chez Bertrand. Elle ignore tout de mon coup de fil à maman en Toscane, elle ne sait pas que j'ai revu César au Palais-Royal. Nous partagions tout depuis l'enfance, aujourd'hui ce frère inconnu nous sépare. Il n'est pas encore arrivé qu'il sème déjà la zizanie.

Je change à Châtelet puis je prends le métro jusqu'à Saint-Germain-des-Prés. Je sors sur le boulevard, je jette un regard vers la brasserie Lipp dont Hubert et sa bande étaient des clients réguliers et où il nous emmenait dîner quand le théâtre faisait relâche. Mon cœur se serre. Je tourne la tête vers le Flore, Cyril hante souvent les lieux, je presse le pas pour ne pas le croiser. Il ne m'a pas appelée hier. Il n'a même pas eu ce courage.

Un réverbère à plusieurs globes trône au centre de la place Furstenberg. L'immeuble de gauche est construit dans le style Henri IV, ardoises bleues, pourtour des fenêtres blanc, murs de brique rouge. Une petite cour y mène à l'atelier de Delacroix. La place n'a pas changé, mêmes arbres, mêmes portes cochères. L'immeuble n'a toujours pas de code. Mes jambes retrouvent l'écartement des marches de l'escalier, mes pieds reconnaissent leur cambrure, mes yeux apprécient leur patine. Il n'y a pas d'ascenseur, la cage est trop exiguë. Je gravis les cinq étages sans mollir. Je m'immobilise devant le paillasson rouge, mes genoux ploient d'émotion. Je sonne, dans le doute, prête à raconter un bobard, mais personne ne vient m'ouvrir. Je savoure les bruits avec délice. Le pianiste du premier fait encore ses gammes. La famille nombreuse du sixième a déménagé, il y a un nouveau nom sur leur boîte aux lettres. Le bébé du deuxième, né l'année de la disparition d'Hubert, est devenu un garçon de dix ans.

Doucement, lentement, je glisse ma clef dans la serrure, elle accroche un peu comme chaque fois. Je tourne, la porte s'ouvre en grinçant, la femme ne doit pas souvent la huiler.

J'entre, le cœur battant. Ce n'est pas une effraction, j'ai la clef. Je viens en l'absence de la maîtresse de maison, je risque des poursuites si je suis surprise, mais c'est plus fort que moi. Depuis la mort d'Hubert, notre emménagement chez Georges et la location de cet appartement dont nous avons hérité, je reviens souvent là, à la source, j'en ai besoin, je ne saurais me passer de respirer cet air.

Ça y est, j'y suis. L'odeur des vieux livres a imprégné les murs et me prend à la gorge. La femme n'a pas repeint, les murs arborent les cicatrices de notre jeunesse. C'est moi qui ai fait cette rayure sur le parquet du couloir avec mes patins à roulettes. Marie est responsable de cette blessure à l'angle. Notre chien Tartuffe a gratté le bas de cette porte. Nous avons imprimé notre marque sur ces murs, ils portent notre deuil.

Parfois, on me demande pourquoi j'écris, d'où me vient ce besoin, cette urgence. La réponse est là, place Furstenberg. Pour, au moyen de mots choisis, caresser encore les meubles, humer les odeurs, m'asseoir à nouveau dans le fauteuil club d'Hubert. Les écrivains sont des voyeurs. Les lieux, le mobilier sont empreints de joie et de tristesse, j'exprime en phrases les ondes qu'ils émettent. Cézanne ou Pissarro traduisaient en formes et en couleurs les paysages qu'ils observaient, moi je passe ma vie à revisiter l'appartement de ma jeunesse. Ce n'est pas un choix mais une constatation. Écrire est un mensonge, un tunnel d'évasion, mon moyen d'échapper à une réalité trop lourde, d'effacer les morts qui me hantent, de tuer qui me déplaît, de gommer le tragique, de modeler le monde à ma guise.

Ma sœur est la personne au monde la plus proche de moi, mais je ne lui ai jamais avoué que j'ai gardé la clef. Notre locataire n'a pas jugé utile de changer la serrure, elle nous a fait confiance, elle a eu tort, c'est une erreur de se fier à des inconnus. Depuis dix ans qu'elle loue l'appartement, j'y pénètre à son insu chaque fois qu'il se passe quelque chose d'important ou de troublant dans mon existence. Heureusement elle n'a pas installé d'alarme. C'est une architecte, son ordinateur n'a sûrement pas de mot de passe mais je ne suis pas curieuse et ce n'est pas elle qui m'intéresse. Je viens juste respirer l'odeur d'Hubert et du passé. Chaque appartement a son parfum, il suffit de fermer les yeux, de plisser le nez, on commence par la cuisine, la mémoire est gourmande, on salive, on hume, on savoure, essayez, pour voir, rappelez-vous les odeurs de l'enfance...

C'est cela que je retrouve place Furstenberg dans ces pièces où nous vivions avec notre père. Ces fenêtres, cette bibliothèque encastrée, ce plancher inégal nous ont vus rire et pleurer. Il fallait que je vienne aujourd'hui y réfléchir à tête reposée. Cette histoire de frère me chamboule. Ces murs sont forcément au courant.

Nous avons loué l'appartement meublé à cette architecte. Elle venait de divorcer et se retrouvait à la rue sans rien, elle laissait tout à son ex-mari, par élégance ou par dégoût. Elle dort désormais dans le lit d'Hubert, elle prend ses repas sur notre table, elle s'affale dans notre vieux canapé Chesterfield. Un téléviseur plasma flambant neuf trône dans l'angle, cela n'existait pas à notre époque et nous n'en aurions pas eu les moyens. J'effleure avec émotion les montants de la bibliothèque, mes doigts se rappellent les échardes d'antan, je lui suis liée par le sang. Hubert rangeait ses papiers personnels sur l'étagère du haut, l'un d'eux concernait-il notre frère ?

Je me laisse tomber dans le Chesterfield et, comme naguère, je m'y couche de tout mon long, la tête sur l'accoudoir. Mais le canapé a rétréci ou bien mes jambes se sont allongées, elles dépassent maintenant de beaucoup, la position n'est plus si confortable. Adulte, je suis condamnée à m'y asseoir sagement, le dos droit, les jambes pliées, en visiteuse. Je laisse échapper un petit rire. C'est donc pour cela qu'Hubert nous abandonnait le canapé, préférant son fauteuil club.

Je me relève pour m'y installer et effacer l'image de Luigi se l'appropriant. Mes fesses sentent chaque ressort, mes hanches trouvent leur place exacte, mon dos s'adapte de manière juste et parfaite à la voussure du cuir fatigué. Là où je suis assise, Hubert a sans doute hésité à nous parler de son fils. Là où je suis assise, il a sûrement pensé à lui, à nous, à ce secret jalousement gardé, au jour où il lèverait le voile. Les gens atteints d'une maladie grave préparent leur succession, protègent leurs descendants, mais Hubert se croyait en pleine forme. Il ne pouvait pas deviner que le temps lui était compté. Il s'amusait à l'idée de jouer bientôt des rôles de grand-père, il se réjouissait de ne plus avoir à se maquiller pour s'ajouter des rides. Il pensait mourir sur scène, comme Molière, dans longtemps. Il croyait avoir la vie devant nous.

Aujourd'hui, j'ai ressenti l'impérieuse nécessité de me réfugier là. L'existence maintenant avérée de ce frère me déstabilise, l'attitude ambiguë de César me bouleverse. Ici, je respire mieux.

Je sursaute. Quelqu'un monte l'escalier. Les pas se rapprochent, s'immobilisent sur le palier du cinquième. En dix ans c'est la première alerte. L'architecte travaille, je ne risque rien. Je tente de me calmer, c'est ridicule, ce doit être le facteur ou un démarcheur.

Mais la personne a la clef et elle tente d'entrer. Je suis prise au piège !

Je déglutis avec difficulté et me lève, les jambes flageolantes. La clef tourne, farfouille, en vain. Une voix féminine grogne :

— Qu'est-ce qui se passe ? Tu vas t'ouvrir, oui ?

Ah, mon Dieu, c'est elle, c'est l'architecte ! Elle peste à voix haute sans comprendre. Elle parle du nez, elle doit être malade, c'est pour cela qu'elle rentre si tôt.

J'ai fermé par réflexe et laissé ma propre clef dans la serrure à l'intérieur. Je suis temporairement sauvée. Va-t-elle chercher un serrurier et me donner la possibilité de m'enfuir ? Je jure que je ne reviendrai plus jamais. Ou alors plus rarement. Seulement une fois par an. Si elle ne change pas la clef. Si je me sors de ce pétrin...

J'entends d'autres pas dans l'escalier. C'est journée portes ouvertes, aujourd'hui, dans cet immeuble.

— Bonjour, grommelle l'architecte. Je n'arrive pas à entrer, la serrure est grippée et moi aussi, j'ai au moins trente-neuf de fièvre...

— C'est vrai que vous avez mauvaise mine, dit une voix masculine. Je suis votre nouveau voisin du dessus. Elle a peut-être besoin d'huile ?

— Le concierge a un double, je vais l'essayer, on ne sait jamais.

Elle descend, il monte, leurs pas s'éloignent.

J'attends un moment, la respiration courte, le cœur à cent à l'heure, puis je tourne la clef dans la serrure, lentement, très lentement.

J'entrebâille la porte, le palier est vide. Je me coule dehors, je referme avec précaution.

Entre le quatrième et le troisième étage, je croise l'architecte qui remonte. Il était temps. Elle ne m'a pas revue depuis le jour où nous avons signé le bail, j'ai changé, aucun risque qu'elle me reconnaisse, surtout sans ma sœur. Les gens qui me voient avec Marie se souviennent de nous en tant que jumelles, notre image s'imprime en double sur leurs rétines, ils ne nous identifient pas s'ils nous croisent séparément. Notre locataire a les yeux rouges, elle tousse, me salue de la tête.

J'émerge, libre, dans la lumière de la place. Je m'adosse au réverbère, tremblante. J'ai eu chaud.

Je lève les yeux vers les fenêtres derrière lesquelles j'ai grandi. Notre frère, puisque frère il y a, aurait dû hériter de cet appartement avec nous. Pourquoi notre père n'a-t-il rien prévu pour lui ? J'en reviens toujours au même point, Hubert ne s'attendait sûrement pas à mourir. Il n'avait aucune raison de rédiger son testament. Il n'était ni dans l'urgence ni dans la transmission. Il prenait la vie à la légère et le théâtre au sérieux. Il adorait cette place, ce quartier, cette atmosphère.

À cause de cela, depuis dix ans, Marie a substitué son propre plan de Paris à celui que les touristes consultent. Pour elle, le sixième arrondissement a disparu avec Hubert. Le carré dessiné par le boulevard Saint-Michel, le boulevard du Montparnasse, la rue de Sèvres prolongée par la rue des Saints-Pères, le quai Malaquais, le quai de Conti et le quai des Grands Augustins est rayé de la carte. Le jardin du Luxembourg, le Sénat, l'Académie française n'existent plus. Saint-Sulpice, Sèvres-Babylone, l'Observatoire sont engloutis. Et avec eux, forcément, la place Furstenberg, la brasserie Lipp et tous nos souvenirs d'enfance.

Les déplacements de ma sœur à travers la capitale obéissent désormais à des impératifs inconcevables pour les non-initiés. Si elle conduit, elle contourne le secteur. Si elle est en taxi, elle intime au chauffeur l'ordre exprès d'éviter la zone.

Je me souviens qu'un jour elle a été convoquée pour un casting au cœur même du territoire concerné, au théâtre de l'Odéon. Le rôle était intéressant, le metteur en scène avait remarqué ma jumelle, son agent se frottait déjà les mains. Marie a catégoriquement refusé de s'y rendre, impossible de la faire revenir sur sa décision. Depuis, lorsqu'elle signe un contrat, son agent rajoute une clause stipulant qu'elle ne tournera pas dans le Quartier latin. Elle n'est pas bégueule et accepte les scènes d'amour, elle n'est pas regardante au niveau de la rémunération, elle obéit docilement aux directives des réalisateurs, elle est bonne camarade et s'intègre vite au sein des équipes, c'est la seule condition qu'elle impose.

Je suis là, assise au centre d'une place qui n'existe plus pour ma sœur. Un chat roux s'approche en dansant sur ses pattes fourrées, il se pose des questions autrement essentielles : où manger, que manger, comment rejoindre la persane qui hurle à l'amour la nuit dans le musée Delacroix ? Il agit comme un catalyseur secouant ma torpeur.

Je sais où je dois me rendre mais je n'irai pas seule, je suis trop habituée à être deux.

Je me rappelle, très jeune, d'une sortie scolaire dont Marie, parce qu'elle avait triché en copiant sur sa voisine, avait été privée. J'avais suivi les autres élèves sur le bateau-mouche sans en profiter une minute, la mort dans l'âme, aussi punie que ma sœur. Jusqu'au moment où, en me penchant sur l'eau, j'avais aperçu mon reflet. Je m'étais alors convaincue qu'il s'agissait d'elle, qu'elle nous accompagnait, que j'avais le droit de m'amuser.

Je dégaine mon portable et je m'en remets au sort qui tranchera. J'appuie sur la touche 1. Mon téléphone compose automatiquement le numéro mémorisé, mais je tombe sur la messagerie de Marie et je coupe la communication.

Je passe au 3, Cyril répond tout de suite, mon nom s'est affiché sur son écran.

— Je suis en pleine écriture, Amélie, je peux te rappeler ?

Son timbre sensuel me trouble en dépit de tout ce qui s'est passé. Cette voix grave aux inflexions caressantes me parle de désir, me souffle ce que les amants seuls partagent au creux de leurs draps froissés. Il joue à l'homme occupé, c'est sa manière de me dire adieu. Il est puéril. Je suis triste.

Je me rabats sur la touche 4. Mimmo décroche, avide de conversation. Je lui explique où j'espère le retrouver. Je n'apprendrai rien de plus mais au moins je réfléchirai au calme. Je vérifie :

— Cela ne te gêne pas, Mimmo, tu es sûr ?

— Rien ne me gêne plus, Amélie, j'ai dépassé ce stade. Je serai là dans une heure.

12

Le jour de nos dix-huit ans, Marie et moi avons décidé d'un commun accord de payer l'entretien annuel de la tombe d'Hubert au Père-Lachaise. Pour célébrer leur majorité, certains choisissent de donner leur sang, d'aller aux putes, de passer leur permis de conduire, de prendre la cuite de leur vie. Nous, nous avons choisi de faire nettoyer, décaper et rincer à la machine hydropneumatique la sépulture de notre père. Nous y avons fait planter des aucubas, une plante verte qui paraît-il résiste mieux aux intempéries que les humains fragiles qui reposent sous la terre. Trente-six aucubas exactement, pour nos deux fois dix-huit ans. L'entreprise que nous avons choisie s'engage à effectuer deux nettoyages par an, Rameaux et Toussaint, plus un passage balayage régulier.

Maintenant que Marie a un rôle récurrent dans *Uriel* et que je suis publiée, nous pouvons payer la facture. Mais quand nous l'avons décidé c'était un sacrifice, un effort librement consenti qui nous privait d'un plaisir, disque, livre, film. C'était le moins que nous puissions pour Hubert.

Nous avons fait rechampir la gravure des lettres de son nom au vernis brun Van Dyck, l'ensemble a fière allure et se détache clairement sur la pierre. Autrefois, sur les affiches de la Comédie-Française aucun nom ne devait dépasser des autres, les acteurs apparaissaient selon leur ordre d'entrée dans la compagnie. Ensuite, quand Hubert a joué dans les théâtres d'auteur, l'acteur le plus médiatique était cité en premier et en gros caractères. Au Français il fallait être talentueux, ailleurs il fallait être rentable.

Les tombes sont désignées par le numéro de leur division, Marie et moi ne sommes retournées dans ce cimetière qu'une fois pour vérifier que les plantations avaient bien été effectuées. Nous avions erré longtemps, honteuses, avant de tomber devant la petite chapelle d'un blanc sale sous laquelle dorment aussi les parents d'Hubert, ses grands-parents, et des cousins que personne ne fleurit, que le monde a oubliés. La chapelle n'était pas fermée mais la porte, déformée par les intempéries, était faussée. En repartant nous avions feuilleté un dépliant indiquant les tombes célèbres, Hubert n'y figurait pas. Ma sœur et moi avions échangé un regard puis demandé un rendez-vous avec le conservateur. C'était naïf et osé mais nous n'avions rien à perdre. Nous étions tombées sur un homme charmant qui avait vu Hubert sur scène et qui l'appréciait. Il nous avait assuré qu'un dépliant consacré aux artistes était en préparation et qu'Hubert y figurerait. Nous étions parties apaisées. J'ignore si le dépliant en question a été imprimé depuis.

Je retrouve aujourd'hui la chapelle et les aucubas. Mimmo est déjà là. Il remarque mes traits tirés, mes cernes, ma façon compulsive de me mordre la lèvre inférieure.

— Ce n'est pas à cause de Cyril, quand même ?

Je secoue la tête, non, c'est ce frère inconnu qui me pourrit la tête, proche et pourtant inaccessible. Je dis :

— Merci d'être venu.

Il ne pose aucune question. Il ramasse, sur le chemin, une poignée de petits cailloux gris qu'il pose en tas sur le sol.

La chapelle n'a pas d'odeur, il y fait plutôt frais, j'imagine combien il doit être agréable d'y lire l'été. J'y pénètre, le souffle court. Comme au fond de ces coffres aux trésors que les enfants enfouissent dans le jardin de leur enfance, ceux qui ont aimé Hubert ont déposé là des objets au fil des années. Je découvre le manuscrit d'une pièce dédiée par César à la mémoire de son ami. Il y a également un 7 d'or obtenu par Gus pour sa participation à l'adaptation télévisée d'une œuvre de Victor Hugo. Il y a aussi un trousseau de trois clefs dont aucune ne ressemble à celles de Furstenberg, j'ignore ce qu'elles ouvrent, qui les a mises là, dans quel but. Il y a enfin, à l'abri d'un dossier rose, la couleur préférée de ma sœur, le double de son contrat d'actrice pour *Uriel et les fantômes*.

J'écarquille les yeux. Marie, si officiellement allergique au passé, si rétive à la seule évocation de notre père, si révoltée par sa disparition, aurait déposé ce cadeau posthume ? Cela semble incroyable, pourtant le dossier est bien là.

Hubert ne repose sûrement pas en paix selon la formule consacrée, les acteurs ont besoin d'émotion, de violence, de passion, tout le contraire de la sérénité.

— Tu viens souvent ? demande Mimmo.

Je le détrompe, je lui demande pourquoi les cailloux. Il m'explique que c'est sa façon de prier, la seule qu'il lui reste. Il passe, les cailloux demeurent.

Quatre ans après la naissance de David, Sarah et le petit garçon ont péri un jour de grand vent à Paris quand une grue de chantier s'est abattue dans la rue. Mimmo ne s'est jamais remarié.

« J'ai fondé une merveilleuse famille, répète-t-il avec émotion. Ce n'est pas parce que Sarah et David ne sont plus avec moi que je vais cesser de les aimer ! Prendre une autre femme, ce serait les tromper. Je continue à les chérir même s'ils ne sont plus là. Je ne suis pas un veuf sans enfant, je suis un mari et un père. Je reste cela. »

Sarah et lui avaient projeté de s'en aller, leur installation en Israël était imminente. La mère et l'enfant sont morts un mois avant le départ. Mimmo a fait jouer ses relations, demandé l'intervention d'un cousin rabbin et d'un ami diplomate. Il a dépensé toutes ses économies pour transporter les corps là-bas et ensevelir sa femme et leur fils unique en Terre sainte. Afin de réaliser le vœu de Sarah, il s'est privé de la consolation de se recueillir sur leur tombe.

Demeuré seul, il n'était plus question pour lui de s'expatrier. Il a choisi de rester en France, dans la maison où il avait été heureux avec elle, où ils avaient conçu David, où il avait vu le petit garçon faire ses premiers pas, dire ses premiers mots, rire et chanter. La maison est remplie d'eux. Chaque soir, encouragé par leur silence, il leur conte sa journée, ses rencontres, ses émotions. Marie et moi avons tellement entendu parler d'eux que nous avons l'impression de les connaître.

Je frissonne, je m'éloigne de la chapelle blanche. J'ai cru trouver une réponse ici, mais il n'y a que des questions, des regrets, des remords et des larmes. Les applaudissements se sont tus, les *standing ovations* sont oubliées, le spectacle n'a pas continué. Hubert n'est plus.

J'explique à Mimmo que j'ai peut-être un frère, que je le souhaite, que Marie le réfute catégoriquement. Il ne s'étonne pas, il m'écoute, s'intéresse, hasarde des hypothèses, émet des suggestions. Je rebondis, il continue. Je poursuis, il m'approuve. Je repousse la porte de la chapelle, nous nous dirigeons ensemble vers la sortie du cimetière dans le jour déclinant.

Il dit :

— Ce garçon ne ressemble pas forcément à votre père, peut-être que vous l'avez déjà croisé sans le savoir ?

Aujourd'hui David aurait cinquante ans, mais pour son père il est resté un enfant. Mimmo le cherche dans chaque petit garçon qu'il croise, dans chaque cour de récréation, chaque bac à sable. Il mélange les générations, confond les années, il imagine David jouant avec Myriam, sa propre petite sœur déportée dans le même camp que lui et exterminée avec leurs parents. Il ajoute :

— Je me suis souvent demandé pourquoi j'étais revenu de déportation et pas le reste de ma famille. J'ai d'abord cru que la réponse était David, il fallait que je survive pour qu'il naisse. Maintenant je n'ai plus de réponse mais une autre question : pourquoi n'étais-je pas avec eux le jour où la grue est tombée ? Je suis fatigué de survivre à ceux que j'aime.

Dans la rue, un SDF chante, fort et faux, une vieille chanson de Maxime Leforestier qui date de bien avant ma naissance : « Toi le frère que je n'ai jamais eu, sais-tu si tu avais vécu, ce que nous aurions fait ensemble ? »

Mimmo m'explique que Dieu n'est jamais cité dans le Talmud, que le mot Dieu manque à la langue hébraïque.

Le mot Hubert manque au vocabulaire de Marie depuis dix ans. Et l'homme nous manque à toutes les deux.

Marie rentre tard ce même soir, je vois à son expression qu'elle désire faire la paix.

Elle dit :

— Il m'est arrivé une chose étrange aujourd'hui. J'ai signé un autographe à une téléspectatrice qui m'a demandé des nouvelles d'Hubert. J'ai été si désarçonnée que j'ai répondu qu'il allait bien... c'est fou, non ?

Ce qui est fou, c'est qu'elle vient à nouveau de prononcer le prénom de notre père. L'irruption d'un frère dans notre vie aura au moins abouti à cela, ce déclic a levé son blocage.

Elle ajoute :

— Je déteste m'affronter à toi, Amélie, c'est comme un arrachement. Tu n'y étais pour rien et j'ai bêtement passé ma colère sur toi. La peur rend injuste. Je te demande pardon.

— Tu veux te faire pardonner ? Tu ne tournes pas demain, alors consacre-moi ta journée !

Elle acquiesce, soulagée de s'en tirer à si bon compte.

13

Je sais depuis trois jours que nous avons un frère et déjà je ne pense plus qu'à cela. Le reste, la façon détestable dont Cyril m'a plaquée, la sortie de mon second roman, a tellement moins d'importance. Demain, dans le cadre de la promotion de mon livre, je serai interviewée à la radio, en direct, l'après-midi. Je devrais être stressée, pourtant mes pensées vont ailleurs.

Je suis au volant de la Laitue, ma sœur et moi filons sur l'autoroute déserte, enfin, filons est un grand mot, la Fiat 500 ne dépasse pas les cent kilomètres à l'heure et encore en descente, mais le vent qui s'engouffre dans la capote nous donne une illusion de vitesse.

Marie tourne actuellement la deuxième saison d'*Uriel*, elle a quartier libre aujourd'hui. Notre dispute lui a manifestement coûté autant qu'à moi. Nous avons choisi de faire comme s'il ne s'était rien passé, de gommer nos dissensions. Elle ignore que j'ai vu le dossier rose renfermant son contrat dans la chapelle du Père-Lachaise. J'ai décidé de ne rien lui dire.

Nous avons passé notre permis il y a sept ans, le même jour. J'ai conduit ma sœur à des castings et à l'audition d'*Uriel et les fantômes*, elle avait si peur que la carrosserie de la Laitue tremblait au même rythme qu'elle. Marie m'a emmenée déposer mes manuscrits auprès d'éditeurs installés hors du sixième arrondissement, elle m'attendait dans la voiture pendant que je signais mon premier contrat. La Laitue a été présente à tous les moments clefs de notre existence. Aujourd'hui elle fonce vers la Normandie.

Marie répète :

— Ce n'est pas contre toi que je suis fâchée, Amélie. Je ne veux plus avoir mal, c'est tout.

Je hoche la tête. J'annonce :

— Je t'emmène déjeuner à la campagne. Cela fait trop longtemps que nous n'avons pas pris un repas ensemble en tête à tête.

— Je suis au régime.

— Tu commanderas une salade !

— Je suis fatiguée...

— Dors, je te réveillerai quand on sera arrivées ! J'ai réponse à tout, elle se pelotonne contre la vitre et tente en vain de trouver le sommeil. Il y a peu de monde sur la route en semaine.

— Où m'emmènes-tu, Amélie ? Tu sais qu'il y a plein de bons restaurants à Paris ?

— Une belle vue stimule l'appétit, dis-je gaiement. C'est moi qui offre, j'ai le choix du lieu. Nous n'avons pas eu le temps de fêter ton triomphe.

— *Uriel* n'a pas été tourné à Rouen, que je sache !

— Tu es actrice et Cannes est un peu loin pour un simple déjeuner. Je voulais t'inviter dans un lieu mythique, j'ai choisi une ville avec un festival.

Elle cherche. Le festival de Cannes, l'Ours d'or de Berlin, la Mostra de Venise, le festival de Deau...

Elle fronce les sourcils. Son visage se crispe. Ça y est, elle a trouvé.

— Tu veux dire ?

J'acquiesce, tendue. Je ressens chaque émotion de ma sœur, mon estomac se noue, toute la peau me brûle comme au temps des zonas.

— Je ne trouve pas ça drôle, fait Marie d'une voix rauque. Je n'ai aucune envie de déjeuner à Deauville. Fais demi-tour, on rentre.

— Elle n'existe plus, dis-je. On va ailleurs. Laisse-moi une chance, s'il te plaît.

— Qu'est-ce qui n'existe plus ?

— La Passagère !

Cela remonte à 1997. C'était le dernier été d'Hubert, les ultimes vacances que nous avons passées avec lui. Il aimait le climat normand, les fromages locaux, le sable mouillé, la mer grise. Il n'était ni un homme du Sud, de soleil, de pétanque, de pastis, d'espadrilles, ni un homme de l'Ouest, de bateau, de pêche, de bottes de marin. Il était parisien, nostalgique, formidable, théâtral et imprévisible. Il nous élevait comme il pouvait, comme il pensait. Après nos deux mois obligatoires et rituels en Toscane avec maman, nous venions de rentrer place Furstenberg pour la rentrée des classes, nous aurions dû être au collège.

Il faut dire, à la décharge d'Hubert, qu'on le reconnaissait souvent, il aurait été difficile de séjourner en paix à Deauville pendant les vacances scolaires. Mais après, la plage était vide, les planches désertes, la mer et le court de tennis de La Passagère nous appartenaient. Nous protestions :

— La directrice va être furieuse, nous allons encore rater la rentrée !

— Vous avez la rougeole, affirmait Hubert. Vous êtes couvertes de boutons, c'est laid et contagieux, vous reprendrez les cours dans huit jours.

Lui qui était si fouillis, si désordonné dans la vie quotidienne, tenait scrupuleusement note de nos prétendues maladies infantiles. L'année précédente, il avait décrété que nous avions la rubéole. Nous manquions systématiquement la rentrée pour partir tous les trois. César et Gus protestaient et lui disaient que c'était mal d'inciter ses filles au mensonge, de tromper l'administration, de se croire au-dessus des lois.

— Loin de moi cette idée saugrenue ! rétorquait Hubert. Je suis au contraire infiniment respectueux de l'école de la République. La preuve, je lui confie mes jumelles à éduquer et à cultiver. Mais je suis leur père, et ce n'est pas trop demander de les garder avec moi pendant une malheureuse semaine.

— Comment sais-tu que La Passagère n'existe plus ? dit Marie.

— J'ai téléphoné à l'office du tourisme.

Elle reste silencieuse un moment, puis se décide.

— Je veux la revoir.

Elle n'a pas résisté. Je l'aurais parié.

C'était, à l'époque, une pension de famille qui ressemblait à un gros gâteau rose et blanc. Son nom nous fascinait, nous imaginions une mystérieuse femme en transit, une énigmatique voyageuse en partance pour une nouvelle vie. Quel était son secret ? Avait-elle le pied marin ? Laissait-elle derrière elle un mari, un amant, des enfants ? La légende de cette inconnue se mêlait pour nous à la réalité, à l'absence de notre mère partie en Italie.

Aujourd'hui, dix ans plus tard, La Passagère est devenue une maison particulière. Je gare notre Laitue au coin de la rue d'autrefois. Des palmes oubliées l'été dernier gisent sur les marches du perron, on a changé les volets, des publicités débordent de la boîte aux lettres.

Nous longeons le court de tennis où, ce dernier été, Hubert nous regardait prendre des leçons avec le moniteur bronzé dont nous étions amoureuses et qui n'accordait aucun intérêt à nos jambes de sauterelles, à nos poitrines plates, à nos bouches défigurées par un appareil dentaire barbare et brillant. Nous tapions allègrement dans les balles jaunes, coup droit, revers, service, volée. Hubert nous observait en bavardant avec un jeune homme en convalescence à La Passagère. Il sortait de cette mononucléose qu'on appelait à l'époque la maladie du baiser. Il était plus âgé que nous d'une dizaine d'années.

Je fronce les sourcils. Dix ans. La même différence qu'entre nous et la lectrice aux cheveux carotte. Le même écart qu'entre nous et notre mystérieux frère.

Je tressaille. Et si la présence de ce jeune homme dans la même pension de famille n'était pas un hasard ? Si Hubert avait fait venir son fils pour passer ses vacances entouré de ses trois enfants ?

C'est fou, délirant... mais envisageable ?

Impossible de retrouver le visage de ce garçon. Je me souviens de son chandail blanc avec une bande bleue, de sa silhouette mais son regard, ses traits, la couleur de ses cheveux sont gommés de ma mémoire.

Je demande à Marie, l'air de ne pas y toucher :

— Tu te rappelles le garçon avec un chandail blanc à bande bleue qui était là pendant qu'on jouait au tennis ?

— Celui qui avait une mononucléose et qui est venu à l'église Saint-Roch ?

Marie a une logique qui lui est propre. Notre père est tabou, pas son enterrement.

Je fronce les sourcils.

— Il est venu, tu es sûre ?

— Oui. Tu ne l'avais pas reconnu ?

Non. J'avais les yeux tellement gonflés, ce jour-là, que je distinguais à peine les gens à travers un brouillard de larmes et l'œdème de mes paupières.

Je me souviens de dizaines, de centaines de mains, moites, sèches, sincères ou intéressées, avec ou sans gants, avec ou sans émotion. Mais j'ai occulté les visages de leurs propriétaires.

— Il avait quoi, à l'époque, vingt-cinq ans ?

Marie me foudroie du regard.

— Tu ne vas pas t'y remettre et recommencer avec cette stupide histoire de frère ? Pourquoi sommes-nous là ?

— Pour fêter *Uriel* !

Elle soupire.

Nous avons besoin l'une de l'autre, si nous nous fâchons nous nous retrouverons chacune seule au monde.

— On déjeune ? propose-t-elle. Je commence à avoir sacrément faim.

— Tes désirs sont des ordres !

J'ai retenu une table dans un restaurant de poisson, les commerçants sont aimables et reposés, la saison commence juste. Nous choisissons des plats différents, carpaccio de thon et dorade en croûte de sel, accompagnés de la coupette de champagne inhérente à toute fête.

Je me souviens, ensuite, d'une journée calme et tendre. Nous marchons sur la plage, arpentons les planches, jouons avec le sable, mangeons une glace. Nous parlons de nos amants mais pas de nos étreintes, c'est troublant d'imaginer son double parfait dans les bras d'un homme qu'on n'aime pas, cela tient du viol. C'est difficile à expliquer, cela vient de l'enfance, de notre gémellité.

En début de soirée, Marie s'éloigne pour téléphoner à Bertrand et je l'attends devant un petit hôtel en me plongeant dans le dernier *Cosmopolitan*. Elle revient en disant :

— Bertrand t'embrasse !

Elle sait que je sais que c'est faux. Elle dit :

— Si on faisait l'école buissonnière ? On passe la nuit ici et on revient demain matin pour ton émission de radio ? On leur demande s'ils ont une chambre libre ?

Je réponds :

— Excellente idée. On a la quatrième fenêtre en partant de la droite.

— Quoi ?

— La quatrième, chambre 6. Je suis convoquée à la radio à seize heures, on a largement le temps.

Marie ouvre la bouche, cligne des yeux comme chaque fois qu'elle est émue. Je me ronge l'ongle de l'index droit. Nous sourions. J'ai déjà réservé une chambre sans la consulter, pour lui faire la surprise. L'hôtel n'a aucun charme, si ce n'est sa vue imprenable sur les flots, et c'est cela dont nous avons besoin, cette mouvance, cette magistrale hypnose.

Nous dînons côte à côte, face à la mer, de crabe farci et de calamars frits. Nous buvons un muscadet qui délie nos langues et donne de l'aisance à nos gestes. Nous sommes habillées pareil, et cela encore nous ramène à l'enfance : comme nous n'avions pas prévu de rester cette nuit nous sommes entrées dans un magasin pour acheter un pull. Évidemment nous avons craqué pour le même modèle, orange, cintré, avec un col rond. Par chance il leur en restait deux de la même taille. Petites, maman nous habillait de la même façon. Après son départ, Hubert nous a laissé le choix et nous sommes devenues deux personnes distinctes.

Nous aurions pu, ce soir, souper l'une en face de l'autre, mais dans ce cas l'une aurait hérité de la vue et l'autre en aurait été privée. Nous avons préféré nous installer chaise contre chaise, coude à coude, unies devant la Manche que le soleil couchant colore et qu'un oiseau élégant survole.

Je demande :

— Tu aimes vraiment Bertrand ?

Marie soupire.

— Je ne me fais pas d'illusions, il m'aime parce que je joue dans *Uriel*.

Elle quitte la mer des yeux pour me fixer, elle est plus sage et plus mûre, peut-être parce qu'elle est née avec ces fameuses deux minutes d'avance.

— Il me protège, Amélie. Le cinéma et la télévision sont une jungle. Si j'obtiens un rôle, les autres actrices m'en voudront, nous sommes toutes concurrentes, il n'y a qu'une seule Camille Claudel, une seule George Sand, une seule Charlène ! Ce n'est pas pareil pour toi, une lectrice peut acheter à la fois ton livre et celui de Cyril, mais dans mon milieu professionnel la jalousie est poussée au paroxysme. Bertrand me défend. Je n'ai personne d'autre.

Je hoche la tête. En somme, il lui sert de père. Elle se débarrasse de ma question d'un gracieux mouvement d'épaule, cette nuit elle veut revenir au temps de l'insouciance.

À la table voisine, une petite fille bouclée que ses parents appellent Esther rit aux éclats en leur racontant une histoire compliquée. Ils ont l'air heureux et unis.

Marie vérifie :

— J'espère que tu n'aimais pas vraiment Cyril ?

J'aimais être avec lui, le regarder, marcher à son côté. Sa beauté me fascinait, ses livres me plaisaient, une femme peut être amoureuse de l'harmonie et des phrases d'un homme. Je me blinde pour ne pas laisser la tristesse m'envahir. Je savais que le temps nous était compté mais je croyais avoir encore de la marge. Je dis :

— Qu'est-ce que cela change ? Il a trouvé son Eurydice.

— Je lui souhaite bien du plaisir, elle a le QI d'une huître !

Je ris. Marie a l'air détendue. J'annonce :

— J'ai téléphoné à maman hier. Elle regarde *Uriel*. Elle trouve que tu joues très bien.

Marie, déstabilisée, fronce les sourcils.

— Luigi a enfin succombé à la déesse cathodique ?

Luigi a la télévision en horreur, il n'en veut pas chez lui, maman regarde les cassettes que je lui envoie sur le magnétoscope de sa femme de ménage philippine.

J'élude :

— En tout cas, elle te regarde et elle apprécie.

Marie cligne à nouveau des yeux puis vole le chocolat qu'on vient d'apporter avec mon café. Je le lui concède, c'est de bonne guerre.

Je croise les doigts sous la table pour conjurer le sort et j'ajoute :

— Dans la foulée, j'ai aussi appelé César.

Le regard de ma sœur devient sombre et la joie disparaît de son visage.

— Sans me le dire ?

— Je te le dis maintenant. Il m'a confirmé que nous avons bien un frère. Hubert ne voulait pas que nous le sachions. Gus était son parrain, César est allé au baptême...

Marie, assommée, papillote des yeux.

J'enchaîne très vite :

— César a refusé de me révéler son identité si tu ne viens pas avec moi. Tu es libre de ne jamais le rencontrer, c'est ton droit le plus strict. Mais César ne me dira la vérité que si tu m'accompagnes. Allons-y demain, je t'en prie, Marie. Je ne supporte plus de ne pas savoir. Accorde-moi une demi-heure, ce n'est pas la mer à boire !

La mer, elle est là, silencieuse, hautaine, elle a assisté à nos jeux de gamines, elle observe notre affrontement d'adultes. Plus tard, j'en fais le serment solennel, je vivrai de ma plume et j'écrirai dans une petite maison sur une île.

Je plaide ma cause :

— Je t'en supplie, fais-le pour moi. Tu es ma jumelle, tu ne peux pas...

— Non !

Marie repousse sa chaise et se lève en renversant mon café, qui tache la nappe.

— Ça suffit ! souffle-t-elle d'une voix défaite.

Elle refusait d'évoquer Hubert, elle refuse maintenant d'admettre l'existence de ce frère qui nous tombe du ciel. Je mènerai donc ma quête seule. Ai-je un autre choix ?

L'harmonie est brisée, par ma faute. Ma jumelle s'enfuit dans l'obscurité qui a envahi la plage et je demeure là, comme une imbécile, à me reprocher d'avoir mal présenté les choses.

Je sors pour la chercher mais elle a disparu. Je la cherche longtemps sur les planches, le long du court de tennis, autour de La Passagère. Puis j'abandonne et je monte me coucher. Quand je m'endors enfin, tard, Marie n'est toujours pas revenue.

Je me réveille en sursaut le lendemain matin. L'autre lit de la chambre est vide. J'ouvre la fenêtre, je me penche, je scrute la plage mais je n'aperçois aucun pull orange. Des enfants courent sur le sable, un cerf-volant jaune surplombe la mer.

Je m'habille rapidement, je rassemble mes affaires, je descends l'escalier. Le réceptionniste du matin est un petit brun à moustaches. Je sors ma carte Bleue et je la lui tends.

— Je voudrais juste un café et régler la chambre.

Il me dévisage d'un air effaré.

— Vous vous sentez bien ? Vous m'avez dit exactement la même chose il y a une heure, en me demandant l'heure du premier train pour Paris. Vous avez déjà bu votre café et vous m'avez déjà réglé. Vous avez oublié ?

Donc, Marie m'a devancée. Je demande :

— Il était à quelle heure, ce train ?

Le réceptionniste me considère avec méfiance.

— Il vient de partir.

Ma sœur est sûrement dedans.

14

Je rentre de Deauville, seule, la mort dans l'âme. Marie est furieuse, blessée, elle ne m'accompagnera pas chez César, je ne saurai rien de plus, j'ai échoué.

Je tente de me ressaisir, de canaliser mes émotions, de me calmer pour affronter mon interview de cet après-midi.

D'habitude, Marie m'écoute et m'appelle dès la fin de l'émission pour me féliciter ou me remonter le moral. Je doute qu'aujourd'hui elle le fasse. César a toujours été un auditeur fervent, il allumera peut-être sa radio par hasard au bon moment ?

Cela ne se voit pas à l'antenne, mais l'animatrice, mince et sexy, porte une sublime robe en jersey qui s'enroule, rouge imprimée blanc, de chez Diane von Furstenberg, je la reconnais parce que le nom m'a frappée, à cause de la place. La robe est belle, fragile, trop chère pour moi. Cyril ne porte que des vêtements griffés, il prétend que c'est indispensable. Moi je me fournis chez H & M, je ne joue pas dans la même catégorie.

L'autre invité de l'émission est un poète, la quarantaine, mal rasé, prénommé Guillaume, comme Apollinaire. L'animatrice bat des cils, sort le grand jeu, croise et décroise les genoux, se passe la main dans les cheveux. Elle a complètement oublié que j'existe. Le poète lui propose une cigarette, il se caresse le menton, prend l'air énigmatique, lui dédicace son livre.

Je lui dédicace le mien mais elle s'en fiche. Le couple, en face de moi, esquisse la danse des sept voiles. Elle lui pose des questions drôles, sa voix a des inflexions caressantes, il répond par des mots subtils. L'émission dure une heure, en direct, de 16 h 30 à 17 h 30. Mon attachée de presse m'a prévenue que nous prendrions la parole à tour de rôle, cinq minutes chacun. Mais l'animatrice et le poète se renvoient la balle pendant vingt-cinq minutes comme si j'étais transparente.

J'attends mon tour en refrénant un agacement qui peu à peu se transforme en colère. L'injustice est flagrante. Je devrais intervenir, m'immiscer dans la conversation, jouer ma partie. Ce n'est pas mon genre. Je regrette d'être venue.

Sans crier gare, l'animatrice se tourne soudain vers moi et me demande tout à trac :

— Amélie, vous êtes la fille d'Hubert Saint Jean, quel effet ça fait ?

J'avale ma salive. J'avais préparé une liste de mots-clefs à prononcer impérativement pour présenter mon livre : une belle histoire, intriguer le lecteur, le faire palpiter, l'entraîner avec moi dans l'aventure des mots. J'oublie tout. Je reste muette.

L'animatrice insiste :

— Votre père était un acteur célèbre, pourquoi avoir choisi le roman plutôt que le théâtre ?

Tout s'embrouille dans ma tête. Je repense à la lectrice aux cheveux carotte, au jeune homme de Deauville, à César dans les jardins du Palais-Royal, à maman en train de visionner *Uriel* chez sa femme de ménage. Je voudrais répondre à l'animatrice, mais les phrases restent bloquées dans ma gorge. Le silence, qui n'excède pas quelques secondes, est insoutenable.

Professionnelle rodée, l'animatrice pivote vers son autre invité :

— Ma question laisse Amélie perplexe. Et vous, Guillaume, pourquoi cet intérêt pour la poésie ?

Il sourit, se lance dans une réponse emberlificotée. Mais lui, au moins, il parle. Je viens de me flinguer en direct, de laisser passer ma chance.

Une horloge surplombe la régie derrière la vitre de laquelle j'aperçois le réalisateur. Des chiffres défilent, 16 h 57... 58... 59...

L'animatrice interrompt le poète avec un grand sourire :

— Nous retrouverons Guillaume et Amélie tout de suite après le flash d'informations !

Elle se tourne vers moi, irritée :

— La timidité peut être un atout à la télévision, vous êtes trop jeune pour avoir vu Patrick Modiano chez Bernard Pivot. Mais à la radio, cela ne passe pas. Il faut vous secouer, Amélie !

Son attitude n'est pas hostile, elle me catalogue comme une mauvaise invitée et elle me raye de ses tablettes.

On nous apporte des verres d'eau tandis que je me liquéfie. L'animatrice et le poète continuent à minauder comme si je n'étais pas là.

Une voix de femme, désincarnée, égrène les nouvelles du jour : guerre, grèves, météo, César Ponant...

Je tressaille. Elle a dit César. Elle a dit Ponant. Elle vient de prononcer le prénom et le nom de mon parrain.

Je tends l'oreille. C'est de lui qu'il s'agit, en effet. La journaliste s'exprime d'une voix indifférente, les événements qu'elle relate la touchent si peu.

César Ponant, le célèbre auteur de théâtre joué dans le monde entier, est décédé ce matin à Paris, renversé par une voiture place André-Malraux. Il avait soixante-douze ans et avait reçu il y a quatre ans le Molière de...

Je me recroqueville sur ma chaise. Vrai, je courbe inconsciemment le dos pour encaisser. Je fais ce geste, je me roule en boule, comme un hérisson. La régie, l'horloge, l'animatrice et le poète se mettent à vaciller, ou peut-être est-ce moi qui tremble. La surprise et le chagrin me coupent le souffle.

Je connais par cœur la place André-Malraux, à la jonction de l'avenue de l'Opéra et de la rue de Richelieu, devant la Comédie-Française. Les mots tournent en boucle dans ma tête. César Ponant. Décédé ce matin. Une voiture. Soixante-douze ans. Parce qu'il avait survécu à Hubert, je croyais César immortel.

Je suis effarée. Je n'arrive pas à le croire. César, que j'ai vu il y a trois jours dans les jardins du Palais-Royal, ne peut pas être mort !

Je l'imagine, dans son éternel costume de lin crème, étendu de tout son long sur la chaussée à côté de son panama. Il a glissé sans doute, ou ses genoux se sont dérobés sous lui à cause de l'arthrite familiale au moment où une voiture arrivait trop vite, c'est ainsi que les accidents se produisent.

À quoi songeait-il en traversant ? À sa prochaine pièce ? Au message que j'ai laissé sur son répondeur ce matin pour lui annoncer que Marie refusait de le rencontrer mais que je brûlais d'apprendre la vérité ?

À quelle heure a-t-il été renversé ? A-t-il pris connaissance de mon message ? Songeait-il à cela quand la voiture est arrivée sur lui ?

Je n'ai pas convaincu ma jumelle de m'accompagner chez César, elle sera bien obligée de venir à son enterrement. L'église Saint-Roch se trouve dans le premier arrondissement, hors du périmètre interdit. Nous n'y sommes pas retournées depuis dix ans, nous nous ferons violence. La boucle est bouclée. Ma quête est terminée. César a disparu avec le secret de notre père. La piste s'arrête. La peine me submerge.

Mon cœur rate un battement, je suffoque un instant, puis tout redevient normal. L'horloge indique 17 h 09. Le poète mâche un chewing-gum. L'animatrice vient de me poser une question que je n'ai pas entendue.

— Vous pouvez répéter ? dis-je, encore sous le choc.

Elle me lance un regard noir, reprend sur un ton enjoué :

— Je disais que votre jumelle Marie joue dans *Uriel et les fantômes*, la série de l'été. J'ai récemment reçu Fred Vargas, sa sœur jumelle est peintre. La gémellité stimule-t-elle l'imagination ?

Je viens présenter mon roman et on m'interroge sur mon père ou ma sœur. Est-ce donc tellement banal, d'écrire ? Je revois soudain l'expression du visage de César quand il m'a tendu mes livres à dédicacer. Ma colère tombe. Mon chagrin me stimule, l'effarement cède la place à la détermination, je dois honorer sa mémoire. Oui, c'est une évidence absolue, je dois témoigner, parler de César, d'Hubert, de cette tendresse et de cette rage qu'ils suscitent en moi.

Je dis :

— Deux pour le prix d'une. Notre père nous a transmis l'amour des mots, ma sœur et moi déclinons ce goût de manière différente pour lui rendre hommage. César Ponant, dont vous venez d'annoncer la disparition, était un habitué de la maison et l'un des meilleurs amis d'Hubert...

Je suis lancée, on ne peut plus m'arrêter. J'éprouve le besoin de les ressusciter aujourd'hui à l'antenne, de jouer les biographes, de relater leurs fulgurances. Je cite Hubert, j'avoue à quel point il me manque. Je salue la sortie de scène impromptue de César, je précise que je l'ai revu avant-hier. Je décris nos soirées d'autrefois place Furstenberg. Je raconte nos dîners d'antan Chez Lipp, au rez-de-chaussée, tout au fond de la salle. Je me souviens des plats qu'Hubert et ses amis aimaient, choucroute, blanquette de veau, pieds de porc. Ma sœur et moi prenions une sole meunière et des profiteroles au chocolat.

C'est cela, la saveur de l'enfance, celle des choux fourrés de glace à la vanille et nappés de chocolat brûlant. Hubert ne prenait pas de dessert et nous volait une profiterole à chacune. C'était en semaine, quand le théâtre faisait relâche. Nous avions école le lendemain. Repues et ravies, nous dormions en classe. Nos camarades nous parlaient Jardin d'acclimatation, Eurodisney, cinéma américain et MacDonald's. Nous leur répondions jardins du Palais-Royal, théâtre classique ou contemporain et brasserie Lipp.

L'animatrice m'écoute, sourire aux lèvres. Je ne vante pas mon roman, je ne vends pas ma salade, je partage mes souvenirs, je redessine notre enfance aux couleurs du Quartier latin, je repars loin en arrière. Hubert est magnifique, César majestueux, ils sont exceptionnels. Ma timidité disparaît, mon inhibition cesse, je deviens ma jumelle le temps de l'émission.

L'animatrice, ravie, lance des regards langoureux au poète mais ne lui redonne pas la parole. Mon enthousiasme est communicatif, je me démène pour que les auditeurs connaissent la face cachée d'Hubert et de César, pas seulement leurs personnages publics.

L'horloge, bientôt, indique 17 h 28. Je n'ai pas vu passer le temps.

— C'était passionnant, Amélie, coupe enfin l'animatrice. Je suis sûre que nos auditeurs vont se précipiter dans les librairies pour découvrir les livres de nos deux invités...

Elle se tourne vers Guillaume qui me jette un regard torve, et elle se lance dans le panégyrique de son recueil de poèmes. Je me ratatine sur ma chaise comme un jouet animé dont on viendrait de retirer les piles. Je suis affaissée, tassée, racornie, éteinte. Je n'ai plus rien à dire. César est mort avec notre secret. Je l'ai raté pendant dix ans. À présent il est trop tard.

L'interview est terminée. Le poète et l'animatrice s'échangent leurs numéros de portable. Une assistante m'apporte une cassette enregistrée. Je la remercie. L'animatrice est radieuse :

— Au début j'ai cru que j'allais ramer avec vous... et puis vous vous êtes réveillée et nous avons fait une excellente émission. Vous devriez écrire une biographie de votre père, vous en parlez de façon convaincante. Revenez dès que vous aurez une actualité, je vous recevrai avec plaisir !

Elle serait déçue. On n'a pas tous les jours un César qui meurt en direct.

J'émerge, chamboulée, dans la rue ensoleillée. L'adrénaline est retombée et du coup l'émotion me terrasse. Je ne suis plus qu'une boule de chagrin.

Une jeune femme court vers moi depuis le haut de la rue. Elle écoutait l'émission elle aussi, elle a entendu la nouvelle. Nous nous jetons dans les bras l'une de l'autre. Elle n'est plus fâchée, la mort de César nous réconcilie d'office. Les passants se retournent, notre ressemblance ne passe pas inaperçue. Mes larmes jaillissent. Les mots sont superflus. Marie sait.

15

Ce matin nous disons adieu à César, tout le gratin du théâtre se presse dans l'église Saint-Roch. Ils sont venus ils sont tous là, les grands et les petits, les stars et les obscurs. Combien ont assisté aux obsèques d'Hubert il y a dix ans ? Il faudrait comparer, établir des recoupements.

Je cherche vainement, dans la foule, des visages connus. J'ai l'impression de jouer aux chaises musicales, notre père a ouvert la voie, Gus a suivi, c'est maintenant le tour de César. Notre enfance se désagrège, les témoins quittent un à un la scène. Jacques, le parrain de Marie, est sûrement quelque part dans l'église avec sa femme Diane, mais nous ne les avons pas encore aperçus. Il y a trop de monde, trop de fleurs, trop de mondanités.

Marie et moi sommes arrivées tôt et nous avons tout vu, assisté à chaque mesquinerie, à chaque piètre victoire. Certains ont joué des coudes pour être placés près d'une célébrité ou d'un producteur. D'autres se sont avancés en pleine lumière pour être à la place d'honneur. Les frères et sœurs, ceux que César aurait préféré ne pas avoir connus, sont entrés en troupeau. Le frère aîné a des souliers trop brillants qui couinent tandis qu'il marche vers le premier rang, sa femme a dû les lui cirer ce matin en marmonnant : « On est les seuls héritiers, il y aura sûrement un paquet de fric à la clef. » Elle a une tête à penser cela, des cheveux rares, des lèvres pincées, une bouche inexistante qui ne doit pas aimer embrasser.

Nous avons eu une surprise hier. Un notaire nous a convoquées à son bureau et a produit des documents officiels prouvant la véracité de ses dires. Il y a quinze ans, Hubert, César et Gus sont allés ensemble le consulter en son étude pour rédiger leurs dernières volontés. Hubert et César ont exigé d'être enterrés ensemble au Père-Lachaise, « plus on est de fous plus on rit », les a cités le notaire imperturbable. Gus a choisi d'être incinéré et que ses cendres soient dispersées sur la colline d'Hollywood au pied des lettres géantes. C'était illégal mais César a bravé les lois pour s'acquitter de cette tâche.

Je comprends maintenant le rapport entre son voyage aux États-Unis et la mort de Gus. Je comprends aussi la raison de la présence du 7 d'or et du manuscrit de la pièce dans notre caveau familial : les amis d'Hubert ont décoré un espace mythique commun. Le trousseau de clefs ouvre peut-être un autre lieu de mémoire ?

Le notaire nous a demandé, par-dessus ses lunettes :

— Marie et Amélie Saint Jean, vous êtes les uniques ayants droit au caveau du Père-Lachaise. Vous êtes d'accord pour que César Ponant y soit inhumé ?

Nous n'avons émis aucune objection. Je n'ai pas cru bon de lui préciser qu'il existe quelque part un troisième ayant droit.

La messe se termine. Je regarde avec attention tous les hommes entre trente et quarante ans. L'un d'eux est peut-être notre frère. Si c'était celui-ci, aussi grand que notre père ? Ou cet autre avec un nez un peu fort ?

Je ferme les yeux, j'imagine que l'église est remplie de clones d'Hubert, que toutes les travées sont occupées par ses sosies, alignés les uns à côté des autres tels des zombis.

Ma sœur tremble, je pose la main sur son bras. Nous sommes aussi vulnérables l'une que l'autre mais elle est plus extravertie. Ma chair de poule n'est pas visible. Marie, en bonne actrice, vibre de tout son corps ; moi, ce sont les phrases et les chapitres de mes romans qui encaissent à ma place.

Ma sœur cesse de trembler. Je retire ma main. Nous nous sommes affrontées à deux reprises cette semaine, en voilà assez. La mort remet les choses à plat, redessine les priorités. Notre frère est peut-être vivant mais César est mort, cela seul importe. La bande d'Hubert se reconstitue dans une autre dimension, sous les feux d'une autre rampe. Et nous demeurons là, privées de lumière, glacées et seules.

Le prêtre saisit le vase rempli d'eau bénite où repose le goupillon, il trace le signe de la croix sur le cercueil, nous invite à l'imiter. Les participants à la cérémonie obéissent et se mettent en file pour aller rendre cet ultime hommage à César.

J'attends mon tour, juste derrière ma sœur. Nous sommes en noir, bien sûr. Ai-je précisé que je porte un feutre blanc semblable à celui de l'héroïne de *L'Amant* de Marguerite Duras ? Je piétine à la suite des autres, j'arrive devant le cercueil. Je saisis le goupillon d'un geste si maladroit que mon chapeau glisse et tombe. *Le coup passa si près que le chapeau tomba.*

Je n'ai pas prévenu Marie, elle m'a vue me coiffer du feutre sans poser de questions. Le chapeau roule sur le sol de l'église, il n'en finit pas de rouler, puis il ralentit, hésite, s'immobilise, enfin, comme le panama de César dans les jardins dimanche dernier. Je le ramasse. Tout le monde nous regarde. Où qu'ils soient, je suis sûre que César et Hubert apprécient. Marie me souffle :

— *Donne-lui tout de même à boire, dit mon père.*

La messe est dite, au propre et au figuré. Des photographes immortalisent les célébrités qui sortent de l'église et dédaignent les inconnus. L'un d'eux reconnaît la Charlène d'*Uriel et les fantômes* et mitraille Marie. Je ralentis le pas, je demeure exprès en arrière, protégée. Le frère de César descend les marches avec ses souliers qui couinent dans le silence. L'orgue, pathétique, sadique et déchirant, joue la musique du film *La Strada*. Marie essuie ses larmes. Mon rimmel, censé être résistant à l'eau, a coulé.

Nous décidons de ne pas nous rendre au cimetière, nous ne supporterions pas d'entendre un imbécile demander : « Qui c'est, ce Hubert Saint Jean enterré à côté ? » Nous avons failli appeler maman pour la prévenir puis nous y avons renoncé, elle n'aurait pas eu le temps de s'organiser. J'espérais revoir Jacques et Diane. Ont-ils tellement vieilli que nous ne les avons pas reconnus ?

Marie travaille, je la dépose devant l'immeuble où se déroule le tournage, je la serre contre moi si fort que je lui fais mal, cette seconde cérémonie dans la même église a réveillé nos vieilles douleurs. La maquilleuse aura du mal à cacher les yeux rouges et boursouflés de Charlène. Autrefois, à l'école, il m'arrivait de me substituer à ma jumelle pour les compositions, j'étais meilleure en français, Marie en calcul. Mais je ne sais pas jouer la comédie, je ne peux plus remplacer ma sœur, d'ailleurs mes yeux aussi sont gonflés.

Elle dit :

— Je regrette de t'avoir plantée là à Deauville, Amélie. C'était plus fort que moi...

— Moi aussi je suis désolée. Je n'aurais pas dû insister.

Elle hoche la tête, descend de la voiture. À dix ans d'intervalle, nous venons à nouveau d'enterrer notre enfance.

16

Je me dirige vers le canal Saint-Martin. Autrefois nous venions rarement chez Jacques et Diane, le QG de la bande se situait place Furstenberg. Mais il y a eu des occasions incontournables, les événements marquants de la vie du couple et de leurs trois enfants.

Je me souviens du cocktail pour la remise de la médaille du mérite à Diane, chirurgien pédiatrique qui opérait gratuitement à l'hôpital Necker les petits blessés mutilés par une guerre lointaine. Je me souviens d'un anniversaire d'Hubert concocté en secret par la bande. Je sais aussi qu'il y a eu, longtemps avant notre naissance, mais Hubert nous l'a raconté si précisément que je jurerais y avoir assisté, ce jour terrible où Jacques, gros fumeur, a appris aux autres qu'il souffrait d'un cancer du poumon. Ils ont tous empilé leurs cartouches de cigarettes et les ont brûlées dans le jardin. Jacques, que tout le monde croyait condamné, a survécu, finalement c'est Hubert qui est parti le premier.

La petite maison, une rareté à Paris, donne directement sur le canal. Un nouveau nom est inscrit sur l'interphone, Thierry Sefaty. Je sonne.

— Qu'est-ce que c'est ? demande une voix d'homme.

Je me racle la gorge. Je dis :

— Jacques et Diane de Fongel n'habitent plus là ?

La porte s'ouvre sur un homme jeune, long, mince, souple, les cheveux noirs, de grands yeux intenses. Il porte une chemise blanche, un jean clair, il a les pieds nus dans ses mocassins.

— J'ai racheté la maison au Dr de Fongel il y a deux ans, explique-t-il.

Le docteur, c'est Diane. Jacques était psychanalyste mais pas psychiatre, il n'avait pas droit à ce titre. Si Diane a vendu la maison, c'est donc que le cancer a fini par emporter Jacques ?

Je bredouille :

— Je sors de l'enterrement d'un de leurs amis, je les ai perdus de vue, je voulais savoir ce qu'ils devenaient...

J'écarte les mains, et ce geste dérisoire décide l'homme à me répondre.

— Ils ont divorcé. Je crois que son mari vit en Australie.

La bande, au complet, était vaillante et homogène. La défection d'Hubert a brisé l'harmonie, depuis rien ne va plus. L'infarctus d'Hubert, l'embolie de Gus, l'accident de César, et maintenant le divorce des derniers survivants.

— Est-ce que vous connaissez l'adresse de Diane... enfin, du Dr de Fongel ?

Sefaty observe ma tenue noire, mon feutre blanc. Une douceur étrange passe dans son regard, mêlée à... de la compassion ?

— Cela ne vous servira pas à grand-chose. Elle est depuis deux ans dans une maison de retraite médicalisée à Versailles. Elle a la maladie...

Je devine avant qu'il prononce le nom. Alzheimer s'appelait Aloïs, un prénom romantique pour un mal terrifiant. Diane n'est plus chirurgien, elle est passée sur l'autre rive, du côté des malades. Mourir aux autres, au jour qui vient, voir sa mémoire s'effilocher et se désagréger, quoi de pire ? De nouveau, je me heurte à une porte fermée. De nouveau, c'est l'impasse.

— Vous voulez entrer ? propose Sefaty, touché par mon désarroi.

Je le remercie mais décline l'invitation. Pénétrer aujourd'hui dans cette maison serait une épreuve. Tout de même, il me reste une dernière chance, questionner les fils de Jacques et Diane en espérant qu'ils ne sont pas en prison à Guantanamo ou coupeurs de tête en Amazonie.

Je demande :

— Vous avez été en contact avec leurs enfants ?

— Je ne connais que l'aîné, Alain, qui est le tuteur légal de sa mère. Il dirige une grosse entreprise. Je vais vous chercher son adresse.

Il disparaît à l'intérieur de sa maison, laissant la porte ouverte. Je dois avoir une bonne tête. Il revient, me tend une feuille de bloc. Alain de Fongel habite à Neuilly-sur-Seine.

17

Je me gare devant la maison d'oncle Georges mais je n'ai pas envie d'entrer. Pourtant je n'ai nulle part ailleurs où aller. En fait je ne me sens chez nous que place Furstenberg. Ni à Montesson, ni en Toscane, ni dans les jardins du Palais-Royal, ni au Père-Lachaise.

Je suis assise dans la Laitue, statufiée. Un bus passe, puis des voitures. Je ne me résous pas à traverser la rue pour subir les questions morbides de mon oncle ou l'indifférence de ma tante. Leur entourage estime que Georges et Pauline ont fait preuve d'une grande humanité en recueillant deux orphelines que leur mère a abandonnées et dont le père a disparu à la fleur de l'âge. Un vrai mélodrame, digne de cette petite fille aux allumettes qui ne nous arrachait pas une larme parce que Hans-Christian Andersen l'avait écrit exprès pour nous faire sangloter.

Depuis la mort d'Hubert et jusqu'à l'enterrement de César ce matin je n'ai vraiment pleuré qu'une fois, le jour où le vétérinaire a endormi pour toujours notre chien Tartuffe. Il nous regardait avec confiance, Marie et moi avions la main posée sur sa grosse tête poilue, il sentait notre odeur familière. Le vétérinaire a injecté son produit mortel, et Tartuffe a glissé d'un seul coup, sa tête est devenue lourde, ses yeux se sont fermés, sa truffe n'a plus frémi, son long corps s'est détendu. Nous sommes restées là, sans retirer nos mains, en silence, un long moment.

C'était le chien d'Hubert, il avait emménagé avec nous à Montesson alors que Pauline déteste les animaux. Tartuffe n'avait que trois mois quand Hubert l'avait ramené à la maison une semaine après le départ de maman pour l'Italie. Il avait pissé partout, y compris sur le Chesterfield. Nous avions compati, lui aussi était séparé de sa mère.

Quand on nous demandait de quelle race il était, nous répondions, imperturbables : un *vokdal*. César, avec son don pour les formules, avait inventé ce mot. Tartuffe était un merveilleux bâtard, un mélange magnifique de boxer, de bas-rouge, de labrador et de golden retriever, bref, un moins-que-rien, métissé, hybride, un « vaut-que-dalle », donc un *vokdal*.

Un jour, un partenaire de théâtre d'Hubert auquel nous avions fait la même réponse avait bêtement voulu frimer : « Mon cousin aussi a un *vokdal*, c'est une race très rare ! »

Je m'extirpe à regret de la voiture. Georges et Pauline ont eu une attitude exemplaire, on ne peut pas leur reprocher leur manque de tendresse, ce n'est pas dans leur caractère, c'est tout. Marie prend son essor, elle est à l'orée d'une grande carrière, elle les croise de moins en moins. Moi, je m'entête à replonger dans le passé, à le faire revivre dans mes livres, à stagner. Je suis une ingrate, certainement. Ce doit être malsain de ne pas oublier.

Mon oncle et ma tante ont touché l'assurance vie d'Hubert jusqu'à nos vingt et un ans. Marie ne gagne bien sa vie que depuis cette année. Je n'ai pas choisi un métier lucratif mais cela devrait progresser. Dès que nous pourrons nous assumer, nous emménagerons ensemble loin du Quartier latin, Marie ne supporterait pas le contraire.

Une voix me parvient depuis l'autre côté de la rue.

— Amélie ? Je t'offre un café ?

Mimmo ne se trompe jamais entre ma sœur et moi, il a une sorte de sixième sens pour nous départager. Il m'a aperçue par sa fenêtre et se penche, souriant.

J'acquiesce. L'amitié est faite de délicatesses, Mimmo boit son café amer, il vit seul et ne reçoit personne. J'ai compris qu'il nous englobait Marie et moi dans sa famille le jour où il a acheté du sucre à notre intention.

Fin gourmet au régime pour soigner son hypertension, Mimmo se rabat sur le décaféiné dont il raffole et qu'il agrémente de goûts aussi originaux que variés. Je savoure celui qu'il me tend, saupoudré de chocolat au piment qui flatte les papilles puis enflamme et arrache la bouche.

Il demande :

— Alors, tu as revu d'anciens amis de votre père ?

— Personne. Le parrain de Marie a déménagé au pays des kangourous. Sa femme a la maladie d'Alzheimer.

— Elle a déménagé encore plus loin. Tu as signé le registre ?

Je le regarde sans comprendre.

— Quel registre ?

— Le registre de condoléances. À mon âge, tu sais, on va plus souvent aux enterrements qu'aux baptêmes ! Chez les juifs il n'y a pas de célébration à la synagogue, on se retrouve directement au cimetière où quelqu'un dit un kaddish, la prière des morts. Ni fleurs ni couronnes, chacun jette trois pelletées de terre sur le cercueil. Et, comme à la sortie de vos églises, les pompes funèbres proposent un registre.

Bien sûr. Évidemment. Le registre où les gens inscrivent leur nom et leur adresse pour que la famille puisse les remercier de s'être déplacés. Il y en avait un aux obsèques d'Hubert.

Je dis :

— En 1997, à Deauville, un garçon étrange parlait tous les jours avec Hubert pendant que nous prenions notre leçon de tennis. D'après Marie il est venu à l'enterrement. Nous n'avons jamais su comment il s'appelait.

Je décris à Mimmo ce jeune homme en chandail blanc à bande bleue qui nous regardait échanger des balles et disparaissait dès que nous surgissions avec nos raquettes et nos jupettes plissées. Si Marie a raison, s'il était à l'église Saint-Roch, il a sûrement signé le registre, non ?

Il faudra vérifier les noms un par un, éliminer les amis et les acteurs connus, trier, circonscrire, tamiser ma recherche, un travail de titan. Lorsque nous avons emménagé chez Georges et Pauline, j'ai rangé ce registre dans un carton au fond de la cave derrière le congélateur.

— Je vais le chercher, dis-je, fébrile. Tu m'aideras ?

— Où est Marie ?

— Elle tourne.

— Elle tourne rond ou elle ne tourne pas rond ?

Je hausse les épaules.

— De toute façon elle refuserait. J'en ai pour des heures, seule. Je t'en prie, Mimmo.

Il lave calmement nos deux tasses, passe une éponge humide sur la table de la cuisine, ouvre une armoire, y pêche une nappe immaculée qu'il étale avec soin.

— Je t'attends.

Si Tartuffe était encore de ce monde il aboierait en m'entendant entrer, mais ses cendres sont désormais mélangées à la terre du jardin sous le cerisier du Japon. Pauline l'ignore, Marie et moi avons creusé le trou et versé les cendres la nuit pendant qu'elle dormait.

Je rentre sans bruit dans la maison, je traverse le vestibule sur la pointe des pieds, je pousse doucement la porte de la cave et je descends. Le carton est toujours là, surmonté par un de ces emballages que l'on garde au cas où, parce qu'on ne sait jamais. Je contourne le congélateur, je repousse un ventilateur décoré de toiles d'araignées, je déplace une machine à écrire antédiluvienne. J'ai beau faire attention, je ne vois pas un livre posé en équilibre, qui tombe par terre avec un bruit mat.

— Il y a quelqu'un ? crie tante Pauline depuis la cuisine.

Je m'immobilise. Pauline n'aimait pas Hubert, pas question de lui parler du registre. Je ne peux partager cela qu'avec Mimmo, qui pourtant ne l'a pas connu personnellement. Notre différence d'âge s'efface devant cette évidence : nous sommes neufs l'un à l'autre, nous pouvons explorer nos chagrins sans interférence, nous pouvons faire mentir nos morts et gommer la réalité, nous pouvons réinventer, embellir, magnifier le passé. C'est tout ce qui nous reste.

Quand je l'écoute me conter Sarah et David, quand je regarde leurs photos, j'ai l'impression de la voir, rousse, gracieuse et élégante, descendre notre rue, balançant son panier d'osier dans la main gauche et serrant dans la droite la menotte potelée d'un petit garçon à taches de rousseur qui n'a d'yeux que pour elle.

Quand je décris Hubert à Mimmo, il l'imagine sur les planches, il le voit saluer le public et nous chercher du regard ma jumelle et moi au premier rang d'orchestre. Ceux qui nous manquent revivent dans la narration que nous en faisons à l'autre. Nous nous permettons mutuellement de rêver que rien n'est arrivé.

— J'aurais juré avoir entendu un bruit, grommelle ma tante.

J'attends un moment, puis je recommence, en silence, à bouger les caisses. Jusqu'à atteindre la bonne.

Le registre est sur le dessus. Sa couverture en cuir noir a légèrement verdi du fait de l'humidité mais le papier n'a pas souffert. Je le sors puis je remets tout en place pour qu'il ne subsiste aucune trace de mon passage. Je remonte l'escalier à pas de loup puis franchis le vestibule et me coule dans le jardin.

Mimmo hausse les sourcils mais n'esquisse aucun geste pour saisir le registre. Je le pose sur la nappe blanche, je l'ouvre à la première page. Le nom de mon père s'y étale, Hubert Saint Jean, précédant l'année de sa naissance et celle de sa mort, 1997. On a aussi écrit, d'une encre noire qui a pâli, la date de la cérémonie, et son lieu, église Saint-Roch.

Maman et oncle Georges avaient reçu plus de cinq cents lettres de condoléances, en Toscane et à Montesson. Marie et moi en avions personnellement reçu une bonne centaine place Furstenberg. Étrange idée d'écrire à des gamines de quinze ans, était-ce parce que nos parents étaient séparés ? Il avait fallu commander des cartes imprimées pour remercier ces gens. Nous avions dû les signer à la main et rajouter quelques mots sur chacune, au moins pendant ce temps nous pensions à autre chose.

Je me souviens de lettres ampoulées, fausses, fades, vides. Je me souviens de lettres compatissantes, chaleureuses, fraternelles, tendres. Je me souviens de lettres mondaines et artificielles. Je me souviens que Marie et moi les avions toutes jetées dans la Seine le jour du premier anniversaire de la disparition d'Hubert. Je me souviens aussi de cette gêne qui s'était emparée de nous à la vue des protagonistes du bonheur passé, Gus, César, Jacques et Diane, à la sortie de l'enterrement. Continuer à exister sans Hubert nous semblait une faute de goût, nous aurions dû nous aussi plonger dans les abysses, disparaître, nous muer en souvenir. Nous nous sentions en faute, coupables de goûter encore la merveilleuse chaleur du soleil, d'avoir si délicieusement faim et soif, d'être si terriblement jeunes et vivantes.

Mimmo propose de nous mettre un fond sonore pour étudier le registre et j'accepte. Il choisit une sélection de grands thèmes de jazz joués à la clarinette. Parce que Sarah jouait du violon, cet instrument lui est devenu intolérable, il ne supporte plus que le jazz.

— J'ai étudié la graphologie, annonce-t-il à ma grande surprise. On distingue deux âges différents dans l'écriture : l'âge physiologique, et l'âge du degré de maturité du scripteur. Je te propose de faire un premier tri grossier, en écartant les noms des personnes qui, à mon avis, avaient dépassé la quarantaine. Je ne suis pas infaillible, certains restent jeunes d'esprit toute leur vie, d'autres sont vieux avant l'âge. Mais cela vaut le coup d'essayer.

Je suis stupéfaite. Cet homme est un mystère.

— Tu ne m'as jamais dit que tu t'y connaissais en graphologie ?

— Quand je me suis retrouvé seul, il a bien fallu que je trouve à employer mon temps libre.

Il hausse les épaules, repoussant à l'avance toute idée de compassion. Il dit :

— Le garçon que tu cherches avait quel âge ?

— Environ vingt-cinq ans.

Il se penche sur le registre tandis que je commence à déchiffrer les noms et les adresses.

J'en connais plus que je ne croyais mais moins qu'il ne faudrait. Je retrouve les partenaires d'Hubert sur scène, les sociétaires ou les pensionnaires de la Comédie-Française et les comédiens du privé. De grands noms du cinéma et de la télévision. Quelques hommes politiques. Un couturier célèbre. Des auteurs, des producteurs, des metteurs en scène, des directeurs de théâtre, des régisseurs, des habilleuses, des maquilleuses, des coiffeurs, des techniciens du son ou de la lumière. Et des inconnus.

— Tu as de quoi écrire, Mimmo ?

J'entoure au crayon noir les noms qui ne m'évoquent rien. La vie entière d'Hubert tient dans ce registre à la couverture moisie. Ceux qu'il a côtoyés, qui ont compté pour lui, sont venus saluer son départ comme sur un quai de gare où l'on agite la main lorsque le train s'en va. Puis ils sont rentrés chez eux, ont repris leur existence avec ce petit vide creusé par l'absence, proportionnel à leur attachement à notre père. C'est cela la vie humaine, un ensemble de renoncements, de départs, d'abandons, d'arrachements. On ne le comprend qu'à son premier mort, sans doute.

Mimmo me prévient :

— J'entoure en rouge ceux qui ont une écriture jeune.

Nous travaillons en silence, en connivence, pendant un long moment. Cela n'a l'air de rien, et pourtant nous abattons un sacré travail. Statistiquement, l'âge moyen de celui qu'on enterre correspond à l'âge de ceux qui l'enterrent. Les gens présents étaient en majorité des contemporains d'Hubert.

— On progresse ! lance Mimmo pour me remonter le moral.

Il nous prépare un second café à l'arôme décuplé par une poudre aux amandes grillées. Enfin, j'arrive à la fin du registre. Quelqu'un a tiré un trait après le dernier nom, à l'encre bleue. Ce trait, mieux que tout, délimite une frontière entre la vie et la mort, entre les vivants venus assister à la cérémonie et le gisant allongé dans le cercueil. Ce trait marque la fin d'une époque, donne le signal des applaudissements, lance le déroulement du générique.

Mimmo demande :

— Nous en avons recensé combien ?

Je récapitule les noms entourés en rouge et en noir. Nous avons seulement relevé les prénoms masculins, même si parmi les prénoms féminins se cache peut-être la mère de notre frère. Je les additionne, je recompte pour vérifier. Je ne me suis pas trompée.

— Treize.

C'est peu mais déjà trop. Je les recopie sur une feuille blanche. S'il a signé le registre, le jeune homme de Deauville y figure. La réponse est peut-être là, dans cette liste vieille de dix ans. Selon Mimmo, tous ces gens étaient jeunes, au moins en esprit. Je n'en connais aucun.

Il est inutile de demander à Marie de m'aider. Gus et César sont hors jeu d'office, Diane hors d'atteinte, Maman et Jacques hors hexagone.

Mimmo m'encourage :

— Alexander Graham Bell et Steve Jobs ont changé le monde !

Deux hommes qui furent partie prenante dans l'avènement du téléphone et de l'ordinateur domestique.

À quatre-vingts ans, Mimmo possède un ordinateur MacIntosh grâce auquel il se promène sur le Web et correspond avec les adhérents de son association internationale d'anciens déportés. Il l'allume, se connecte à l'annuaire d'Internet, cherche les treize hommes de la liste pour vérifier qu'ils habitent encore à la même adresse et obtenir leur numéro de téléphone.

— Quatre sont sur liste rouge, impossible d'avoir leurs coordonnées. Et deux n'existent pas, ce qui signifie qu'ils sont décédés ou ne vivent plus en France.

Il imprime les adresses des sept restants qui, par chance, demeurent à Paris ou dans la région parisienne. Leurs noms ne me disent rien mais nous n'avions que quinze ans, comment aurions-nous connu tous ceux que côtoyait Hubert ?

Il me tend la feuille. Je la lisse du plat de la main. Le frère que je cherche s'y trouve-t-il ?

J'annonce :

— Je vais les appeler !

De quelle façon exposer ma requête ? Depuis que j'ai revu César dans les jardins du Palais-Royal je sais, avec certitude, que nous avons un frère. Mais j'ignore si lui sait qui était son père. De quoi le jeune homme de Deauville parlait-il avec Hubert ?

Je décide de me présenter ainsi : « Je suis la fille d'Hubert Saint Jean, je recherche un jeune homme qui était en convalescence à Deauville en septembre 1997 à La Passagère. »

Mimmo me propose d'appeler de chez lui, j'accepte.

Le premier numéro sonne dans le vide longtemps, il n'y a même pas de répondeur.

Je compose le second et une voix d'homme grogne :

— Allô ?

— Bonjour, je suis la fille d'Hubert Saint Jean, je recherche un jeune homme qui était en convalescence à Deauville en septembre 1997.

— Qu'est-ce que vous voulez que ça me fasse ?

Le ton est mordant, agressif. Je ne me démonte pas.

— Je ne veux pas vous déranger, je peux rappeler plus tard ?

Il me raccroche au nez. Cela commence bien. J'inscris un point d'interrogation en face de son nom et je passe au numéro suivant.

Une femme répond, je récite ma tirade, elle se met à crier :

— Vous vous foutez de moi ? Mon mari est père de famille, arrêtez de le harceler, je l'ai prévenu, s'il ne rompt pas avec vous il ne reverra jamais ses enfants !

Elle aussi raccroche. Je répète ses paroles à Mimmo qui conclut :

— Tu as peut-être un frère paranoïaque ou infidèle ?

Au quatrième numéro je tombe sur un enfant. Échaudée par l'expérience précédente, je lui demande si son père est là. Il me le passe. Je réitère ma demande.

— C'est moi, répond l'homme. Vous avez une voix très sensuelle, ce n'est sûrement pas la première fois qu'on vous le dit.

— Monsieur, est-ce vous qui étiez à Deauville ?

— Bien sûr. Je ne t'ai pas oubliée. Rappelle-moi ton prénom...

— Vous étiez en convalescence à la suite de quelle maladie ?

J'ai gardé cet atout dans ma manche comme dans les romans policiers, ne pas tout révéler pour contrôler les témoignages.

— Une hépatite virale ?

Raté, mais pas mal essayé. Cette fois c'est moi qui raccroche.

Au cinquième numéro habite un régisseur de théâtre qui me répond avec amabilité qu'il regrette, il n'est jamais allé à Deauville, il connaissait bien mon père, c'était un grand acteur ; bref, un coup de fil pour rien mais qui me réconcilie avec le genre humain. En dépit de son écriture jeune il s'avère qu'il a soixante-quinze ans, la graphologie a ses limites, Mimmo m'avait prévenue.

Plus que deux possibilités. Je compose le sixième numéro. Une voix d'homme interroge :

— Oui ?

Il n'a pas dit allô, d'ailleurs cela ne signifie rien, allô, c'est juste une convention absurde. Dire oui, c'est permettre le dialogue, ouvrir une brèche, inviter le monde chez soi. Pleine d'espoir, je récite mon texte.

— Oui, répète-t-il.

Je demande :

— Vous vous trouviez à Deauville à cette époque ?

— Oui.

— En convalescence de quelle maladie ?

— Je sortais d'une mononucléose. J'étais étudiant aux Beaux-Arts, c'était juste après la rentrée, nous avions la plage pour nous. À La Passagère, il n'y avait que cet acteur célèbre et ses filles.

— Je suis l'une d'elles. Je m'appelle Amélie.

Je consulte ma liste.

— Vous êtes... Arthus Kermarec ?

J'ai un peu buté en prononçant le nom.

Il précise :

— C'est breton.

Il ne m'a ni agressée, ni draguée, ni menti. Je ne suis jamais allée en Bretagne, je ne connais pas leurs bateaux, leurs pêcheurs, leurs phares. Le mot suggère les crêpes et le cidre, la musique celtique, les maillots rayés, un attachement viscéral à une terre, comme les Corses. Moi je suis de Furstenberg, notre place n'a ni tradition ni musique, les natifs de notre immeuble n'en éprouvent aucune complicité, aucun orgueil, c'est juste un lieu de mémoire. Au collège, nous avions une amie qui passait ses vacances en Bretagne chez ses grands-parents, elle avait l'océan et l'horizon dans le regard, la mer et la lande lui manquaient. Arthus Kermarec vient de ce pays-là.

Je demande :

— Vos parents sont de là-bas ?

Ma question pourrait l'étonner, pourtant il répond avec naturel, je devine qu'on la lui pose souvent à cause de son nom, qu'être breton c'est appartenir à une sorte de noblesse, qu'il en est fier.

— Du Morbihan. Mon père était de Lorient. Ma mère est de l'île de Groix, juste en face.

Il a utilisé l'imparfait pour son père. Le nôtre était né dans le quinzième arrondissement de Paris, rue du Théâtre, il était prédestiné.

En 1997, Arthus Kermarec nous a vues courir sur la terre battue, souffler et suer, mais nous avons à peine échangé trois poignées de main.

— Je voudrais vous rencontrer, dis-je d'un ton que je m'efforce de rendre neutre.

— Pourquoi ?

Sa surprise est logique. Je suis romancière, donc censée avoir de l'imagination à revendre. Je cherche l'inspiration et je la trouve grâce à l'animatrice de la radio. Une biographie, la voilà, la bonne idée. Qui refuserait des renseignements à une fille aimante désireuse d'écrire sur son père disparu ?

Je mens avec aplomb.

— Je suis écrivain, on m'a commandé une biographie de notre père. Donc je contacte les personnes qu'il a connues.

— Vous savez, je n'ai fait que le croiser, nous avons juste parlé un peu pendant que vous jouiez au tennis.

Je me retiens pour ne pas rétorquer : « Vous parliez de quoi ? »

Quelque chose a changé dans sa voix. Il est méfiant, tendu, je le sens prêt à se cabrer.

— Accordez-moi seulement un quart d'heure, j'ai une liste de questions que je pose à tout le monde.

Je ne sais pas pourquoi j'ai affirmé cela, c'est sorti tout seul.

— Je vous assure, dit-il, je ne suis pas en mesure de vous aider, je l'ai à peine...

— Quinze ridicules petites minutes, à peine le temps d'un set de tennis à Roland-Garros, en souvenir des heures que vous avez passées à nous regarder taper dans les balles !

Il rit et cela dissipe la tension palpable.

— Je suis très pris en ce moment.

— Moi aussi, donc je ne vous garderai pas longtemps. Vous habitez Paris, n'est-ce pas ? C'est possible demain ?

— Non, demain je pars en Bretagne voir ma mère pour le week-end. Je vous rappelle en début de semaine, d'accord ?

Il se défile. Mais je suis capricorne. J'insiste.

— Vous partez à quelle heure, le matin ou l'après-midi ? Vous avez bien un quart d'heure à me consacrer, en souvenir de La Passagère. Où vous voulez, à l'heure que vous voulez !

Il soupire, capitule :

— D'accord. Treize heures pile, au Kenavo, c'est un bar près de Montparnasse.

— J'y serai ! dis-je en notant l'adresse qu'il m'indique.

Je raccroche sans lui laisser le temps de me demander mon numéro de portable. Ainsi il ne pourra pas se décommander sous un faux prétexte. Il y a une chance sur deux pour qu'il me pose un lapin. C'est bien le jeune homme de Deauville, cela ne fait aucun doute. Mais est-ce notre frère ?

Je vérifie sur le plan de Paris. Le bar est situé du bon côté du boulevard Montparnasse, côté quatorzième arrondissement, hors du périmètre maudit pour Marie.

18

Très tôt ce samedi, une voiture de la production passe chercher Marie pour l'emmener sur le lieu du tournage, une bretelle d'autoroute. D'après le scénario, Charlène est victime d'un accident d'auto en partant à son travail.

— On ne tourne que le matin. On déjeune ensemble ? me propose-t-elle.

Je décline son invitation sans préciser que je dois rencontrer Arthus Kermarec tout à l'heure. Je ne veux pas réitérer l'erreur de Deauville. Marie fait comme si de rien n'était, l'harmonie est revenue, je mènerai donc ma quête seule.

Après le départ de ma jumelle, j'inspecte scrupuleusement ma peau dans le miroir de la salle de bains. Le zona est encore là, endormi, n'attendant qu'une occasion pour flamber à nouveau, nous marquer, nous faire souffrir, nous défigurer s'il choisit de s'attaquer au visage. Ce serait dramatique pour Marie, avec son tournage. Moi encore je pourrais m'en arranger, on n'attend de moi que mes mots.

Aujourd'hui, je vais peut-être enfin faire la connaissance de notre frère. Cela fait une semaine que je sais, que je cherche. Une semaine que Marie et moi nous affrontons à mots couverts, à cœur ouvert, avec une violence retenue et une peur qui me crispe le ventre. Une semaine que Mimmo m'épaule. Une semaine que Cyril ne m'a pas rappelée.

J'ai peur des araignées, pas vous ? Pourtant l'architecture subtile de leurs toiles me fascine, tôt le matin, ponctuées de rosée. Elles mettent tout en œuvre pour que l'insecte pris au piège sur les bords parvienne au centre. Cette histoire est pareille à une toile d'araignée : tous les indices convergent. J'ignore où rencontrer notre frère nous mènera, si c'est un bien ou un mal, si nous en sortirons plus heureuses, moins démunies, moins disloquées.

J'emploie à dessein le pluriel : même si Marie refuse de le connaître, son existence influera sur nous deux.

La nuit dernière j'ai rêvé de Cyril, nous faisions l'amour à Deauville près de l'océan. Je me suis réveillée bouleversée, le corps en demande. Tout de suite après j'ai éprouvé cette indicible langueur d'après la jouissance, cette sensation que le monde a repris sa place, que la peau est sereine, le corps parvenu à son port d'attache. Qu'hier n'existe plus, demain pas davantage. Que seule importe la minute présente, cette étreinte bouleversante, ce sentiment de rouler ensemble dans les vagues. Pourtant, si je connais le plaisir, je ne suis pas sûre d'avoir rencontré l'amour.

Mon premier homme, Alexandre, m'a initiée avenue Raymond-Poincaré. Puis Philippe a été un amant magnifique avenue Henri-Martin. J'ai admiré la beauté incroyable de Cyril rue des Saints-Pères. Mais le grand amour ce doit être autre chose, cela doit s'imposer, être éclatant, incontestable, évident ?

Ce que je sais de l'amour physique s'apparente à une bataille et à une reddition, à une plénitude d'après la tendre bagarre. Ce que je sais de l'amour fraternel me ramène à l'innocence, à la naïveté, à l'enfance. C'est un lien sans contrepartie, sans rien à prouver, débarrassé des scories, du clinquant, des métaux.

Ma jumelle et moi avons des amis acteurs ou écrivains, tout est clair entre nous, pourtant il subsiste toujours un doute infime, comme dans ces moments où l'on a trop bu, où l'on s'effleure par inadvertance, où l'on s'empoigne par jeu, où l'on tressaille, où le risque est réel, où tout peut basculer.

Ce frère dont j'ignore le nom est un homme immatériel, intouchable, un homme jeune qui ne me quittera ni à cause d'un infarctus ni pour une Eurydice tatouée. Quelqu'un en qui je pourrai avoir confiance. Quelqu'un sur qui je pourrai, enfin, me reposer.

Je bois un premier café épicé dans la cuisine de Mimmo, devenue mon refuge. Passionné par ma quête, il parle moins de Sarah et de David, je le trouve même rajeuni.

Thierry Sefaty, l'homme qui a racheté la maison du canal Saint-Martin, m'a dit que Diane vivait à Versailles. Les patients souffrant d'Alzheimer ont parfois des éclairs de lucidité, je voudrais l'interroger avant de rencontrer Arthus Kermarec. Je cherche sur Internet et je recense cinq maisons de retraite privées, trois maisons de retraite publiques, plusieurs résidences avec services.

À cause de la pathologie de Diane je suppose qu'on ne lui passe pas les appels. Je téléphone donc en demandant à parler au médecin qui la soigne.

Dans les premiers établissements on me répond qu'il n'y a aucun résident de ce nom, j'apprécie la subtilité du mot. On ne dit pas patient, d'ailleurs Diane est au-delà de la patience, elle réside, elle végète, elle oublie. Mon cinquième interlocuteur me conseille de rappeler lundi. Je me confonds en remerciements. Je sais maintenant où la trouver.

J'emmène Mimmo à Versailles parce qu'il a insisté et que son âge rassure, on ne saurait refuser à Diane la visite d'un ami d'enfance, que craindre d'un vieillard ? C'est lui qui a eu cette idée, je n'aurais jamais osé lui demander ce service.

J'avance avec lui vers ce lieu où la mémoire s'effiloche et s'estompe.

— Elle s'appelle Diane de Fongel, c'est bien ça ? souffle-t-il.

J'acquiesce. Il resserre son nœud papillon, raffermit sa main sur sa canne à pommeau doré, me lance un clin d'œil, ses yeux pétillent, il ne paraît pas son âge. Puis, en l'espace d'une seconde, il vieillit de vingt ans, son visage s'affaisse, ses yeux larmoient, sa bouche se tord, il fait pitié.

Nous entrons. Un vieil homme squelettique glisse dans un couloir vert en poussant un déambulateur nickelé. Une femme en blouse jaune nous regarde approcher, impassible.

— Bonjour, chevrote Mimmo avec conviction, je viens voir ma vieille amie Diane, voulez-vous avoir l'amabilité de m'indiquer sa chambre ?

J'applaudis mentalement. Il est parfait, il joue juste, il aurait pu être acteur. Je ne sais pas si le personnel de l'établissement est méfiant mais cette femme n'aura pas le cœur de le renvoyer.

Il poursuit :

— Ma petite-fille m'a accompagné. J'ai marché depuis la gare, je ne suis plus très vaillant, mes jambes me trahissent. Je ne devrais plus sortir, ce n'est pas raisonnable, mais je tenais tant à revoir Diane... Diane...

Il bute, hésite, et je m'affole. Voilà qu'il a oublié le nom. Nous allons échouer si près du but. Il se tourne vers moi, ses yeux papillotent.

— Aide-moi, ma chérie ?

— Le Dr de Fongel, grand-père.

Son visage s'éclaire. Il pivote, transfiguré, vers la femme en jaune qui attend sans impatience, personne n'est pressé entre ces murs, l'urgence n'a plus lieu d'être.

— Je n'arrive jamais à me rappeler le nom de son mari. Nous étions amis d'enfance, ma mère était la cuisinière de ses parents. Souvent, Diane déjeunait à l'office, avec nous.

Comment ai-je pu croire un instant que Mimmo avait oublié ? Il improvise, étoffe son rôle.

Le regard de la femme en jaune a changé, elle s'est adoucie. Cependant, elle vérifie :

— Est-ce que vous figurez sur la liste des visiteurs autorisés par la famille ?

Mimmo écarquille les yeux et vacille.

La femme s'inquiète, elle ne veut pas d'ennuis.

— Vous voulez vous asseoir, monsieur ?

Elle lui apporte une chaise sur laquelle il se laisse choir avec gratitude. Elle m'explique :

— Vous comprenez, nous sommes responsables vis-à-vis des familles. S'il n'est pas mentionné sur la liste...

— Ne me dites pas que j'ai fait l'effort de venir jusqu'ici pour rien ? souffle Mimmo.

Son regard pathétique attendrirait un pitbull. La femme cède.

— Ces règlements sont stupides, de toute façon elle vous aura oublié cinq minutes après votre départ. Il y a peu de chances qu'elle vous reconnaisse, vous le savez ? Et même si c'est le cas cela ne dure jamais longtemps. Préparez-vous à être déçu...

— J'ai assez de mémoire pour nous deux, dit Mimmo. Si un jour je deviens comme elle, on me mettra ici et vous me protégerez des indésirables ?

La femme, conquise, lui sourit.

— C'est au troisième, appartement C 12, l'ascenseur est à droite.

Je soupire de soulagement tandis que la cabine s'élève.

— Tu es terrible, Mimmo... J'ai failli marcher !

— J'étais sincère. Je suis un piètre acteur alors je me suis mis en conditions. J'ai imaginé que Sarah était enfermée là et qu'on m'empêchait de la voir.

— Et tu as eu l'idée d'inventer le coup de l'office et de la maman cuisinière ? Bien joué !

Il secoue la tête.

— J'ai peu d'imagination mais trop de souvenirs, donc je pioche dedans. Mon père était avocat, il défendait notre communauté. Comme ma mère était de constitution faible, c'était la mère de mon meilleur ami Samuel qui préparait nos repas. Nous déjeunions souvent tous ensemble dans la cuisine. Il était mince et frêle, ils l'ont envoyé dans les chambres à gaz le jour de notre arrivée là-bas, comme ma petite sœur Myriam.

Mimmo ne nomme jamais le camp de concentration où il a été déporté, c'est un lieu innommable, inqualifiable, il dit *là-bas*. Là où il a perdu sa famille. Là où Sarah était. Là où elle aussi a perdu les siens. Il dit que s'ils s'étaient rencontrés là-bas ils ne se seraient même pas regardés, ce n'était pas la vie mais la survie. Il vaut mieux qu'ils se soient connus après, même si peu de temps.

L'ascenseur s'immobilise au troisième étage. Nous arrivons devant l'appartement C 12. La chambre est vide. Plus loin dans le couloir, des voix proviennent d'une salle commune. Nous approchons, regardons par la porte ouverte. Des personnes âgées sont assises en cercle autour d'une jeune femme en jupe plissée et chemisier à fleurs qui a relevé ses cheveux blonds en chignon.

— Nous allons jouer à un nouveau jeu ! dit-elle avec une gaieté un peu forcée. Qui peut me donner le nom d'un oiseau commençant par un *p* ?

— Pie !

— Pingouin !

— Pélican !

— Bravo, dit la jeune femme. Vous avez gagné un point chacun. Maintenant, qui peut me donner le nom d'une fleur commençant par un *m* ?

— Muguet, me souffle Mimmo à l'oreille.

— Rose ! lance avec assurance une femme qui me tourne le dos.

— Très bien ! Bravo ! approuve une grand-mère en pyjama de velours noir.

La jeune femme au chignon secoue la tête.

— Non, Diane, je vous ai demandé un *m*, un *m* comme marguerite, magnolia ou muguet !

Diane ? Mon passé est là qui me saute au visage. Elle se lève pour protester et je la reconnais. Elle a gardé ses somptueux yeux verts, son port altier, sa taille de guêpe, mais son corps s'est desséché, ses traits se sont creusés, son expression est vide. Elle porte un pantalon de flanelle gris admirablement coupé et un pull en cachemire amande, mais cette élégance est gâchée par les charentaises à carreaux bleus et blancs dont elle est chaussée. On voit au premier abord qu'elle a été belle, mais même cela elle a dû l'oublier. Elle a été un merveilleux chirurgien, elle avait des mains d'or, des doigts de fée. Et aujourd'hui elle est incapable de trouver un nom de fleur commençant par *m*. Elle n'a pas plus de soixante-dix ans mais semble plus âgée que Mimmo qui en a quatre-vingts.

— Moi je suis d'accord ! proteste un vieux monsieur avec des favoris à l'ancienne. Je trouve qu'elle a bien répondu. Rose, c'est très bien, très parfumé. Je l'accepte ! Donnez-lui le point !

La jeune femme au chignon garde un calme olympien.

— Rose commence par un *r*, Charles. Je vous demande de me citer une fleur qui commence par *m*, un *m* comme marguerite. Si Diane en nomme une, elle gagnera le point.

Diane, qui est restée debout, s'entête.

— Rose ! *m* comme rose !

— Bravo ! s'exclame la vieille en pyjama de velours. Il faut lui donner le point, sinon c'est de la triche !

On dirait une classe de maternelle. Je pousse la porte, elle grince et tout le monde se retourne vers nous.

— Vous désirez ? fait la jeune femme au chignon d'un ton peu amène.

— Nous sommes venus voir le Dr de Fongel...

J'ai insisté sur le titre, comme si cela pouvait rendre à Diane son identité perdue. La jeune femme au chignon hausse les épaules. Diane se lève, s'avance avec vivacité, s'approche. Mais au lieu de s'arrêter elle nous dépasse et cingle vers sa chambre. Mimmo et moi échangeons un regard interloqué avant de la suivre jusqu'au C 12.

Diane nous y accueille en souriant, assise au fond d'une bergère ancienne recouverte de tapisserie, les jambes serrées, les mains jointes sur les genoux.

— J'adore les visites ! affirme-t-elle d'un ton ravi.

J'examine les lieux, fascinée. Le mur derrière elle lui sert d'aide-mémoire, les photos du passé et du présent y sont légendées en grosses lettres rouges : « moi et mes parents à Cannes », « moi petite avec mon chat Gribouille », « moi avec mon équipe à l'hôpital Necker », « moi au bloc opératoire », « moi et mes trois fils en vacances en Provence », « moi devant le canal Saint-Martin », « mon fils aîné Alain, sa femme Mathilde et mon petit-fils Balthazar », « mon deuxième fils Marc », « mon troisième fils Henri ». Les fils diffèrent mais lui ressemblent. Alain a l'air d'un homme d'affaires avec son costume croisé, Marc d'un séducteur branché, Henri est un adolescent bohême en tenue de routard avec l'inévitable guitare en bandoulière, la photo date de plus longtemps. Le jeune Balthazar a des lunettes à la Harry Potter. Jacques figure uniquement sur une photo de groupe de la bande qui porte la légende « mon mari Jacques et nos meilleurs amis ». Le scripteur a décidé de faire comme si Diane n'avait pas divorcé. Sur un dernier cliché, maman, encore amoureuse, se serre contre Hubert qui écarte les doigts en forme de V pour faire des oreilles d'âne à César. Ils sourient tous à l'objectif.

— Bonjour, dis-je à cette femme qui nous a opérées de l'appendicite et nous a offert notre premier soutien-gorge. Je suis Amélie Saint Jean.

Je désigne mon père sur la photo.

— La fille d'Hubert. La sœur jumelle de Marie.

Ai-je jamais été autre chose ?

— Mimmo Bloch, dit Mimmo en lui baisant courtoisement la main. Mes hommages, madame.

Elle lui adresse le merveilleux sourire de mes souvenirs.

— Vous venez me rendre visite, c'est très aimable à vous, prononce-t-elle de sa voix bien timbrée. Quelle heure est-il ? Quand dois-je opérer ?

Je décide de la tutoyer comme autrefois. Je demande avec douceur :

— Tu te souviens d'Hubert ? de la place Fürstenberg ? de la Comédie-Française ?

Elle hoche la tête, soudain très présente.

— Bien sûr.

— Je suis Amélie, Diane !

Elle s'énerve.

— Ne dites pas de bêtises, vous êtes trop âgée, les jumelles sont encore des enfants ! Quelle heure est-il ? Je dois opérer une hernie inguinale. Marc et

Henri sont à l'école. Jacques est trop pris par ses patients...

Elle grimace, se tourne vers Mimmo.

— Qui êtes-vous, monsieur ?

— Mimmo Bloch, répète Mimmo en lui baisant à nouveau la main.

Elle lui sourit puis revient à moi.

— Vous êtes la nouvelle interne ? Vous vous destinez à la chirurgie pédiatrique ?

— Je suis Amélie, la fille d'Hubert...

Je désigne la photo de groupe. Elle plisse les yeux, l'examine, secoue la tête.

— Qui sont ces gens ? Je ne les ai jamais vus !

— Tes amis Hubert et Elena, avec César et Gus. Là, il y a Jacques, ton mari. Et, à côté, ce sont tes fils.

— Vous devez vous tromper, je ne connais pas ces personnes, dit-elle avec une politesse agacée.

Je reste pétrifiée. Il y a une minute à peine, elle a mentionné Jacques, Marc et Henri. Tout est mélangé dans sa tête. Nous sommes venus pour rien. Je tente une dernière question.

— Hubert avait un fils. Les jumelles avaient un frère. Tu t'en souviens ?

Son regard me semble soudain moins flou. Elle se redresse. Vais-je avoir la chance de tomber sur un de ses rares moments de lucidité ?

— Bien sûr, je ne suis pas gâteuse !

Je sens Mimmo aussi tendu que moi.

— Tu te rappelles son nom ?

Elle rit et dit :

— Rose de mai. Narcisse. Iris de Florence. Cèdre de Virginie. Mousse de Yougoslavie.

N'importe quoi. Je soupire, je pose une main légère sur son bras pour la mettre en confiance, j'essaie de capter son regard.

— Diane, écoute-moi, tu connais le nom du fils d'Hubert Saint Jean ? C'est très important...

Elle se dégage. Ses yeux me fuient, elle s'échappe. Elle dit :

— À quelle heure est prévue l'opération ? Est-ce que le malade est déjà endormi ?

— Plus tard, Diane. Concentre-toi. Nous parlons du fils d'Hubert. Le frère des jumelles. Comment s'appelait-il ?

Elle consulte sa montre.

— On a programmé une appendicectomie en premier, je ferai la hernie dans la foulée. Les petits sont encore à l'école. Alain est resté à la maison, il a la grippe. Jaaaacques ?

Elle s'est soudain redressée en hurlant. Mon cœur bat à tout rompre, Mimmo est très pâle. Un chauve aux yeux globuleux en tenue blanche d'infirmier ouvre la porte.

— Cessez de crier, Diane ! Bonjour. Vous êtes sa belle-fille ?

Je regarde machinalement la photo d'Alain et de sa femme. Elle a des cheveux noirs bouclés, comme moi. Elle ne doit pas venir très souvent si le personnel de l'établissement nous confond.

— Mathilde de Fongel, dis-je en lui tendant la main.

— Mimmo Bloch, enchaîne Mimmo pour la troisième fois.

— Vous lui avez apporté son numéro 19 ?

Je dois avoir l'air surprise, parce qu'il soupire en secouant la tête.

— J'étais persuadé que votre mari oublierait. Je le lui ai pourtant répété la semaine dernière, elle n'a plus son parfum et cela la perturbe beaucoup. Vous y penserez ? Numéro 19 de Chanel ?

Je hoche la tête avec conviction.

Mimmo s'est installé à ma droite dans la Laitue. Nous rentrons à Montesson. Je devine qu'il pense la même chose que moi : nous préférons encore savoir Hubert et Sarah morts plutôt que dans cet état d'absence à eux-mêmes. Je songe à une exposition d'un photographe italien, Mario Giacomelli, que j'ai vue à Paris à la Bibliothèque nationale. Il avait photographié les vieillards d'une maison de retraite. Une série était légendée : *Non ho mani che mi accarezzano il viso*, je n'ai pas de mains qui me caressent le visage. C'est peut-être cela l'enfer, personne, certainement, ne caresse plus Diane.

Mimmo soupire.

— Au moins, David n'aura pas connu la déchéance de Sarah.

Je me tourne vers lui, inquiète.

— Ce n'était pas Sarah, Mimmo, c'était Diane de Fongel !

— Je sais, Amélie, je ne suis pas sénile. Mais Sarah aurait pu devenir ainsi. David en aurait souffert. Et je ne l'aurais pas supporté.

Je me dis que je n'aurais pas dû l'emmener, cela remue trop de choses enfouies.

Il lit dans mes pensées et me détrompe :

— Vibrer c'est exister encore, Amélie. Il vaut mieux être triste et vivant que mort et apaisé.

Je hoche la tête. *M* comme Mimmo, *m* comme rose, *m* comme Marie. Je ressens douloureusement le manque de ma sœur. J'ai soudain une envie irrépressible de vérifier qu'elle est en bonne santé, qu'elle va bien, que c'est Charlène, pas Marie, qui a eu un accident de voiture. Oui, après avoir déposé Mimmo chez lui, et avant d'aller à la rencontre d'Arthus Kermarec, j'ai besoin de voir ma jumelle sur sa bretelle d'autoroute. Elle est la deuxième moitié de moi-même. Sans elle, je ne suis rien.

19

Je trouve l'endroit grâce aux explications claires et détaillées de la secrétaire de production. Je sais que j'approche du lieu de tournage en apercevant les barrières qui condamnent l'accès et un assistant armé d'un talkie-walkie. Il s'avance, pantalon de treillis, tee-shirt noir et cheveux coiffés en catogan, avec cette assurance fière des gens de cinéma persuadés que nous autres, pauvres fourmis laborieuses, devons nous aplatir devant leurs exigences. Il lève la paume pour m'arrêter, il m'aperçoit, ouvre de grands yeux, consulte son plan de travail, se penche.

— Qu'est-ce que tu fais là, Marie ? Tu ne tournes pas dans cette scène ?

Je n'ai pas envie de discuter, je suis pressée. Je dis :

— Si, alors laisse-moi passer !

Il se précipite pour enlever la barrière, parle fiévreusement dans son talkie-walkie, ouvre la voie en courant devant moi. Je me gare à l'endroit qu'il m'indique et je lui confie les clefs de la Laitue.

— La... cascade... se tourne... là-bas ! dit-il, hors d'haleine, en tendant le bras.

Je marche dans la direction indiquée en me tordant les chevilles sur la terre du talus. À la sortie du virage, je découvre une dizaine de véhicules massés derrière un long camion garé en travers de l'autoroute. Je repère Bertrand, coiffé d'une casquette rouge censée renforcer son autorité. Je ne vois Marie nulle part. Un autre assistant entre dans le champ avec son clap, annonce :

— 25, deuxième !

— Moteur, action !

Au top du réalisateur, une BMW noire s'élance, son moteur rugissant, une centaine de mètres plus bas. Le conducteur aperçoit trop tard les véhicules arrêtés. Il freine en catastrophe, la voiture chasse, part sur deux roues, puis se renverse dans un fracas de tôles et de verre. Elle glisse, s'immobilise sur le toit comme un gros hanneton cabossé. Je retiens ma respiration. Un silence effrayant règne pendant quelques secondes.

— Coupez !

Des applaudissements retentissent, tout le monde parle à la fois, on a besoin de cette logorrhée pour exprimer son soulagement.

J'ai beau savoir que le cascadeur au volant a tout prévu, je suis impressionnée.

— Ils ont rajouté des arceaux de sécurité dans l'habitacle ! me souffle une ravissante jeune femme au crâne rasé.

— Mais Marie, t'es pas du tout raccord, là ! s'affole un gros moustachu en me fonçant dessus. Tu portais un pull jaune ! Et tu devrais avoir des ecchymoses, un peu de jus de tomate bien sanguinolent, une chouette blessure !

Pour lui éviter d'avoir une attaque, je lui explique que je ne suis pas ma sœur.

Pendant la demi-heure qui suit, je vois trois autres voitures noires rugir, freiner, déraper, puis atterrir sur le toit, bousillées, écrabouillées, foutues. Je vois trois fois de suite le cascadeur en sortir, coiffé d'un casque et protégé par une combinaison. Et surtout je vois trois fois de suite ma sœur crapahuter au milieu des débris de verre à l'intérieur de la voiture retournée. Puis, sur ordre de Bertrand, s'en extraire, égarée et ensanglantée, avant de s'écrouler sur l'autoroute.

Je sais bien qu'elle joue la comédie, qu'elle se porte comme un charme, qu'on l'a maquillée pour renforcer l'illusion de l'accident, qu'elle est en pleine forme. Autrefois, au théâtre, nous avons assisté un nombre incalculable de fois à la mort de notre père sous le coup de poignards de cartons, de dagues peu affûtées, de poisons inoffensifs, de revolvers chargés à blanc. Mais il se trouvait sur une scène alors que Marie gît aujourd'hui sur une vraie autoroute avec de vraies voitures. Et depuis, souvenez-vous, Hubert est mort pour de bon.

Quelqu'un a prévenu ma jumelle de ma présence. Elle me rejoint :

— C'est une bonne surprise de te voir ! Alors, j'étais comment ? La première fois je suis mal tombée dans les pommes mais, après, je crois que j'ai pris le coup...

Je la rassure, elle était parfaite, une professionnelle de l'évanouissement, on dirait qu'elle a fait ça toute sa vie, sombrer avec grâce dans l'inconscience, n'être plus qu'un petit tas à terre, un corps broyé et meurtri.

Je déglutis avec peine, assister à cela a été une épreuve. Chaque fois qu'elle s'est effondrée sur le sol, j'ai eu un pincement au cœur. D'ailleurs j'avoue que je ne me sens pas très bien. J'ai chaud, la tête me tourne, pour un peu je m'affaisserais aussi. Mes jambes flageolent, mes genoux ploient, j'ai presque du mal à tenir debout.

— Tu jouais si juste que cela m'a rendue malade... sans blague !

Marie m'observe avec attention. Je suis pâle et en sueur. Il faut dire que cette dernière semaine a été plutôt mouvementée, entre notre frère caché, nos disputes, ma rupture avec Cyril, l'enterrement de César et le choc de voir Diane aussi diminuée.

— Remets-toi, Amélie ! Je n'ai rien !

Marie tourne sur elle-même, les bras écartés, en souriant. Ses ecchymoses et ses blessures ne sont que du fard et des artifices, sa voiture n'a effectué aucun tonneau, elle est saine et sauve.

Je me sens grotesque, et pourtant je suis obligée de m'asseoir sur le talus qui borde l'autoroute. Je pose ma tête dans mes bras repliés. Je me sens glisser, partir. Il faut que je me ressaisisse. Je murmure :

— Je suis ridicule...

— Enfin, Amélie, ce n'était que du cinéma !

— Je sais.

C'était plus fort que moi, comme le zona autrefois, à force de voir ma sœur s'évanouir, je l'ai imitée. Depuis que je suis assise cela va beaucoup mieux. Je redresse la tête, le monde reprend ses couleurs, le décor retrouve sa netteté.

Le gros moustachu s'approche.

— J'appelle un médecin ?

Marie secoue la tête et temporise. Elle me connaît par cœur.

— Qu'est-ce qui s'est passé ce matin, Amélie ? Où es-tu allée ?

— J'ai vu Mimmo.

— Vous avez fait quoi, tous les deux ?

On dirait une mère de famille soutirant des informations à un adolescent. Je ne peux pas croire que le simple fait de revoir Diane, couplé à mon angoisse pour ma jumelle, puisse me mettre dans cet état, je ne suis pas hystérique à ce point !

Cependant, le fait est là, j'ai les jambes en coton. Je dis :

— Nous sommes allés voir Diane de Fongel à Versailles dans un établissement médicalisé pour cerveaux en compote. Il y avait une photo de toute la bande dans sa chambre. Elle m'a demandé qui étaient ces gens ! Elle s'imagine que ses fils sont des petits garçons qui vont encore à l'école. Elle a refusé de me croire quand je me suis présentée. Cela m'a fait un drôle d'effet. Alors quand je t'ai vue, tout à l'heure, sortir de cette voiture et t'affaler...

Je me relève, encore faible, en m'appuyant sur elle.

— J'ai un rendez-vous. Je ne peux pas me permettre d'être en retard. Il faut que j'y aille.

— Avec qui ?

— Tu ne veux pas le savoir. Tu as refusé d'aborder le sujet.

— Avec qui, Amélie ?

— Je ne veux pas que nous nous disputions à nouveau...

Elle s'énerve, hausse le ton parce qu'elle s'inquiète pour moi :

— Dis-moi qui tu dois rencontrer !

Ce n'est plus une question mais un ordre. Je soupire. Je ne suis pas encore très ferme sur mes jambes.

— J'ai rendez-vous à treize heures avec le jeune homme de Deauville à Montparnasse, côté quatorzième arrondissement.

Elle plisse les yeux à l'énoncé de cette dernière précision.

— Comment l'as-tu retrouvé ?

Je lui parle du registre de condoléances, je lui raconte mes coups de fil. Je me sens mieux mais ce n'est pas encore la pleine forme.

Marie connaît mon entêtement :

— Tu ne vas pas conduire dans cet état, Amélie, c'est de la folie. J'ai fini de tourner pour aujourd'hui. Je t'accompagne !

Elle prévient Bertrand qui me lance un regard oblique en grognant qu'il avait prévu de déjeuner avec elle.

Marie ne l'écoute déjà plus. La maquilleuse lui nettoie le visage, gommant le sang et la violence. Je regarde les blessures s'effacer, le visage de ma jumelle redevenir rose et frais. L'équipe du film s'agite autour de nous, délaissant l'épave accidentée. Tout est dans la boîte, les images ont été filmées, le cascadeur peut aller risquer sa vie sur un autre tournage, on passe au plan suivant.

Nous aussi, nous passons au chapitre suivant. Le monde a retrouvé ses contours. Nous marchons jusqu'à la Laitue, Marie récupère les clefs et s'installe d'office au volant, je serais incapable de conduire. L'assistant au catogan nous dévisage, stupéfait de voir double. Ma sœur démarre, se réinsère dans le flot de la circulation.

Il y a de nombreuses façons d'atteindre le boulevard du Montparnasse. Mais comme le sixième arrondissement n'existe plus pour Marie, le choix est restreint.

Elle conduit en souplesse, avec une grâce et une agilité dont je suis dépourvue. Elle précise qu'elle n'est toujours pas d'accord avec ma démarche. Elle campe sur ses positions. Elle refuse que ce garçon soit notre frère. C'est saisissant, la détermination qu'elle a. Ma jumelle est aussi butée et volontaire que moi.

Je hoche la tête. Je donnerais tout pour retrouver le fils d'Hubert et que ma migraine s'arrête.

Marie sait que je ne triche pas, que je n'ai pas mimé ce malaise pour lui forcer la main. Je voulais juste la voir, je ne pouvais deviner que j'allais m'effondrer.

Elle sourit et tout passe dans ce sourire, son angoisse, notre complicité de jumelles, sa peur, son incompréhension devant ma réaction si différente de la sienne, sa tendresse pour moi.

Elle dit :

— J'ai lu dans un magazine qu'un enfant sur dix en France n'est pas celui de l'homme qui lui a donné son nom. Un sur dix, Amélie, c'est hallucinant ! Même si César te l'a confirmé, je ne peux pas croire que notre père soit concerné. C'était un acteur célèbre, les gens ont beau jeu de remuer la boue, de faire mentir les morts. Tu te rappelles ce scandale autour de la fille d'Yves Montand ? Ils ont été obligés de l'exhumer pour effectuer un test ADN...

Elle écarquille les yeux d'horreur. Je repousse l'image terrible qui se forme dans mon cerveau.

J'objecte :

— Il y a une différence de taille, Marie. C'est moi qui cherche notre frère. Lui ne revendique rien, n'exige rien. J'ignore même s'il est au courant.

— Mais sa mère l'est forcément, elle !

C'est la première fois qu'elle envisage l'éventualité que cette femme soit réelle. Marie ne refuse pas seulement notre frère, elle rejette aussi la femme qui l'aurait engendré.

Je comprends subitement combien il était inutile de téléphoner à maman en Toscane. La belle Elena est arrivée après la bataille. Elle a atterri dans les bras d'Hubert sur la scène de la Comédie-Française et il l'a prise à bras-le-corps. Ils se sont aimés, nous en avons été les témoins privilégiés.

Si Hubert ne lui a jamais parlé de son fils, ce n'est pas du tout par manque d'amour pour elle, mais par respect pour la mère de ce fils. Sans doute, Hubert et cette femme se sont mis d'accord pour garder secrète sa paternité. Sans doute, cela valait mieux pour une raison qui nous échappe. Sans doute, le garçon a un père officiel qui l'a déclaré et reconnu.

C'est aussi pour cette raison qu'Hubert ne nous a

rien dit. Ils appartenaient au passé. Elena, Marie et moi étions son présent.

Marie ralentit à peine au Stop.

— Tu as rendez-vous à quelle heure ?

— Treize heures pile. Le bar s'appelle le Kenavo. Il m'accorde un quart d'heure. Il croit que j'écris une biographie d'Hubert. Il part en Bretagne, chez sa mère.

Les mains crispées sur le volant, ma sœur négocie un virage puis dépasse un gros 4 × 4 par la droite et brûle une priorité.

Je dis :

— Si tu continues, notre Laitue va se retrouver sur le dos comme ta BMW. Nous n'avons pas d'arceau de sécurité. Nous allons mourir toutes les deux, et les médecins du SAMU ne sauront même pas laquelle est laquelle !

— Ferme les yeux et fais-moi confiance.

20

Treize heures dix. Montparnasse est un quartier infernal pour se garer. Marie abandonne la Laitue à cheval sur un passage clouté. Nous entrons dans le bar.

Il est assis à une table d'angle, devant une tasse de café vide. C'est lui, forcément. Je sais tout de suite que c'est lui, il a gardé sur les traits une trace de cette douceur qu'il avait en nous regardant jouer au tennis, de cette gravité qui émanait déjà de sa personne. Il ne porte plus son chandail blanc à bande bleue mais un jean et une chemise assortie à ses yeux bleu glacier. Je pressens sa force et la violence qu'il refrène. Il y a des gens qui passent inaperçus, lui est fait d'un autre bois, il tranche au milieu de la foule. Il n'a pas la beauté troublante de Cyril, c'est autre chose de plus profond, de fondamental. Il pourrait être le fils d'Hubert, notre père avait cette particularité de catalyser l'attention. Ce garçon, Arthus, n'est pas beau, il est pire. Son regard clair piège, sa bouche intrigue, ses cheveux aile de corbeau captent la lumière. Il a au creux du menton ce que César appelait la fossette des bons. Il a la présence physique d'Hubert, mais sans cette lourdeur dont notre père avait fait un atout.

Sur la table devant lui, il a posé un casque du même rouge que la grosse moto immobilisée sur sa béquille devant le bar.

Il remarque :

— Vous êtes en retard !

Il ne sourit pas. Les autres consommateurs nous dévisagent Marie et moi avec cette curiosité et cette naïveté indécente qu'ont les inconnus qui croisent des jumelles. Pour Arthus Kermarec l'effet de surprise est émoussé.

Il ajoute :

— Je vois que vous n'avez plus vos appareils dentaires.

Charmant, et surtout très diplomate comme entrée en matière.

Je me défends :

— Désolée pour le retard. Ma sœur tourne une série pour la télévision, ça a duré plus longtemps que prévu.

Si j'ai cru une seconde l'impressionner en évoquant *Uriel*, j'en suis pour mes frais.

— J'ai cinq heures de route jusqu'à Lorient, je ne veux pas rater le dernier bateau pour l'île de Groix. Il vous reste cinq minutes. Je vous écoute !

Il ne nous demande pas ce que nous voulons boire et, de toute manière, il n'y a pas de barman derrière le comptoir. L'endroit est accueillant, bois et cuivres, bouteilles et verres. Un vieux piano droit trône dans l'angle. Des photos encadrées représentent l'océan, un phare, une grève, des pêcheurs, un port.

J'ouvre mon calepin pour consulter la liste que j'ai préparée. Autrefois, Hubert jouait volontiers avec nous au questionnaire de Proust. Il nous interrogeait et nous devions répondre avec originalité. « Quelle est ta couleur préférée, Amélie ? » Je répondais le bleu, les enfants préfèrent toujours le bleu. « C'est banal, cherche au fond de toi, non, ne demande pas à Marie, ferme les yeux. » J'obéissais, je voyais du rouge sang ou un noir d'encre. Hubert nous poussait dans nos retranchements, cherchait le meilleur, le caché, l'essence. Je ne l'avais déstabilisé qu'une fois, quand, à la question « quel serait ton plus grand malheur ? », j'avais répondu avec sincérité « ne pas t'avoir connu ».

Aujourd'hui, c'est moi qui pose les questions. Je ne peux pas demander tout à trac à Arthus Kermarec s'il est le fils de notre père. Je dois biaiser, louvoyer, avant de porter l'estocade.

Je me lance.

— Qu'est-ce qui vous a marqué chez Hubert Saint Jean ?

— Sa vitalité.

J'échange un regard avec Marie : réponse décevante et, surtout, pas très heureuse étant donné que l'intéressé est mort depuis dix ans.

— Quelle est, à votre avis, sa plus grande qualité ?

J'ai employé le présent, il me corrige.

— Vous voulez dire, quelle était sa plus grande qualité ? Je dirais... la tendresse.

On ne découvre pas cela en parlant de la température de la mer à Deauville. Ce garçon connaissait bien mieux Hubert qu'il ne l'avoue.

— S'il était là, devant nous, que lui diriez-vous ?

Il réfléchit. On ne s'adresse pas impunément à un homme qui n'est plus, il faut des paroles définitives, des mots rares.

— En scène !

Marie sourit. Il se tourne vers elle, vexé.

— Vous jouez dans *Uriel et les fantômes*, n'est-ce pas ? Je ne regarde jamais la télévision, je trouve que c'est une perte de temps. Mais ma mère l'adore, elle a été malade alors je vais la voir en Bretagne quand je peux, et elle regarde votre série...

Ma sœur, qui n'apprécie pas que l'on tienne la télévision pour une perte de temps, monte aussitôt au créneau. Elle réplique :

— J'espère que ce n'est pas un moment trop pénible ?

— Non, c'est supportable. Vous jouez bien. En revanche l'histoire est idiote. Les situations sont convenues, les rebondissements attendus. Et le réalisateur en fait trop.

— Vous êtes dans la partie ? interroge Marie, piquée au vif par le reproche lancé à son cher Bertrand.

— Je suis auteur de bandes dessinées, j'invente mes histoires puis je crée les personnages et je les dessine. Je cumule tous les métiers. Mais mes acteurs à moi sont des héros de papier, avec un ego normal...

— Ah oui, les petites phrases dans les petites bulles ! laisse tomber Marie avec une indifférence calculée.

Je lance à ma jumelle un regard entendu pour lui rappeler que nous ne sommes pas là par hasard, cet homme est peut-être notre frère.

Un des consommateurs nous regarde et demande :

— C'est possible de payer ?

Il est bizarre cet homme, en quoi sommes-nous concernés ? À ma grande surprise, Arthus se lève, passe derrière le comptoir, encaisse, rend la monnaie avant de revenir se rasseoir avec nous.

— C'est votre bar ?

Il secoue la tête.

— Celui de mon meilleur ami, lui aussi vient de l'île de Groix, nous sommes deux Groisillons échoués à Paris. Il a dû s'absenter, alors je tiens la boutique. Je partirai dès qu'il reviendra. Bon. J'ai répondu à toutes vos questions ?

C'est étrange, je jurerais qu'il est rassuré. J'en mettrais ma tête à couper, cet homme redoutait notre rencontre, il y a un cadavre quelque part et je ne parle pas d'Hubert. Ce qu'Arthus Kermarec craignait n'est pas advenu, je n'ai pas fouillé au bon endroit. Il est sauvé et baisse sa garde, c'est le moment de lancer mon attaque.

Je remarque :

— Vous avez un prénom très original...

— Arthus est un dérivé d'Arthur, le roi Arthur et les chevaliers de la Table Ronde. Moi je suis le chevalier de la table à dessin.

L'expression est plaisante. Je repense à ce que m'a dit la lectrice aux cheveux carotte, que Gus jouait souvent aux échecs avec son filleul.

Je vérifie :

— Vous savez jouer aux échecs ?

— Bien sûr. Pas vous ?

Je secoue la tête et j'attaque par un autre biais.

— Vous avez beaucoup parlé avec notre père, à Deauville. Ses conseils vous ont aidé ?

Je croyais le troubler, mais sa réaction dépasse mes espérances. Son corps se raidit, son visage se crispe, il me foudroie du regard.

— J'aurais dû m'en douter ! On a toujours tort d'avoir confiance.

Je ne comprends pas.

— Confiance ?

Il s'énerve et hausse la voix :

— Vous vous êtes bien fichue de moi !

Au moment où je vais quémander des explications, la porte s'ouvre et un homme blond et barbu entre en se tenant la joue.

— Les dentistes sont des sadiques mais ce type est un as. Je t'avais promis d'être là au quart ! dit-il à Arthus.

— J'ai encaissé la table 2, Yann. J'y vais.

Il se lève, quitte le bar à grandes enjambées sans même nous saluer. Marie et moi échangeons un regard stupéfait.

— Qu'est-ce qui lui a pris ? murmure-t-elle.

J'écarte les mains, paumes vers le ciel.

— Aucune idée !

Yann, qui est évidemment le patron du bar, nous considère avec curiosité.

— Il y a un problème ?

Je secoue la tête.

— Non. Vous connaissez la famille d'Arthus ?

Il me décoche un large sourire.

— Sa mère est délicieuse. Son père est mort il y a dix ans.

Je lance un coup d'œil triomphant à Marie. Arthus est bien notre frère.

— Tu vois !

Elle hausse les épaules, demande à Yann :

— Vous savez comment s'appelait son père ?

— Bien sûr, il a accouché ma mère, je suis là grâce à lui ! C'était le Dr Élouan Kermarec.

Marie se tourne vers moi.

— Jeu, set et match.

Je refuse de m'avouer battue. Yann parle du mari de la mère d'Arthus. Je souris pour le mettre en confiance.

— *Kenavo,* cela veut dire au revoir, n'est-ce pas ?

— La traduction littérale est *jusque ce sera*. C'est un au revoir, pas un adieu.

La nuance est de taille.

Qu'il le veuille ou non, Arthus sera amené à nous revoir.

Nous n'avons pas déjeuné mais le Kenavo sert uniquement à boire. Nous rejoignons la Laitue et rentrons à Montesson en contournant le sixième arrondissement.

Je suis persuadée qu'Arthus est le fils d'Hubert, il ne peut en être autrement, de quoi auraient-ils parlé pendant des heures s'ils avaient été de parfaits inconnus ?

C'est lui, c'est forcément lui. Il a le bon âge, il joue aux échecs, il était à La Passagère, il est venu à l'église Saint-Roch, il a eu une réaction bizarre quand je l'ai questionné. Mais je le trouve antipathique. Cette façon de rappeler les appareils dentaires dont nous avions honte, de comptabiliser son temps comme s'il était plus précieux que le nôtre, de dénigrer la télévision et *Uriel*, de nous agresser avec cette absurde histoire de confiance. Il est déplaisant, je ne l'aime pas et il nous rend la pareille.

Je ne m'attendais pas à cela. Depuis que j'ai découvert l'existence de notre frère, je n'ai pas envisagé que nous puissions ne pas nous entendre. Je suis déçue au plus haut point.

Hubert l'a sans doute emmené à Deauville après le décès du Dr Kermarec, son père officiel. Il a peut-être appris que nous étions ses sœurs en nous regardant jouer au tennis. Pas étonnant qu'il nous en veuille.

— C'est lui... dis-je, navrée, à ma sœur.

— Tu délires, Amélie. Il est désagréable, irritant, et il n'a rien à voir avec nous.

— Il nous ment, j'en suis certaine !

— Et alors ? Toi aussi tu lui mens !

Elle n'en démord pas, elle ne veut pas d'un frère et surtout pas de celui-là. Il ne nous porte pas dans son cœur mais je m'entête. Je n'ai pas le choix. Je dois, impérativement, aller jusqu'au bout.

Le soir, comme chaque samedi, nous nous réunissons devant la télévision pour regarder *Uriel*. Georges et Pauline ont de nouveau invité François, qui n'a plus aucune nouvelle de son Eurydice. Je n'en ai pas non plus de Cyril.

Mimmo s'assied près de moi, sa présence me réconforte. Marie a beau agir comme d'habitude, je la sens tendue. Bertrand ne s'aperçoit de rien, il nage dans l'autosatisfaction. Oui, vraiment, de nous tous, il est le seul à passer une bonne soirée. J'ai du mal à me concentrer sur le téléfilm, je me repasse mentalement notre conversation avec Arthus, je récapitule mes questions, j'épluche ses réponses.

Ma vie a été bouleversée voilà tout juste une semaine, je ne trouverai pas le repos avant de connaître la vérité. J'ai rêvé pendant ces sept jours de rencontrer un frère de sang, de rires et de larmes, de trouver un ami. Ce matin, la confrontation avec le jeune homme de Deauville m'a ouvert les yeux : il y a de fortes chances qu'il soit notre frère, et qu'il nous rejette.

Le fâcheux chevalier de la table à dessin est parti sur son île rendre visite à sa mère convalescente. C'est l'occasion rêvée de les affronter ensemble. Si lui ne veut pas de nous, sa mère sera peut-être contente de me rencontrer. Je ne veux pas attendre qu'elle aussi meure. Trop de témoins, déjà, ont pris la tangente.

Quand *Uriel* est fini, je monte dans notre chambre consulter Internet. Groix est à quatre heures de train plus trois quarts d'heure de bateau. Arthus s'y trouve pour le week-end. J'irai demain.

21

Le train file vers la Bretagne. Pour me mettre en condition, j'ai acheté *Ouest-France* et *Le Télégramme* à la gare Montparnasse et j'épluche avec intérêt les nouvelles locales. Dans les pages « pays de Lorient », je trouve trois petits articles sur Groix. Les mêmes noms de famille reviennent, Tonnerre, Bihan, Calloch, mais aucun Kermarec.

J'ai aimé ces trains que nous prenions jadis avec Hubert. Certains passagers le reconnaissaient et le saluaient d'un hochement de tête. Hubert n'était pas un acteur de cinéma mais un homme de théâtre et de tirades, pourtant ceux qui l'avaient vu jouer une fois se souvenaient de lui. La sympathie qu'il inspirait s'ajoutait à l'intérêt naturel des inconnus pour les jumeaux, à l'empathie pour les enfants. Les paysages défilaient à travers les fenêtres, Hubert sortait les sandwichs, distribuait les Kinder surprises. Nous étions interdites de chewing-gums. « Vous êtes des humaines, pas des ruminants », décrétait-il. Il ne supportait pas les spectateurs qui mâchonnaient leurs gommes au théâtre.

En ce dimanche matin, le train m'emmène peut-être vers le passé d'Hubert. Aujourd'hui est le demain d'hier. Le train arrive à Lorient.

J'ai craint d'être malade en bateau mais la mer est d'huile. Le transbordeur met vingt bonnes minutes à quitter le port, au ralenti, croisant des voiliers blancs et de petits bateaux de pêche. Le pont est rempli de gens souriants et bavards, d'enfants qui courent, de chiens qui hument l'air iodé, de chats dans leurs paniers.

— Tu sais comment on reconnaît les Groisillons des touristes ? lance un ado dont le fond de pantalon arrive aux genoux à une ado coiffée à l'iroquoise. Les Groisillons restent dans le bateau, les touristes s'entassent sur le pont !

C'est vrai, j'ai eu ce réflexe de monter l'escalier pour déboucher vers la lumière, ne pas louper une miette d'océan.

Un homme annonce à sa femme :

— J'ai une surprise pour toi, mon amour, j'ai réservé à l'hôtel de la Marine ce soir pour fêter notre anniversaire de mariage !

— Maman, on voit l'île ! s'écrie une petite fille au sourire extatique.

Une bande de terre surgit à l'horizon, les reliefs se précisent au fur et à mesure que le bateau se rapproche. Nous croisons le transbordeur qui effectue la rotation en sens inverse, des mains s'agitent, des vagues se mêlent, les pilotes se saluent d'un retentissant coup de trompe qui fait aboyer les chiens.

J'ai menti à Marie, j'ai prétendu que je passais la journée avec Mimmo et *vice versa*. Chacun me croit avec l'autre.

Le bateau arrive dans le port, une foule bigarrée accueille les voyageurs, on s'embrasse, on s'étreint, des mains attrapent des sacs, des bras enserrent des corps, des rires fusent, des voitures chargées descendent sur le quai. Je me laisse porter par le flot des piétons qui m'amène devant L'Escale, le café rose au centre du port. Le lieu semble mythique et branché. Sur sa terrasse, des gens assis au soleil ont l'air tout simplement heureux. Deux ardoises pendent dehors, on y lit : « Chez Soaz on peut apporter son manger », et : « Soyez bon envers ceux que vous rencontrez à l'aller, vous les retrouverez au retour. »

Je ne peux pas débarquer chez Arthus Kermarec comme cela, sans crier gare, sans avoir d'endroit où loger. J'entre dans le café rose, après la clarté du dehors mes yeux mettent quelques secondes à s'habituer à la pénombre fraîche. L'endroit a un peu la même atmosphère que le Kenavo. Les murs sont décorés de sculptures en bois flotté, d'une salopette en ciré jaune, de lampes de marine et de photos de Venise et de sa lagune. Toutes les îles sont cousines, Venise et Groix ont la même magie. La photographe au nom italien a su jouer avec les reflets, détourner les gondoles, animer les coupoles, poser sur la Sérénissime un regard neuf. Hubert nous avait promis de nous emmener là-bas un jour, il n'en a pas eu le temps.

Un homme aux cheveux décolorés par le soleil demande :

— Soaz, tu peux nous apporter trois galopins, s'il te plaît ?

La plaisante jeune femme brune au visage rieur qui officie derrière le long bar de bois prépare trois bières aux reflets dorés.

Je m'approche :

— Bonjour, je cherche un endroit où dormir ce soir, vous savez où je peux m'adresser ?

— En saison l'île est bondée, mais c'est votre jour de chance... Monique, tu m'as dit que tu avais une défection de dernière minute ?

Une jolie femme blonde qui finit son café hoche la tête.

— On vient de me prévenir au dernier moment, alors que j'ai encore refusé des hôtes ce matin, c'est agréable !

— Cette jeune femme cherche une chambre pour la nuit.

Nous nous mettons d'accord. Monique me conseille de louer un vélo sur le port. J'ahane dans la montée vers le bourg, je ne suis pas sportive, j'ai beau être jeune, je passe trop d'heures devant mon ordinateur, c'est l'écriture qui veut cela, qui exige sa rançon de temps et de douleurs dorsales.

Je mets pied à terre sur la place de l'église dont je remarque la girouette en forme de poisson. Je me sens désemparée, perdue. Je suis partie sur un coup de tête que je commence à regretter.

La place est animée. Un vieux manège trône en son centre, où voitures et avions côtoient les classiques chevaux de bois. Des clients déjeunent à la terrasse de Vins et Marée, savourent un gâteau chez Bleu Thé, boivent un café devant la librairie L'Écume des jours. Je m'approche, attirée vers les livres comme par un aimant. J'entends de la musique à l'intérieur, je reconnais le thème de *Cinema Paradiso*, le film nostalgique de Giuseppe Tornatore. Puis cela change, on enchaîne sur un morceau culte du magistral *Patient anglais* d'Anthony Minghella. Ce libraire a les mêmes goûts que moi. Ces films, que j'ai vus adolescente, m'ont marquée à jamais.

La musique me regonfle, je remonte en selle. J'ai toujours eu de la fascination pour les notes, de l'admiration pour les extraterrestres qui savent déchiffrer une partition et la transformer en mélodie joyeuse ou déchirante. Moi, je ne sais jouer qu'avec les mots.

Au sortir du bourg, la route file droit au milieu des champs. Je me crois sauvée, avant d'enchaîner une redoutable succession de faux plats en direction de Locqueltas. Je ne sais pas si demain j'aurai un frère mais j'aurai des courbatures.

La maison de Monique, recouverte de vigne vierge, s'appelle La Criste Marine, elle donne directement sur l'océan. Pas en se tordant le cou ni de l'autre côté d'une route, non, la mer est juste là, devant, au bout du jardin, à quelques enjambées, impérieuse et impassible. La chambre me plaît, des murs jaune pâle, un plafond blanc à poutres apparentes, des rideaux à carreaux corail, un grand lit, une commode ancienne, c'est carrément une petite suite avec un salon attenant et une salle de bains. Les livres alignés sur l'étagère vous donnent l'impression d'être invité chez des amis. Des volets bleus encadrent la porte-fenêtre, des lauriers délimitent une terrasse meublée d'une table et de chaises en teck. Un setter anglais noir et blanc pointe sa truffe, aussitôt rappelé par une voix masculine énergique : « Rebecca ! Au pied ! »

La chienne s'éloigne à regret, gracieuse et musclée.

Mon estomac gronde, la traversée m'a affamée. J'enfourche mon vélo et je pédale le long de la côte. L'alternance de montées et de descentes me coupe les jambes et le souffle, je n'ai pas l'habitude. Un faisan rescapé de la chasse me regarde passer avec curiosité. Je me retrouve à Locmaria devant l'Ocre Marine, une crêperie où je savoure une première crêpe au camembert et caramel au beurre salé, puis une seconde au chocolat et à la confiture d'oranges amères. Un petit westy blanc vient quêter une caresse. On le hèle : « Aela, viens vite ! »

On m'explique qu'Aela signifie ange en breton. J'ai bien besoin d'un ange gardien, en ce moment.

La mer bat les rochers de la baie de Locmaria, elle s'est réveillée pendant que je déjeunais, elle a changé d'humeur et ce revirement augmente mon angoisse. Je sors mon portable pour expliquer à Marie et à Mimmo où je me trouve mais il n'y a pas de réseau et c'est sans doute mieux ainsi. Aujourd'hui je n'ai ni bouclier ni protection. Je m'avance à nu, vulnérable, avec un fol espoir.

Je demande mon chemin et on me renseigne, rien n'est loin dans une île qui mesure huit kilomètres sur quatre. La maison de la mère d'Arthus est blanche avec des volets rouges, un filet assorti encadre les fenêtres. Une barque rouge est échouée dans le jardin. Une femme entre deux âges jardine, penchée sur ce qu'en bonne Parisienne je prends pour du persil. Elle se relève en se massant le dos et elle me sourit.

— Vous admirez mes carottes ? J'ai été souffrante et je ne les ai pas assez arrosées.

— Vous êtes madame Kermarec ?

Elle essuie ses mains sur son tablier. Ses cheveux noirs sont striés de mèches blanches, elle a un visage de madone et des yeux gris très doux. Elle ne ressemble pas à notre mère.

Elle se présente :

— Corentine Kermarec.

Elle ne prononce pas son nom comme une Parisienne anonyme. Ici, quand elle va à la banque, à la poste, à la mairie, on la connaît, sur ce morceau de terre chacun sait qui est l'autre.

— Arthus est votre fils ?

Elle acquiesce, nullement surprise, Arthus est cela, son fils, elle en retire une fierté évidente.

— Vous voulez le voir ? Il est en haut, il dessine.

Elle l'appelle par la fenêtre et il descend aussitôt. Son sourire s'efface en me reconnaissant.

— Qu'est-ce que vous fichez là ?

— Je suis à Groix pour le week-end.

— Par hasard ?

Je soutiens son regard.

— Oui.

— J'ai failli louper le dernier bateau hier soir, à cause de vous !

Corentine Kermarec nous observe et se méprend. Nous avons beau nous vouvoyer, elle croit à une querelle d'amoureux.

— Vous n'allez pas rester comme ça dehors ! Tu n'invites pas ton amie à se désaltérer, Arthus ?

— Elle n'a pas soif, maman. Et ce n'est pas une amie.

Depuis quelques instants, Corentine me regarde avec attention, cherchant dans sa mémoire.

— Je savais bien que je vous avais déjà vue quelque part ! Vous êtes Charlène, n'est-ce pas ?

Je secoue la tête.

— C'est ma sœur jumelle Marie qui joue dans *Uriel*. Moi, je suis écrivain.

— Vous avez réservé dans un hôtel ? coupe Arthus.

— Mais qu'est-ce qui te prend, mon fils ? Laisse-la terminer sa phrase ! proteste Corentine. Excusez-le, c'est un ours. Il ne me présente jamais ses amis. Vous allez goûter mon far. Vous pouvez rester dormir ici, il y a toute la place !

Si les yeux d'Arthus étaient des missiles Skud, je serais réduite en poussière. Je secoue la tête.

— Je vous remercie, j'ai pris une chambre à La Criste Marine. Mais je n'ai encore jamais mangé de far.

— Arthus, sors trois assiettes !

Corentine Kermarec a le sens de l'hospitalité. Je m'en veux de la piéger et de tromper sa confiance, ce mot qu'Arthus a employé quand il a réagi de façon si curieuse hier.

Elle me précède dans une pièce décorée de grandes maquettes de bateaux anciennes et meublée par une longue table de bois et un piano à queue inattendu dans ce décor marin. Elle remarque mon étonnement.

— Ce piano est magnifique, n'est-ce pas ? Vous auriez dû entendre mon mari en jouer à quatre mains avec Arthus. Je m'asseyais pour les écouter, je ne voyais pas passer le temps...

Elle soupire, caresse le dessus de l'instrument.

— Depuis la mort de son père, Arthus ne veut plus y toucher. Il préfère jouer sur le piano de L'Écume des jours.

Je tressaille et me tourne vers Arthus qui, figé, nous écoute.

— Ce n'était pas un CD ? C'est vous qui jouiez ces musiques de films ce matin dans la librairie ?

Il grommelle un vague acquiescement.

Cette île est incroyable : une girouette en forme de poisson, des crêpes au camembert et au caramel, un piano dans une librairie. C'est sur ce genre de terre que j'ai toujours rêvé d'écrire.

— Mon fils a hésité entre devenir dessinateur et pianiste, il ne vous l'a pas dit ? poursuit Corentine.

— Maman ! proteste Arthus.

Tout réside dans ce simple mot et la façon qu'il a de le prononcer. Cinq petites lettres qui en disent long, maman, tais-toi, elle s'en fiche, ne lui raconte pas ma vie, qu'elle mange son far et qu'elle s'en aille. C'est cela que me crient les yeux d'un bleu saisissant du jeune homme de Deauville, finis ton assiette et débarrasse le plancher.

Corentine nous sert de copieuses portions de far. Elle m'apprend qu'à Groix, quand on apprécie une personne ou un plat, on *a du goût* pour elle. J'ai du goût pour le far et pour Corentine. Soudain bavarde, elle raconte que son mari, ce médecin qui portait un vieux prénom breton, Élouan, est mort en 1997, dans un accident de voiture à la sortie de Lorient.

— Il était né en face, sur le continent. Dans ma famille, on a toujours été de Groix. Après notre mariage, nous sommes venus ici sur l'île, il n'y a aucun feu rouge, la circulation est limitée, on ne risque rien. Il a fallu qu'il se fasse tuer là-bas, de l'autre côté de l'eau, en allant régler un problème administratif. C'est tellement idiot !

Elle n'en revient toujours pas tant d'années après, regrette encore de l'avoir laissé partir à la ville. Ils auraient pu se débrouiller autrement, par courrier, par téléphone. Il serait encore là. La barque rouge dans le jardin, c'est la sienne. Elle n'a pas eu le cœur de la vendre. Elle n'a pas non plus eu le cœur de se défaire du piano à queue. Elle m'explique qu'Arthus s'assied parfois devant, mais il ne l'ouvre pas, il ne pose même pas ses mains sur le clavier, il ne joue aucune note, il reste là, immobile, statufié.

— Maman ! répète Arthus sur un ton de reproche.

Corentine n'en a cure. Elle poursuit :

— Vous connaissez sûrement les bandes dessinées de mon fils, mais comme vous ne m'aviez jamais vue, vous ne pouviez pas savoir que j'y figure ?

Elle ne se met pas en avant, ce ne serait guère son genre. Elle est juste fière que son fils l'ait choisie pour modèle. Je ne précise pas que je n'ai jamais lu les œuvres d'Arthus Kermarec. Elle me tend un album blanc barré de la même bande bleue que le chandail qu'il portait à Deauville en 1997.

Je m'attends à de la science-fiction, mais l'histoire se déroule à Londres dans les années 1940. Corentine ouvre une page, me désigne un personnage. C'est elle, à n'en pas douter, en uniforme d'infirmière, je reconnais son visage de madone, ses yeux gris, son port de tête. Elle précise :

— Chaque détail est rigoureusement exact, je connais l'Angleterre grâce à lui !

Je m'engouffre dans la brèche, le temps des questions est venu, je suis là dans un but précis, pour savoir si elle a autrefois aimé Hubert.

— Vous n'êtes jamais allée à Londres ? Mais vous avez déjà quitté le Morbihan, tout de même ?

— Non. À quoi bon ? Il y a tout ce que j'aime ici. J'ai la nature, l'océan, mon jardin, mes amis, mon chat. J'ai la médiathèque, la télévision, le cinéma des Familles. Je vais à la chorale, j'appartiens à l'association de protection des fontaines et lavoirs, à celle des cartophiles, je participe au festival du film insulaire... et j'ai aussi parfois la bonne surprise des visites de mon fils, ajoute-t-elle avec tendresse. Ce jardin, Élouan et moi l'avons planté ensemble, j'en suis responsable, je ne peux pas le délaisser. Il y a du travail à chaque saison, la terre réclame son dû !

— Vous n'avez pas envie de visiter la France, de découvrir le monde ?

Corentine secoue la tête. Elle ne vit pas seule mais dans le souvenir d'Élouan, comme Mimmo avec Sarah. Elle est en paix dans son île. Elle n'a jamais éprouvé le besoin de partir ailleurs.

Où Hubert l'aurait-il rencontrée, lui qui n'est jamais, à ma connaissance, allé en Bretagne ?

Je tourne machinalement les pages de l'album et, soudain, je n'en crois pas mes yeux. Ce personnage qu'Arthus a dessiné en uniforme de militaire, c'est Hubert. Je vous jure, c'est son portrait craché.

— Cet homme, là ! Qui est-ce ?

Elle se penche :

— L'officier anglais. Il est la pierre angulaire de l'histoire.

Émue, je fixe le dessin. Même nez un peu fort, même bouche gourmande, même regard appuyé et pétillant, même profil d'empereur romain, même silhouette haute, large, même embonpoint. Je regarde Arthus qui me rend mon regard sans ciller.

Il dit :

— Je m'inspire souvent des gens que je rencontre pour camper mes personnages.

Corentine nous observe sans comprendre.

— Arthus, tu veux bien aller me chercher mes lunettes dans ma chambre ? Elles sont dans l'étui rouge.

J'ai l'impression qu'elle éloigne son fils exprès pour rester en tête à tête avec moi.

Il le sent aussi, qui grommelle :

— Tu as besoin de lunettes pour goûter, maintenant ?

— Je te les demande. S'il te plaît.

Sa voix a durci, sa douceur cache une forte personnalité. Arthus ne regimbe pas, il se lève, monte à l'étage. Nous disposons de quoi, deux minutes ? Elle se demande peut-être si je suis amoureuse de son fils, elle souhaite forcément une belle-fille et des petits-enfants, elle m'espère dans ce rôle. Ou au contraire elle a des vues sur une autre, une Groisillonne de souche qui ramènerait le fils prodigue au bercail, et elle désire que je lui cède la place.

Nous sommes pressées, il faut faire vite. J'avise, sur le buffet, la photo encadrée d'un homme au regard noir assis dans la barque rouge du jardin. Il est petit, blond, large d'épaules, moustachu, il porte un ciré jaune et sourit sur fond de mer bleue. Il a l'air humain et rassurant, on l'imagine bien médecin.

— C'est votre mari ?

— La photo a été prise un mois avant sa mort.

Pour elle, c'était hier. J'entends les pas d'Arthus là-haut, au-dessus de nos têtes. Il cherche les lunettes. Au même instant j'aperçois l'étui rouge qui dépasse de la poche du tablier de Corentine. Arthus ne risque pas de le trouver à l'étage.

Je reviens à la photo.

Arthus a les yeux clairs alors qu'Élouan les a foncés. Il a des cheveux sombres alors qu'Élouan les a blonds. Arthus est grand, l'homme dans la barque rouge semble petit et n'a pas la fossette des bons au creux du menton.

— Arthus ne ressemble guère à son père !

J'ai dit cela, et dans la seconde Corentine se pétrifie de manière flagrante. Son corps devient rigide, son expression se fige, le jardin n'a plus d'importance, le far n'a plus de goût, le salon autour de nous disparaît, le piano se volatilise, et nous restons là, l'une en face de l'autre. J'ai dit ce qu'il ne fallait pas, j'ai ouvert la boîte de Pandore.

Corentine évite mon regard, ses yeux s'échappent. Arthus va redescendre, je dois profiter de mon avantage.

Je dis :

— Je suis la fille d'Hubert Saint Jean, l'acteur de théâtre.

Elle ne réagit pas, n'a pas le plus infime tressaillement. Pourtant elle aurait dû.

J'enchaîne :

— J'ai rencontré Arthus à Deauville en septembre 1997.

La date la fait tiquer. Elle se met à trembler, je vous jure, elle faseye comme une voile de bateau.

Puis elle repousse sa chaise avec brusquerie et se précipite dehors. Je demeure seule à table devant le far entamé.

— Je ne trouve tes lunettes nulle part, maman, tu es sûre de ne pas les avoir laissées dans le jardin ? bougonne Arthus en haut de l'escalier.

Je ne comprends pas la réaction de Corentine. Arthus va redescendre, me demander où est sa mère, s'énerver, sans doute, comme au Kenavo. Je préfère décamper avant qu'il arrive.

Je me hâte de sortir, je saute sur mon vélo de location et je m'enfuis à toutes pédales.

22

Je suis partie à droite, au hasard, alors que j'étais venue par la gauche. J'ignore où cette route me mènera, je souhaite que ce soit le plus loin possible. Je cesse de pédaler dans la pente, je sens le vent sur mon visage, je me laisse griser par cette sensation de liberté. Je néglige les Stop. À chaque carrefour, je choisis le chemin qui descend, par paresse, par facilité.

Je débouche au milieu du bourg sur la place de l'Église. En passant devant la pharmacie j'ai l'impression fugace d'apercevoir un long chien aux oreilles pendantes et aux grosses pattes courtes mais ce n'est qu'une illusion, il n'y a ni homme ni animal, je suis seule.

Le piano de L'Écume des jours est silencieux. Je veux acheter d'autres albums d'Arthus mais la libraire n'en a plus qu'un, ils s'arrachent comme des petits pains. Confraternelle, elle m'envoie dans les deux autres librairies de l'île. Arthus est un enfant du pays, on le connaît bien chez Pat et Mimi à la Boutique de la mer, et aussi chez Louis à la maison de la presse. Je ressors avec quatre albums. Arthus s'est buté, j'ai déstabilisé Corentine, les bandes dessinées me livreront peut-être la clef de l'énigme ?

Je me sens coupable de la fuite de Corentine, pourtant je n'ai rien fait de mal. Arthus est-il à ma recherche ? Il sait que j'ai loué une chambre à La Criste Marine. Je laisse ma bicyclette contre un muret et je m'engouffre dans l'église. Les hommes s'y réfugient depuis la nuit des temps.

L'édifice est humide, obscur, de grandes maquettes de bateaux pendent du plafond, trois cierges allumés projettent une lueur tremblotante. Je n'ai pas choisi cette retraite par hasard. Ma sœur et moi sommes catholiques et baptisées, avec une mère italienne il ne saurait en être autrement. Quand elle vivait encore à Paris nous allions à la messe avec elle chaque dimanche. Maman, pour excuser Hubert qui ne nous accompagnait pas, prétendait que Dieu lui accordait une dispense spéciale parce qu'il jouait au théâtre en matinée.

Après la séparation de nos parents, nous avons cessé de pratiquer mais continué à croire en Dieu. Hubert nous emmenait dans les cathédrales, les synagogues et les mosquées, il avait du respect et de la tolérance pour les endroits bâtis dans un but spirituel, il disait que la pensée, la foi et le théâtre transcendent l'homme. Résultat, je me sens plus chez moi dans les lieux de culte et les salles de spectacle que chez Georges et Pauline.

Je m'assieds sur un banc de bois près du bénitier. Je serre les quatre albums contre moi. L'attitude de

Corentine équivaut à un aveu sans doute, mais pourquoi n'a-t-elle pas sursauté lorsque j'ai nommé Hubert ?

J'ai froid. J'ai besoin des bras de Cyril, du sourire apaisant de Marie, de l'humour de Mimmo. Je suis moins vieille que je ne crois, moins mûre que je ne devrais. Souvenez-vous : je n'ai que vingt-cinq ans.

Je commence à lire les bandes dessinées l'une après l'autre, dans la pénombre de l'église. Le personnage qui ressemble à Hubert apparaît dans chacune en tant que personnage secondaire, comme Corentine, mais les histoires ne m'apprennent rien, ce ne sont que des fictions. Le choix des visages, seul, importe. Arthus a éprouvé l'impérieuse nécessité de reproduire les traits de sa mère et ceux de mon père. La raison à cela me semble évidente.

Je m'assieds sur les albums pour moins sentir le froid du banc à travers le lin léger de mon pantalon. J'appuie ma tête contre une colonne de pierre suintant l'humidité. Je ferme les yeux une seconde. Et je sombre.

— Amélie ?

On m'empoigne l'épaule et je me réveille en sursaut, transie. J'ai dû m'assoupir, l'émotion a ce pouvoir.

Arthus Kermarec se penche sur moi, le visage fermé. Ses yeux de ce bleu étonnant fulminent :

— Je vous ai cherchée à travers toute l'île !

Quelle heure est-il ? En réponse à ma question muette, le clocher sonne huit coups. Le dernier bateau pour Lorient est reparti, je ne peux plus m'échapper, je suis prisonnière de l'île jusqu'à demain.

Arthus serre mon épaule. Il grogne :

— Qu'est-ce que vous avez raconté à ma mère pour la troubler à ce point ?

Sa voix est autoritaire, son ton cinglant.

Je proteste :

— Je lui ai seulement dit que vous ressembliez peu à Élouan Kermarec et que je vous ai connu à Deauville en septembre 1997.

Il sursaute et se met en colère.

— Qui vous a autorisée à débarquer chez nous, à démolir tout ce que j'ai mis des années à édifier ? Je n'arrive pas à le croire !

Il n'a plus de mains, il a deux poings. Ses lèvres sont si serrées qu'elles se résument à un trait mince qui lui barre le visage. Ses yeux clairs sont remplis de fureur. Si j'étais un homme, il me casserait la figure.

Il crie :

— Vous gâchez tout, vous déballez au grand jour ce qui devait rester enfoui. Vous êtes contente, maintenant ?

Je voudrais répondre mais je tremble de froid et d'émotion.

Il poursuit :

— Vous allez repartir à Paris, retrouver votre jumelle l'actrice. Vous êtes née du bon côté de la barrière, c'est agréable un père célèbre, cela protège, cela réchauffe ?

Hors de lui, il secoue rageusement la tête.

— J'ai dû ramer pendant des années avant de trouver un éditeur. Être breton, cela aide pour ouvrir une crêperie ou jouer de la musique celtique, pas pour être publié ! J'ai dû quitter cette île où j'étais heureux, il fallait en passer par là pour atteindre mon but. Maintenant, je peux aider ma mère financièrement, lui assurer paix et tranquillité. Maintenant, savoir qui était mon vrai père n'a plus aucune importance...

Voilà. J'ai enfin ma réponse. Notre frère se tient en face de moi. Hubert, son vrai père, l'a privé de tout ce dont nous avons profité, l'assurance et la protection pendant quinze ans. Marie et moi considérons que c'est peu mais Arthus n'a même pas eu cela. Je comprends qu'il nous en veuille. Il n'est pas jaloux, il est indigné. Il n'y a pas d'envie dans sa voix, il y a de la déception. C'est cela qui me frappe, ce n'est pas un homme amer ou aigri mais un homme profondément désappointé.

Il dit :

— Votre père vous adorait, son amour pour votre sœur et vous irradiait. Élouan Kermarec m'aimait mais il ne m'a jamais regardé ainsi. Pourtant je lui suis reconnaissant de m'avoir élevé comme si j'étais son fils.

— Je suis sincèrement désolée !

— Pas autant que moi..., fait-il avec lassitude.

Les maquettes se balancent dans le courant d'air venu de la porte qu'il a laissée ouverte, comme si les bateaux cherchaient le vent pour tracer vers la haute mer.

La rage d'Arthus a disparu, sa voix charrie à présent une tristesse profonde. Les rôles sont renversés. Il se laisse tomber sur le banc, le visage défait. Je m'en veux terriblement. J'ai déboulé avec mes questions, j'ai fouiné, remué la boue du passé. Marie avait raison, on ne fourrage pas dans l'histoire des morts.

Je murmure :

— J'aurais dû écouter ma sœur et garder mes questions pour moi !

— J'aurais dû refuser de vous rencontrer, mais j'ai accepté par égard pour Hubert Saint Jean, par respect...

Il soupire.

— Ma mère était persuadée que je ne savais rien. Depuis 1997, je me taisais pour l'épargner. Maintenant, à cause de vous, la plaie est rouverte et c'est insupportable. Ma mère souffre par votre faute et c'est impardonnable.

Je frissonne. J'ai été narcissique, puérile, je m'en rends compte à présent. J'ignore comment Corentine et Hubert se sont connus, j'ignore l'arrachement et la douleur, la force de leur amour et la cause de leur rupture. Marie a tenté de me dissuader. César m'a mise en garde. Je n'ai écouté que ma curiosité.

Arthus se lève, me domine de la tête, dit d'un ton sec :

— Ne vous approchez plus de nous. Je ne veux plus vous revoir, c'est compris ? Prenez le premier bateau demain matin. Et ne revenez jamais à Groix !

J'acquiesce, vaincue.

Les pas d'Arthus résonnent sur le dallage usé et déformé. La porte se referme derrière lui.

J'attends encore un moment avant d'émerger à mon tour dans la nuit froide. J'enfourche mon vélo, je glisse les bandes dessinées dans le panier situé à l'avant, je pédale dans le noir à travers le bourg endormi. Un lapin traverse pratiquement sous mes roues à la sortie de Lomener et je manque m'étaler. À Locqueltas, je prends le sentier côtier en longeant une maison blanche sur le mur de laquelle on a peint un bateau bleu aux voiles rouges. Je couche mon vélo dans l'herbe devant la Criste Marine, je contourne la maison obscure. La mer bruisse au fond du jardin, elle bercera mes cauchemars. Le chien jappe à l'étage, puis le silence retombe.

Tôt le lendemain, la blonde Monique me sert mon petit déjeuner sur la terrasse : jus d'orange, café, beurre salé, confiture maison et trois sortes de pain que son mari Jean-Pierre vient de rapporter. Je dévore pour combler le vide qui m'habite, je règle la nuitée et je descends au port rendre mon vélo et prendre mon billet de bateau. Devant le café rose, Soaz me reconnaît et me sourit. Elle s'est trompée, hier, ce n'était pas mon jour de chance. Arthus est notre frère, il est odieux et il ne veut pas de nous.

23

J'arrive à Paris en début d'après-midi, épuisée et sonnée. Chaque tour de roue du train a fustigé ma candeur et souligné ma naïveté. En partant à Groix je croyais trouver un allié, un alter ego, un frère. Par ma faute, cet homme est devenu mon ennemi. Ma quête est finie, elle se solde par des regrets et des larmes. J'aurais préféré ne pas savoir.

Marie, persuadée que j'allais rentrer dormir, a passé la nuit à Montesson. Elle ne tourne pas aujourd'hui. Assise sur son lit dans notre chambre, elle me lance d'un ton agressif :

— Alors, tu as passé un bon dimanche avec Mimmo ? Il m'a appelée hier soir, il s'inquiétait pour toi...

J'aurais dû m'en douter. Je suis prise à mon propre piège. J'ai menti pour brouiller les pistes et ils m'ont démasquée. J'avoue.

— Je suis allée à Groix voir la mère d'Arthus Kermarec. La mère M-È-R-E, pas l'océan.

— J'avais compris !

— J'aurais dû t'écouter. J'ai mis les pieds dans le plat.

J'ouvre l'album blanc à bande bleue, je désigne le personnage qui a les traits d'Hubert.

— J'ai gaffé mais j'avais raison, Marie. Arthus est bien notre frère. Regarde, il a dessiné Hubert !

Elle ne daigne même pas y jeter un coup d'œil.

— Je t'ai dit que je ne voulais pas savoir ! Cela t'amuse de me tourmenter ? Tu me fais penser à ces amis des bêtes qui se délectent à détailler les tortures qu'on leur inflige.

Je ne comprends pas sa réaction. Avant, lorsque nous n'étions pas certaines qu'il s'agissait de notre frère, je pouvais admettre son déni. Mais à présent nous devons en prendre notre parti. Ce garçon existe. Il ne nous aime pas. Et il est le fils d'Hubert.

Je précise :

— Sa mère s'appelle Corentine. Elle a des yeux gris, un regard doux...

— Je ne veux rien entendre ! gronde ma sœur.

Je hausse la voix :

— De quoi as-tu peur ? Cela n'enlève rien à l'amour que nous portait notre père !

Elle dit d'une voix rauque :

— Maman nous a menti la première en nous promettant de revenir d'Italie. Mais j'avais confiance en vous deux, et vous m'avez trompée !

Hubert nous a menti par omission, c'est irrattrapable puisqu'il ne peut plus s'expliquer. Et je l'ai dupée en prétendant être avec Mimmo hier, ce qui est impardonnable.

Elle secoue la tête, furieuse :

— Maintenant je vais douter de toi, Amélie ! C'est comme dans un couple, un seul coup de canif dans le contrat et la confiance meurt à jamais. Le grand, le formidable, le parfait Hubert Saint Jean a agi comme un salaud... ou alors, il a été manipulé par une femme rusée et diabolique qui s'est servie de lui pour...

— En voilà assez !

Georges, la mine grave, se tient sur le seuil de notre chambre.

— Vous hurlez tellement qu'il faudrait être sourd pour ne pas vous entendre ! C'est pour cela que tu m'as posé ces questions dimanche dernier, Amélie ? On aurait dit une guêpe volant autour d'un pot de miel. Venez dans mon bureau, toutes les deux.

— Je refuse d'en savoir plus, grogne Marie.

— C'est trop tard. Tu n'as plus le choix. Ta sœur est allée trop loin. Elle t'en a trop dit ou pas assez, et vous vous faites de fausses idées.

Le bureau de notre oncle donne sur le jardin, un ordinateur trône sur sa table de travail, des livres s'entassent sur le sol. Il n'y a aucune photo personnelle ou professionnelle. On croirait qu'il n'a ni femme, ni parents, ni frère, ni collègues, ni souvenirs. Pauline et Georges n'ont pas d'enfants, pas d'animaux, pas de disques, pas de rêves. On a du mal à imaginer qu'ils aient pu un jour vibrer l'un pour l'autre.

Il dit :

— Asseyez-vous !

Et nous obtempérons.

Son regard passe de Marie à moi, traquant un indice, débusquant une vérité.

— Que savez-vous ?

Je me lance :

— J'ai découvert il y a une semaine qu'Hubert a eu un fils avant notre naissance. Nous avons donc un frère.

Il opine.

Il était donc au courant, lui aussi ?

Je poursuis :

— César me l'a confirmé mais il est mort avant de me révéler son nom. Par recoupements, j'ai retrouvé le jeune homme qui parlait avec Hubert à Deauville en 1997...

Oncle Georges fronce les sourcils. Parce qu'il est surpris de la célérité avec laquelle j'ai mené mon enquête ?

— C'est chez lui que j'étais en Bretagne.

Je raconte Corentine Kermarec, les bandes dessinées d'Arthus et le piano d'Élouan, l'île au large de Lorient, la barque rouge échouée dans le jardin. J'expose les faits, je narre ma fuite, j'avoue mes erreurs.

— J'ai tout fichu en l'air. J'aurais dû écouter Marie !

Notre oncle soupire.

— Tu es une romancière, Amélie. Tu as bâti un roman et imaginé des tas de bêtises alors qu'il suffisait d'ouvrir l'œil. Tu t'es trompée du tout au tout.

De quoi parle-t-il ?

Il reprend :

— Tu connais le vieil adage *cherchez la femme* ?

Je le regarde d'un air éberlué.

— Tu veux dire, tante Pauline ?

Il lève les yeux au ciel.

Marie, soudain pâle, intervient :

— Non, Amélie. Réfléchis : il n'y avait qu'une seule femme dans l'entourage d'Hubert, que je sache.

Je cherche. Je ne vois pas.

Ma jumelle, le visage fermé, me met sur la voie.

— Tu es allée lui rendre visite il y a quelques jours.

— Diane de Fongel ? Mais elle était mariée !

— Précisément, dit Georges.

— Et Jacques avait un cancer !

— Je ne te le fais pas dire.

J'entends un bruit étouffé derrière la porte, probablement Pauline qui nous épie. Avec dix ans de retard, Georges vient enfin de nous donner la raison de sa brouille avec notre père : avant d'épouser notre mère, Hubert a été l'amant de Diane. Georges, très ami avec Jacques, n'était pas d'accord.

Je suis stupéfaite. Hubert, si droit, si loyal, aurait volé la femme de son ami malade ?

Georges nous explique alors qu'ils se connaissaient depuis l'enfance et fréquentaient la même école. Hubert était dans la classe au-dessus, Georges et Jacques dans la même, Diane dans celle du dessous. Hubert ne rêvait que de théâtre. Jacques, devenu psychanalyste, s'est déclaré le premier. Diane l'a épousé mais Hubert la fascinait et ils sont revenus l'un vers l'autre.

Georges précise :

— Leur liaison a pris fin quand votre père a rencontré votre mère. J'étais déjà fâché avec lui, c'est pour cela que je n'ai pas assisté à leur mariage.

Je vérifie que j'ai bien compris :

— Donc, Arthus Kermarec n'est pas notre frère ?

— Votre père n'en a pas laissé à chaque coin de rue, j'espère ! Tu t'es monté la tête, Amélie. Il faudra que tu t'expliques avec ce garçon.

Je grimace. Cette perspective ne m'enchante guère. Je songe subitement aux trois enfants des Fongel, Alain, Marc et Henri.

— Alors l'un des fils de Diane est notre frère ?

— Oui.

— Lequel ?

— Je n'ai jamais su. Jacques était mon ami, je me suis retrouvé en porte-à-faux avec lui. Je ne pouvais pas lui révéler qu'Hubert était l'amant de sa femme ! Mes rapports avec Jacques se sont distendus, j'étais mal à l'aise. Hubert était célèbre, il avait toutes les femmes à ses pieds, tous les amis qu'il voulait. La pauvre Diane s'est laissé influencer, elle était ravissante et fragile, il en a honteusement profité...

Quelque chose dans sa voix m'alerte. Une lueur étrange dans son œil m'instruit.

Le vertueux Georges baisse un instant sa garde et j'entrevois, avec une acuité saisissante, l'océan de jalousie qui l'a submergé à l'époque. Je comprends tout : c'est simple, pathétique, évident et vieux comme le monde. Hubert était plus connu, plus charmant, plus séduisant. Ma sœur a la même taille, la même silhouette, le même visage que moi, la nature nous a dotées équitablement. Mais Georges était le petit gros, le beaucoup moins beau, l'éternel faire-valoir. Il s'est résigné, s'est contenté de Pauline. Tout s'éclaire. Georges était amoureux de Diane, et Hubert la lui a soufflée.

On pardonne tout à ceux que l'on aime. Je pourrais être choquée, considérer l'éthique, la morale, songer aux valeurs familiales bafouées, à l'amitié trahie, au pauvre Jacques souffrant et trompé. Mais il s'agit de notre père. Il était célibataire et disponible. Je me range à son côté, je n'ai pas d'autre choix, il me serait insupportable de le considérer comme un sale type.

Marie et moi retournons dans notre chambre. Donc, l'un des fils Fongel est notre frère. Trois possibilités, trois chances. En fait, la question est simple : lequel est le filleul de Gus ?

Je me concentre, je revois les photos dans la chambre de Diane. Aucun des trois ne ressemble à Hubert.

— Je t'avais dit que je ne voulais pas savoir, lâche Marie d'un ton sec.

Elle tire une chaise, grimpe dessus, attrape une valise en haut de l'armoire, l'ouvre sur son lit et commence à y empiler des vêtements.

Je dis, étonnée :

— Tu tournes en dehors de Paris ?

— Non, Amélie. J'emménage chez Bertrand qui me l'a proposé. Il m'écoute, lui, il n'est pas sourd et aveugle comme toi. Je t'avais prévenue, mais tu ne m'as pas écoutée !

Je m'affole.

— Tu ne vas pas partir comme ça, enfin, c'est ridicule...

— Notre père n'est plus un héros, la statue est déboulonnée, tu as réussi à tout gâcher. Bravo.

Ma jumelle me lance un regard glacial et poursuit sa tâche. Plus l'armoire se vide, plus le bagage se remplit, plus j'éprouve un manque béant d'elle.

Je voudrais renverser sa valise, éparpiller ses vêtements à travers notre chambre, pourtant je me contente de regarder. Dans quelques minutes, la chambre sera amputée d'une moitié. Dans un instant il n'y aura plus que moi.

Peut-être que ce n'est pas grave, qu'elle part sur un coup de tête, qu'elle reviendra sur sa décision ? Non. Je connais Marie. Quelque chose s'est cassé. C'est plus sérieux qu'il n'y paraît. Bras ballants, navrée, je regarde mon existence se désagréger.

Je demande :

— Comment fait-on pour la Laitue ?

— On tire au sort, décrète-t-elle, le visage fermé.

Aussitôt dit, aussitôt fait. Elle gagne.

Quand la Laitue démarre avec ma jumelle au volant, je vois le rideau de la cuisine d'en face s'écarter, puis retomber.

Elle est partie. Son bureau est vide, il ne reste que ses affaires d'hiver dans l'armoire, il n'y a plus de

Fiat 500 couleur salade dans la rue. Moi aussi, je viderai bientôt les lieux. J'encombre Pauline. Je rappelle constamment le passé à Georges. Il nous a accueillies pour se mortifier. Il ne vit pas l'enfer sur terre mais une sorte de purgatoire tiède et sans saveur. Grâce à nous il gagnera son paradis. Je rêve de les quitter, de retourner place Furstenberg, à ma source.

Mimmo sait par Marie que je leur ai menti à tous les deux, je devrais aller le voir et me justifier mais je n'en ai pas la force. Alors j'attends, aussi prisonnière dans ma chambre que je l'étais hier dans cette île bretonne.

Mimmo ne peut pas se passer de ses journaux quotidiens, il ne résistera pas. Je patiente jusqu'à ce qu'il craque le premier et sorte pour filer chez Paul et Linda à la maison de la presse. Je lui donne le temps de descendre la rue, puis je jaillis hors de ma chambre. Je traverse le jardin, je monte en courant vers le carrefour, je m'arrête, essoufflée. Pour des ados de dix-huit ans je suis déjà une vieille.

Mes cheveux, noirs et bouclés, tombent sur mes épaules depuis toujours, je n'ai pas souvenir d'avoir été coiffée autrement. Ceux de Marie sont pareils.

Le coiffeur s'étonne :

— Vous êtes sûre ? C'est dommage, ils sont si beaux !

Ma décision est prise.

Alors les ciseaux taillent dans la masse, crissent, coupent, tandis que mes boucles tombent par terre.

Mes cheveux jonchent bientôt le sol, une apprentie les balaie et les ramasse avec une pelle. Une cliente me considère avec attention, elle doit me prendre pour Marie. Cela n'arrivera plus, à présent. Je ne suis plus Charlène mais une jeune femme aux cheveux courts qui lui ressemble.

Georges et Pauline remarqueront-ils seulement que Marie ne dort plus chez eux ? Pas si elle continue à assister aux dîners du samedi devant *Uriel*.

— Regardez... Cela vous plaît ?

Le coiffeur agite un miroir derrière ma tête pour me présenter ma nuque courte. Même si je voulais changer d'avis, il serait trop tard.

Mes cheveux repousseront. Je secoue la tête sans plus éprouver sur mes épaules la sensation familière des boucles qui dansent. Je m'examine avec curiosité. J'ai l'air plus jeune, ainsi. J'ai l'air de quelqu'un d'autre.

Je dis :

— C'est parfait.

24

Je rassemble mon courage en fin de journée et je compose le numéro du domicile d'Arthus Kermarec. Il allait voir sa mère pour le week-end, je suppose qu'il est rentré à Paris. Je tombe sur son répondeur, je raccroche sans laisser de message.

Je n'ai pas envie de rester seule avec Georges et Pauline ce soir. Cyril vit sa vie, Marie est en colère, j'ai menti à Mimmo. Il faut que j'aille m'excuser auprès de cet Arthus. Il est agaçant et antipathique, mais c'est moi qui suis en tort.

Le Kenavo est bondé, on a sorti les tables et les chaises sur le trottoir, on bavarde, on boit des bières, cela sent l'été, l'insouciance, la complicité, le désir. Je m'approche. La moto rouge est là. Yann officie derrière le comptoir, aidé par un jeune serveur souriant aux bras tatoués. Je ne vois pas Arthus.

Je circule entre les tables, personne ne me demande si je suis Charlène. Je contourne un groupe, je marche sur un pied par inadvertance, je bouscule quelqu'un, je me fraie un chemin jusqu'à la caisse. Au moment où je vais demander à Yann s'il sait quand Arthus revient, le piano se réveille.

Je reconnais le thème principal du *Facteur*, de Michael Radford, encore un film que j'ai adoré. Je pivote lentement, je sais déjà qui joue.

C'est une chance absolue, une grâce certaine, d'apprivoiser la musique. Arthus me tourne le dos, je ne vois que ses cheveux aile de corbeau, sa nuque, sa chemise blanche, son corps qui vibre au rythme de la mélodie qui jaillit sous ses doigts bronzés.

Les conversations sont animées, et pourtant tout le monde parle soudain moins fort, certains se taisent même pour prêter l'oreille. Cela tient à la sensibilité du pianiste. Cela tient à l'intensité de son interprétation. Cela tient à la force poignante de la mélodie

Maintenant que je suis allée à Groix, je sais où ont été prises les photos qui ornent les murs du bar. Je reconnais les feux d'entrée de Port-Tudy, la côte sauvage de Locqueltas, la baie de Locmaria, le petit phare de la pointe des chats.

— Ce type, c'est mortel comment il joue ! murmure une blonde à l'oreille d'une brune qui a un faux diamant dans le nez.

— Il est craquant, il vient presque tous les soirs..., s'extasie l'autre.

Deux nymphettes de vingt printemps, fascinées par un dessinateur caustique et désagréable, dans un bar à marins planté loin de l'océan à quelques encablures de la gare qui mène en Bretagne. Elles sont béates et cela m'irrite. Elles sont plus jolies que moi, objectivement. Arthus Kermarec ne doit pas manquer de groupies. Corentine n'a pas à s'en faire, son fils trouvera une femme pour perpétuer l'espèce.

Il continue à jouer sans se préoccuper de ce qui l'entoure. Ses yeux sont ouverts mais il ne voit pas la foule qui se presse autour de lui. Il est réfugié dans sa musique, happé par elle. Il enchaîne sur un autre air envoûtant. Le piano confère à la soirée une sorte de gravité heureuse, comme si c'était le seul endroit au monde, comme si c'était l'ultime nuit, le dernier été.

Je l'envie d'avoir cette corde à son arc. Les écrivains ont leur langue, leur style propre, c'est affaire de solitude, de renoncement et de personnalité, chacun a ses codes et ses repères. Mais la musique, comme les aboiements des chiens ou le langage des sourds-muets, est universelle. Elle réunit les hommes, elle les grandit.

Un homme qui joue comme un ange ne peut pas être seulement mauvais. Pourquoi ne touche-t-il plus au piano de son père ? Moi, cela ne me gêne pas d'utiliser les mots qu'Hubert déclamait, au contraire.

J'attends qu'il cesse. Cela dure une heure mais je ne suis pas pressée. J'écoute, je me laisse bercer. Une table se libère, je me glisse sur la banquette. Le jeune serveur aux bras tatoués arrive pour prendre ma commande, je choisis un panaché, compromis entre la limonade de l'enfance et la bière de l'âge adulte.

Arthus plaque l'accord final, puis s'étire. Les deux groupies se rapprochent du piano en ondulant des hanches.

— Wouaouh, c'était super ! dit la blonde.

Il sourit, gêné. Il se tourne vers le bar, son regard m'effleure, me dépasse, revient. Il met deux secondes à me reconnaître, c'est vrai que j'ai changé de tête. Il se rembrunit, se lève, s'approche de ma table.

Il grogne :

— Qu'est-ce que vous fichez là ? Qu'est-ce que vous avez fait à vos cheveux ?

Je décide de ne pas m'offusquer.

— Je suis venue vous présenter mes excuses.

Il fronce les sourcils.

J'ajoute très vite :

— Il y a eu un terrible malentendu. J'ai cru que vous étiez notre frère.

— Quoi ? Vous êtes folle !

Je me suis fourvoyée. Honte sur moi.

Il gronde :

— Je croyais vous avoir dit que je ne voulais plus vous revoir ? Arrêtez de me harceler et allez embêter quelqu'un d'autre, il y a plein d'hommes ici qui ne demanderont que cela...

Le ton est cinglant, je me cabre. La meilleure défense, c'est l'attaque. J'ai tort, c'est indéniable, mais j'ai des circonstances atténuantes.

— Je ne vous harcèle pas, je vous demande de m'excuser. C'est une histoire longue et compliquée. Mais c'est votre faute, aussi. De quoi parliez-vous avec notre père à Deauville ? C'était quoi, ces mystérieux conciliabules, ces conversations qui s'interrompaient dès que nous arrivions ?

— Cela ne vous regarde pas.

— Ah non ? Il ne vous était rien. Pourquoi êtes-vous venu à son enterrement ?

— Par gratitude, par respect pour un homme qui m'a conseillé dans une passe difficile. C'est aussi pour cette raison que j'ai donné ses traits à un de mes personnages secondaires. Vous prétendez être écrivain, vous devriez comprendre !

Je me rebiffe, vexée.

— Je ne prétends pas l'être, je le suis.
— Grand bien vous fasse, réplique-t-il avec hargne.

Les deux nymphettes assistent, intéressées, à notre affrontement.

Je dis avec calme :

— Vous jouez merveilleusement du piano mais vous êtes odieux.

Il lève les yeux au ciel.

— Ça, c'est la meilleure ! Je ne vous ai rien demandé, moi. Vous insistez pour me rencontrer, je vous accorde un quart d'heure, vous arrivez en retard, vous me posez des questions absurdes. Ensuite vous débarquez chez ma mère, vous vous imposez, vous la bouleversez... Et c'est moi qui suis odieux ?

Ma colère retombe. Arthus Kermarec n'est pas notre frère. Il est venu à l'église Saint-Roch par reconnaissance. Ses propos ont un accent de vérité qui ne trompe pas. Hubert a trouvé les mots pour l'apaiser, à l'époque. Et je suis une imbécile.

— Je regrette, sincèrement. Que s'est-il passé après mon départ ? Qu'avez-vous dit à votre mère ?

Il part d'un rire moqueur, démasquant une incisive ébréchée qui, bizarrement, lui sied.

— Que je vous ai croisée au Kenavo, que vous êtes dérangée, paranoïaque et mythomane. La preuve, vous prétendez être la jumelle de la Charlène d'*Uriel* alors que vous ne la connaissez même pas !

Je murmure :

— Je croyais la connaître...

Nous sommes là, séparés par une table dans ce bar qui ressemble à celui du port de Groix. Nous n'avons rien de commun mais nous sommes d'une certaine manière liés par ma stupide méprise.

Je dis à Arthus :

— Je ne comprends pas ce qui a perturbé votre mère à ce point. C'est un malentendu. Je peux lui écrire, lui téléphoner, essayer d'arranger les choses ?

— Surtout pas ! Vous en avez assez fait, oubliez-nous !

J'ai envie de répliquer mais je me retiens. Je suis venue agiter le drapeau blanc et obtenir la paix.

Jadis, Hubert a rassuré Arthus. Il a passé des heures à parler avec ce jeune homme inconnu. Il a forcément établi des comparaisons, songé au garçon du même âge qui aurait dû s'appeler Saint Jean au lieu de Fongel.

Hubert s'est-il privé de son fils pour ne pas briser le mariage de Jacques et Diane ? A-t-il consenti à ce sacrifice à cause de la maladie de Jacques ? Je sais ce que vous pensez, il n'aurait jamais dû regarder la femme de son ami. Mais l'amour a ses raisons, on ne choisit pas, on sombre, on s'émerveille, on se laisse rouler par la vague, on s'étourdit de cette grâce, de cette beauté. La grisaille quotidienne est remplacée par cette fulgurance, les autres n'existent plus, seul importe ce miraculeux passant qui s'invite dans votre existence et lui donne un sens.

Mes pensées dérivent vers Diane qu'Hubert a aimée avant maman. Je réalise avec terreur qu'elle n'a plus de mémoire, qu'elle a sûrement aussi oublié Hubert et leur histoire, qu'elle ne pourra rien me dire.

Où le rencontrait-elle ? Quand ? Elle commençait très tôt le matin à l'hôpital Necker, elle passait voir ses opérés de la veille puis elle entrait au bloc pour la matinée. Le soir, Hubert jouait au théâtre. Il ne leur restait que l'après-midi. Le temps imparti à leur amour était bref.

Je me lève, je tends la main à Arthus Kermarec.

— Je ne sais pas quoi dire pour me faire pardonner...

— Tout ce que je vous demande c'est de ne jamais plus vous mêler de ma vie ! siffle-t-il sans esquisser un geste.

Je laisse retomber ma main le long de mon corps. La blonde et la brune au diamant me décochent un sourire narquois.

25

Marie me manque infiniment, je me réveille le lendemain en ressentant cruellement son absence. Chaque fois que j'appelle son portable, je tombe sur son répondeur et je raccroche. C'est sa voix que je désire entendre, pas cette stupide boîte vocale. Inutile de lui dire que je suis triste sans elle, elle s'en doute. Je ne vais pas prétendre que je regrette d'avoir poussé plus loin mes investigations, ce serait un mensonge. Je lui envoie un SMS dont je pèse longuement chaque mot : *Je suis sincèrement navrée de t'avoir peinée.*

Puis je traverse la rue et, la tête haute, je sonne chez Mimmo.

Il ouvre.

— Alors, tu as passé un bon dimanche avec ta sœur ?

— Tu ne vas pas t'y mettre aussi ! Tu sais très bien que j'étais à Groix. Je ne vous l'avais pas dit par superstition. Je me suis trompée, Arthus Kermarec n'est pas notre frère et je lui ai pourri la vie.

Il me précède dans sa cuisine et allume la machine à café. Sa chemise d'une blancheur éclatante n'est pas repassée, les poignets sont élimés. Aujourd'hui, il a l'air vieux.

— Et un bon décaféiné saupoudré de noisettes grillées !

Je le foudroie du regard.

— Arrête d'être si parfait, Mimmo. Je t'ai menti.

— J'ai failli ne pas te reconnaître avec ta nouvelle coiffure. Tu as rajeuni.

Il ne me fait pas remarquer qu'ainsi je me démarque de ma jumelle mais il a forcément abouti à cette conclusion.

J'annonce :

— J'ai découvert qui était la maîtresse d'Hubert, Mimmo !

— Tu y auras mis le temps. C'est Madame *m* comme rose, mon amie d'enfance, Diane.

Je suis effarée.

— Tu le savais ?

— C'était logique. Tu n'étais pas mûre pour l'accepter, aussi je t'ai laissée avancer à ton rythme.

J'ai du mal à le croire.

— Tu avais deviné avant que nous allions à Versailles ?

— Non, je m'en suis douté en regardant les photos dans sa chambre. Elle a été la seule femme au milieu de cette bande d'hommes, jusqu'à l'arrivée de votre mère ! Elle était brillante, indépendante, elle tenait la vie et la mort dans ses mains, Hubert incarnait la vie et la mort sur scène. Ils étaient faits l'un pour l'autre.

Son regard devient flottant, il s'évade.

— J'aurais tant aimé que David soit médecin... ou avocat...

Lui-même rêvait de devenir avocat comme son père, mais quand il est rentré des camps sa famille était décimée, leur appartement était occupé, les tableaux et les bijoux avaient été volés, il n'avait plus rien. Une cousine âgée l'avait recueilli, il l'avait aidée dans son magasin par gratitude, puis il y était resté par fidélité.

Mimmo écarte d'un revers de la main ce qui aurait pu être, n'a pas été, ne sera pas. Il change de sujet chaque fois que l'émotion affleure. Il recadre ma quête.

— Si je me souviens bien, cette femme a trois fils ?

— Notre frère est l'un d'eux mais Georges ignore lequel. Il suffit de trouver qui est le filleul de Gus. Je ne les ai pas revus depuis dix ans, Mimmo, je ne peux pas débarquer chez eux en demandant qui est leur parrain !

— Voyons ce qu'ils sont devenus. Tu m'as dit que l'aîné était chef d'entreprise ? Consultons Internet.

Mimmo allume son ordinateur, interroge le moteur de recherche Google. Malgré son jeune âge, le nom d'Alain revient souvent, il est même mentionné dans le site officiel du *Who's Who*, le dictionnaire biographique de ceux qui comptent en France. Georges en possède un exemplaire dans son bureau, mais on peut acheter une bio individuelle en ligne.

Six euros plus tard, l'état civil d'Alain s'étale sur l'écran en blanc sur fond rouge, la vie d'un homme tient finalement à peu de chose. De Fongel (Alain), chef d'entreprise. Fils de Jacques de Fongel, psychanalyste, et de Mme, née Diane Bernon, chirurgien des hôpitaux de Paris. Marié à Mlle Mathilde Pouliaux. Un enfant, Balthazar. Études : École polytechnique, École des hautes études commerciales.

Mimmo est admiratif.

— Il a fait à la fois l'X et HEC ? Il a la tête bien pleine, ce garçon !

— Hubert n'avait pourtant pas les études dans le sang, dis-je, quêtant des indices en faveur de notre parenté éventuelle.

Je souris en arrivant à la rubrique Loisirs : Alain est membre du Spaniel Club français et se passionne pour les cockers. Je remarque :

— Il aime les chiens, comme Hubert, alors que Jacques détestait quand Tartuffe bavait sur ses costumes.

Alain a une adresse professionnelle à La Défense. Son adresse privée n'est pas indiquée, mais Thierry Sefaty, l'homme qui a acheté la maison des Fongel, me l'a donnée.

26

Nous prenons le RER jusqu'à l'Étoile, puis le métro jusqu'au cœur de Neuilly. La rue où demeure Alain est une oasis de verdure au milieu de la ville. Il n'y a que des maisons avec jardins, des interphones à initiales discrètes, de grosses cylindrées. Alain et Mathilde de Fongel habitent un vieil hôtel particulier. Un gai brouhaha nous parvient depuis l'autre côté du mur. Mimmo me souffle :

— Ils donnent une fête.

Nous ne sommes ni mercredi, jour des enfants, ni le week-end. J'entends un jappement auquel succède un aboiement mécontent, Alain possède donc plusieurs chiens. Je sonne. Des pas font crisser le gravier. Un jeune garçon ouvre, sans doute Balthazar, et nous fait entrer sans poser de questions. J'échange un regard étonné avec Mimmo.

Le jardin est rempli d'humains bariolés et de cockers de toutes les couleurs. Une femme sympathique au sourire contagieux s'approche.

— Bonjour, je suis Geneviève Stéphan !

Je serre la main qu'elle me tend et je m'aperçois avec gêne qu'un petit cocker noir et blanc me suit de près, collé à ma jambe droite. La femme se penche, l'inspecte.

— Toi, je te reconnais, tu es un fils d'Oh la Sorcière... Montre un peu voir tes dents... Il a quel âge ? Vous êtes venue pour le confirmer ?

Je bredouille une excuse, ce chien ne m'appartient pas, justement sa propriétaire arrive pour le récupérer.

Je dis :

— Je cherche Alain de Fongel.

On me le désigne, à l'autre bout du jardin.

Je reconnais l'homme de la photo chez Diane. Aujourd'hui il ne porte pas de costume croisé, sa tenue est décontractée, jean au pli marqué, polo Armani et mocassins Tod's. Il accuse plus que ses trente-huit ans. Il a des cheveux bruns et courts, une bouche ourlée, un regard de myope, le port de tête de sa mère. Je cherche dans ses traits trace d'une filiation avec Hubert.

Je me dirige vers lui. Il discute avec animation au sein d'un groupe. Mathilde l'observe, à quelques mètres. Je comprends pourquoi l'infirmier de Diane m'a confondue avec elle, nous nous ressemblons vaguement. Avec quand même une différence notable : elle est enceinte, il n'a pas dû la voir depuis longtemps.

Mimmo suit mon regard et murmure :

— Occupe-toi de lui, je me charge de l'épouse !

Une femme en robe rouge qui tient en laisse deux chiens s'adresse à lui :

— C'est la première fois que vous venez ? Mazeltov !

— Mazeltov ! vous aussi, répond Mimmo, surpris que cette inconnue lui souhaite bonne chance en hébreu.

La femme sourit et secoue la tête.

— Mazeltov c'est le nom de mon cocker. Sa sœur s'appelle Mazarine. Moi, je m'appelle Sarah. Vous êtes venu seul ?

Mimmo pâlit en entendant son prénom. Il perd pied, bredouille :

— J'ai perdu ma femme...

— Je ne parlais pas de votre femme mais de votre chien, vous l'avez laissé à la maison ?

Mimmo comprend son erreur et change de sujet.

— Ils sont beaux vos cockers gris.

— On ne dit pas des cockers gris mais des cockers bleus, vous n'y connaissez rien ! dit Sarah, amusée. C'est la première fois que vous venez au club ?

Je les laisse se débrouiller. À quelques mètres, Balthazar brosse avec soin un cocker gold assis sur une table en teck. L'atmosphère est bon enfant, ces gens ne se prennent pas au sérieux, ils aiment leurs chiens, échangent des recommandations, parlent truffes, coussinets, dents, pattes, câlins, toilettage, éducation.

Tartuffe, mon *vokdal* préféré, s'en serait donné à cœur joie au milieu des autres. Ma gorge se serre et mon estomac se tord. Je sors mon téléphone portable et, l'air de rien, je photographie le maître de maison. Mais le groupe autour d'Alain se disloque et je me retrouve seule face à lui, le portable levé. Il me sourit avec une indifférence polie, il prête son jardin au club le temps d'une soirée, je suis la bienvenue.

Je m'avance :

— Je suis Amélie Saint Jean, la fille d'Hubert. J'ai sonné, on m'a ouvert...

Il écarquille les yeux, sourit en dévoilant des dents impeccables et récemment reblanchies.

— Par exemple, je ne t'aurais jamais reconnue ! Je me disais bien que tu me rappelais quelqu'un. Tu ressembles à ton père, non ?

C'est faux, mais l'intention est bonne. Il appelle sa femme.

— Mathilde ! Tu te souviens, je t'ai souvent parlé d'Hubert Saint Jean, l'ami de mes parents ? Amélie est sa fille.

Mathilde me serre la main avec ce regard inquiet qu'ont parfois les femmes très enceintes quand une jeune femme mince s'approche du futur père.

— Comment va ta jumelle ?

— Bien, merci.

— J'ai été désolé pour Hubert. Papa et maman vous ont invitées plusieurs fois, après, mais... vous avez déménagé, non ?

— Oui, dans les Yvelines, chez notre oncle.

Autour de nous maîtres et chiens circulent, parlent, jouent, ont l'air sereins, comme si le monde se résumait à cela, des humains et des animaux en bonne entente, une histoire de croquettes, une histoire de caresses.

Je regarde Alain. Nos parents étaient inséparables. Marie et moi n'avions rien à dire aux trois enfants Fongel à cause de la différence d'âge. Ils accompagnaient rarement Jacques et Diane place Furstenberg.

Je demande :

— Tu as su, pour César ?

— Je n'ai pas pu aller à l'enterrement, j'avais un conseil d'administration. Je ne l'ai pas annoncé à maman pour éviter de la perturber, elle a cessé d'opérer, elle a des troubles de la mémoire, elle n'est plus la même.

Je ne relève pas l'euphémisme.

— Tes frères vont bien ?

J'ai rêvé, ou il s'est rembruni ?

— Henri est parti au Rajasthan il y a dix ans avec son sac à dos et sa guitare, il vit dans un ashram de la capitale, Jaipur. C'est un utopiste qui gâche sa vie à courir après des chimères, je lui envoie régulièrement des mandats. Marc a vécu aux États-Unis, il est revenu, il a commencé médecine puis changé de voie, depuis il grenouille à droite et à gauche, c'est un paresseux et un dilettante. Nous sommes en froid. Ils n'ont aucune ambition. Ce sont des ratés en puissance.

Je réprime un sourire. Il n'a pas la fibre fraternelle, c'est le moins qu'on puisse dire.

Je dis :

— Tu étais aussi au courant pour Gus, tu sais qu'il est mort ? C'était ton parrain, je crois ?

Il ouvre la bouche pour me répondre. Ses yeux ne me donnent aucune indication sur le mot qu'il va prononcer, un oui ou un non. Dans une seconde je vais savoir. Dans une seconde les jeux seront faits, ma quête sera terminée.

Il ouvre la bouche, donc. Et à ce moment précis un petit cocker noir se jette en grondant sur un de ses congénères.

— Viking ! glapit Alain. Veux-tu arrêter ! Urgo ne t'a rien fait ! Viking, au pied tout de suite ! Sexy, tu ne vas pas t'y mettre aussi, non ?

Comme dans une chorégraphie bien rodée, les maîtres s'écartent, les chiens refluent. Alain sépare les adversaires. Urgo, le petit cocker noir et blanc qui s'était fourré dans mes jambes, tente, tout tremblant, d'escalader sa maîtresse pour se réfugier à l'abri de ses bras. Alain m'explique que Viking joue les dominants et que Sexy a voulu l'épauler.

— Pardon, Amélie... tu disais ?

Comme je n'ose pas réitérer ma demande à propos de Gus, je l'aborde par un autre biais.

— Tu sais jouer aux échecs ?

— Tout le monde sait jouer aux échecs, non ?

Je secoue la tête.

— Pas moi. Mais tout le monde divorce. J'ai appris que tes parents s'étaient séparés ?

La question est banale, je l'ai posée sans penser à mal, vraiment. J'ai dit cela sans rien sous-entendre. Pourtant Alain fronce les sourcils, une ombre traverse son regard de myope, sa bouche se tord.

— Papa est un être remarquable, un visionnaire qui s'est consacré corps et âme à son travail et à ses patients. Il s'est occupé de maman avec abnégation, on ne peut pas demander l'impossible à un homme. Il n'y a rien à lui reprocher, je l'approuve entièrement d'être parti. Ne hurle pas avec les loups, Amélie ! Il s'est battu contre le cancer, il en a triomphé, il a bien mérité d'être heureux, non ? lâche-t-il d'un ton sec.

Mathilde nous regarde en protégeant son ventre d'un geste inconscient et tendre. Du coin de l'œil, je vois Mimmo s'approcher d'elle et se présenter. Ils s'éloignent ensemble.

Je me souviens brusquement qu'Alain, enfant, vouait un véritable culte à son père alors que ses jeunes frères étaient toujours dans les jupes de Diane.

Le quiproquo est savoureux. Je voulais juste savoir si Jacques avait quitté Diane parce qu'elle lui était infidèle. Mais Alain croit que j'accuse son père d'avoir abandonné sa mère démente !

Ses yeux sont plissés, ses lèvres pincées, son expression est farouche. Le joyeux décor champêtre se fissure, les figurants disparaissent, l'harmonie se brise. Tout à l'heure, Mimmo et moi avons pénétré dans un jardin tranquille où se déroulait la sympathique réunion d'un club canin. Mais j'ai changé la donne avec mes questions, j'ai renvoyé mon interlocuteur dans ses buts, je l'ai forcé à regarder du côté de l'enfance, à admettre les failles, à remuer la boue. À présent, Alain de Fongel m'en veut autant qu'Arthus Kermarec.

Il dit d'une voix devenue glaciale :

— Comme tu vois, Amélie, je suis occupé aujourd'hui. Je n'ai pas de temps à te consacrer. Appelle-moi, ce sera mieux, non ?

Une manière polie et nette de me prier de débarrasser le plancher. Je suis indésirable. Je ne peux pas lui reposer la question pour Gus. Il s'est braqué, je n'obtiendrai plus rien.

Il a toujours ce tic de langage qui consiste à terminer toutes ses phrases par « non ? ». Nos rapports n'ont pas changé. Nos parents étaient amis, nous étions à la traîne. Nous cinglions dans leur sillage, bien obligés, mais nous maintenions entre nous une distance mêlée de suspicion.

Alain me pose la main sur l'épaule pour me piloter vers la sortie et je frémis. Son intention est claire. Je songe aux doigts d'Arthus enserrant mon épaule dans l'église de Groix. Ces hommes, que j'espérais mes frères, ont éprouvé le même besoin de lever la main sur moi, de manifester leur domination physique. Suis-je donc si dangereuse ?

Nous traçons vers la rue. Je recroise Geneviève, la femme sympathique qui m'a accueillie à l'arrivée. Je reconnais Viking, Urgo, Mazarine et Mazeltov. Sarah à la robe rouge bavarde maintenant avec

Mathilde. À l'autre bout du jardin, Mimmo effectue un savant mouvement tournant en direction de la porte. Au moment où nous l'atteignons, il se matérialise devant nous.

— Merci de votre hospitalité ! dit-il à Alain.

Le maître de maison sourit machinalement, se recompose un masque paisible de propriétaire de chien. Il cherche le cocker de Mimmo, fronce les sourcils en ne le trouvant pas. Mais Mimmo est déjà dehors.

Je passe la porte à mon tour. Je voudrais tant que nous ne nous quittions pas ainsi, j'ai encore une chance sur trois qu'Alain soit mon frère, je ne veux pas couper les ponts tant qu'il subsiste un doute.

Je me retourne, cherchant une parole de paix, une phrase de convenance, mais la porte se referme.

Mimmo me sourit et dit :

— J'ai goûté un canapé au saumon, il était délicieux !

Je consulte mon téléphone portable, j'espère que Marie s'est manifestée mais ce n'est hélas pas le cas.

Je soupire :

— Retour à la case départ.

— Non, Amélie. J'ai mené à bien ma mission. Tu peux éliminer Alain, Mathilde connaît le parrain de son mari, il est charmant et bien vivant ! Elle ignore qui étaient ceux de Marc et d'Henri.

Mimmo est merveilleux. J'ai envie de lui sauter au cou, je m'en abstiens parce qu'il ne supporte pas les effusions et détesterait cela. Alain n'est pas mon frère. C'est la meilleure nouvelle de la journée.

Mimmo poursuit :

— Sarah m'a parlé de leurs dîners des cockers. Le club se réunit un soir par mois au Neuf 7, un bon bistrot de la rue du Cherche-Midi. Les maîtres font bombance, les cockers sont sous la table et on ne les entend pas. Il paraît que les chiens de race ont des noms qui commencent par une lettre précise selon leur année de naissance. Dans la portée de Mazeltov et Mazarine, il y a aussi Malraux, Maurois, Mauriac et Mitterrand. C'est drôle, non ?

J'acquiesce. *M* comme Mimmo, *m* comme Mazeltov, *m* comme rose.

27

Je me photographie avec mon téléphone portable et j'envoie la photo à Marie pour lui montrer ma nouvelle coiffure. Ce n'est ni une provocation ni une reddition, seulement un clin d'œil affectueux, elle est ma meilleure complice, mon autre moi-même. Quand nous étions petites, je disais : « Elle est ma proche », et je n'en démordais pas. Ce qui me concerne la regarde.

Cyril m'aurait-il aimée avec les cheveux courts ? Je fais plus jeune. Pour la première fois, je me différencie de ma sœur. J'y gagne en liberté mais j'y perds en confiance, vous voyez ce que je veux dire ?

Tante Pauline a remarqué le changement mais elle ne l'a pas commenté. Oncle Georges ne s'en est même pas rendu compte.

J'envoie un SMS à Marie : *Alain n'est pas notre frère*. Elle ne veut pas savoir qui il est, elle saura qui il n'est pas.

Mon attachée de presse m'appelle pour me proposer un entretien avec une journaliste d'un magazine féminin. Je suis ravie jusqu'au moment où elle ajoute que ladite journaliste désire une interview croisée avec Marie.

— Elle veut une série de photos de vous deux, habillées pareil. Elle fera deviner aux lectrices qui est qui. Puis elle vous posera séparément la même liste de questions pour voir si vos réponses diffèrent. Vous avez toutes les deux une actualité, c'est une excellente idée !

— Elle tombe mal.

J'explique que ma sœur et moi sommes en froid et que je sors de chez le coiffeur.

Elle s'écrie, navrée :

— Alors tu ne ressembles plus à Marie ?

Les ciseaux du figaro ont fait voler en éclats sa stratégie de campagne. Je ne suis plus qu'une moitié de jumelle sans miroir. Je tente le coup :

— Un article sur mon roman seul ne l'intéresse pas ?

Elle soupire, désolée et compatissante. Des livres, les librairies en regorgent, les bibliothèques municipales en refusent, les critiques littéraires ne savent plus où les mettre, ils inondent le marché. Tous les éditeurs sont d'accord, il y a pléthore, c'est grotesque. Mais aucun d'eux ne prend la décision de diminuer sa production.

Je dis pour la consoler :

— Cela ne fait rien.

Il reste donc deux possibilités : notre frère est soit Marc le dilettante paresseux, soit Henri l'utopiste chimérique. Ils me sont d'emblée sympathiques. J'ai éliminé Alain l'ambitieux et Arthus le désagréable.

Je me sens très seule, ce soir. Mimmo a quatre-vingts ans, il se couche tôt. Quand la nuit tombe, Marie, ma si proche, s'éloigne encore plus.

Je décide de retourner au Kenavo où, au moins, il y a de la musique.

Les clients sont moins nombreux sur le trottoir à cause du temps mitigé. Je ne vois pas la moto rouge dehors.

Derrière son comptoir, Yann essuie des verres. Le jeune serveur tatoué circule entre les tables. Arthus est au piano mais aujourd'hui il joue du classique. Je m'installe au même endroit que la dernière fois.

— Panaché ? me propose le jeune serveur.

J'acquiesce, il a de la mémoire.

Je me laisse porter par les sons, je dérive, je flotte, j'invente une histoire qui colle à ce que j'entends. La musique donne naissance à des images, sous-entend des paroles. Au début ce ne sont que des notes hésitantes, comme un balbutiement, dans les tons graves. Puis la main droite d'Arthus se déplace vers le haut du clavier, vers les aigus. Cela devient un monologue, le piano cherche encore ses mots mais il s'exprime avec plus d'aisance. La main droite redescend, cela tourne à la confidence, à l'aveu.

Soudain, alors que je ne m'y attendais pas, les deux mains attaquent en force ! Elles martèlent le clavier, on passe au récit haletant, à la narration fiévreuse, la musique est fébrile, nerveuse, tourmentée. Le ton monte, les esprits s'échauffent, l'affrontement est proche...

Non. Cela se calme. La conversation reprend, moins passionnée, plus sereine. Les notes s'égrènent, rassurantes. La paix est revenue.

Je me détends, soulagée. Je me sens bien ici. C'est loin de Montesson, surtout sans la Laitue, mais cela me donne un but. Et puis, je suis tranquille, enfin, je le croyais. Un brun en veste de cuir s'approche, très sûr de lui.

— Vous n'allez pas rester là toute seule. Je vous offre un verre. Je peux m'asseoir ?

Je souris poliment et je refuse.

— La solitude ne me gêne pas. J'ai déjà commandé, merci.

Il insiste.

— Ça ne se fait pas de boire seule. Vous êtes ici pour rencontrer des gens, non ?

Quel pot de colle ! Je secoue la tête.

— Je viens pour la musique.

Il ricane et persifle :

— Vous aimez le piano ?

— Tu trouves qu'elle a mauvais goût ?

Le brun se retourne, surpris. Arthus a cessé de jouer et s'est approché. Il ajoute, agressif :

— C'était Bach, les *Variations Goldberg*, tu n'aimes pas ?

Le brun hausse les épaules et s'éloigne en marmonnant.

Je ne remercie pas Arthus. Je précise :

— Je me débrouillais très bien toute seule, j'allais me débarrasser de lui.

Il hoche la tête.

— J'ai vu. Ainsi, vous êtes mélomane ? Vous jouez d'un instrument ?

— J'écris.

— Ce n'est pas si différent, admet-il. J'ai toujours aimé le piano, aussi loin que je m'en souvienne. C'est mon père qui m'a appris. Nous jouions à quatre mains, surtout du classique et du jazz. Quand je suis monté à Paris m'inscrire aux Beaux-Arts, j'ai joué dans un bar pour financer mes études. Lorsque mon ami Yann a ouvert le Kenavo, je lui ai proposé de mettre un peu d'animation. Maintenant je viens presque tous les soirs.

— Je n'ai pas vu votre moto, vous l'avez garée où ?

— Vous voulez toujours tout savoir, n'est-ce pas ? Elle est au garage, je la récupère demain.

Ses propos ne sont guère amicaux mais quelque

chose a changé depuis la dernière fois, je le sens moins hostile, moins écorché vif.

Je dis :

— Vous ne voulez pas vous asseoir ?

— Je croyais que la solitude ne vous gênait pas ?

— Je suis venue pour la musique mais le pianiste prend sa pause.

Cela ne le fait pas sourire. Il s'assied en face de moi et appelle le serveur tatoué :

— Pierrot, tu peux m'apporter un demi ?

Il m'explique que Pierrot joue de la basse, qu'il est groisillon lui aussi, qu'il a formé avec des amis un très bon groupe de rock, les Zot.

Je trempe mes lèvres dans mon panaché. Arthus sirote sa bière. Je tiens à clarifier un détail :

— Ma sœur et moi n'avons gardé nos appareils dentaires qu'un an, nous les détestions.

— Ils étaient affreux ! concède-t-il.

Mieux vaut changer de sujet. Je dis :

— C'était beau, cette musique. Votre mère a dit que vous aviez hésité entre le piano et le dessin. Pourquoi le dessin, finalement ?

Il soupire.

— Je crois que c'est par orgueil. Il m'arrive de composer, mais le plus souvent je ne suis qu'un interprète. Vous venez d'entendre du Bach, Glenn Gould le jouait tellement mieux que moi. En revanche, la bande dessinée est mon œuvre, si le résultat n'est pas à la hauteur c'est ma faute, s'il est bien cela me rend pleinement heureux.

Je hoche la tête, je suis bien placée pour comprendre.

Je le trouve vraiment moins désagréable aujourd'hui, je me demande pourquoi.

Comme s'il lisait dans mes pensées, il poursuit :

— J'étais furieux contre vous parce que vous avez perturbé ma mère. Mais j'ai réfléchi. Ce n'était pas votre faute. Vous ne pouviez pas deviner.

— Je ne pouvais pas deviner quoi ?

Il lève les yeux au ciel.

— Vous n'abdiquez donc jamais ?

— Je vous demande pardon, je regrette d'être venue à Groix. Mais aussi, vous avez confirmé mes soupçons en affirmant que connaître l'identité de votre père n'avait pas d'importance. Vous avez même ajouté qu'Élouan Kermarec vous avait élevé comme si vous étiez son fils !

— Parce que c'est exactement ce qu'il a fait.

Je ne rêve pas ? Il vient bien de prononcer ces paroles ?

— Vous voulez dire... qu'il n'est pas votre père ? Que vous n'êtes pas son fils ? Que, par le plus grand des hasards, je suis tombée juste ?

Brusquement, alors que je ne m'y attends pas, Arthus sourit pour la première fois, et cela lui va bien. Il m'en a voulu infiniment mais son sens de l'humour l'emporte. Le quiproquo est trop énorme.

Cette histoire est risible, à la fois drôle et pathétique. Alors je souris moi aussi, et cela me guérit de tout.

Le temps que dure ce sourire, j'arrête de souffrir du départ de ma jumelle et de l'attitude inconséquente de notre père, j'arrête d'encaisser les coups du sort et les révélations fracassantes. J'accepte, par ce sourire salvateur, l'exil de maman, la disparition de Gus puis de César, la mémoire enfuie de Diane. Je compatis à la rancœur de Georges et à la haine de Pauline. Je respire.

J'ai un frère à débusquer mais je devais des excuses à Arthus Kermarec. Depuis que nous ne sommes plus parents et que je l'ai vu à son piano il m'apparaît sous un jour moins antipathique. Son regard s'est adouci, sa voix n'est plus si méfiante.

J'explique :

— Tout a commencé il y a dix jours, samedi, alors que je dédicaçais dans une librairie de Chatou...

Je lui raconte ma quête, ma rencontre avec la lectrice aux cheveux carotte et ses conséquences, la réaction de ma jumelle, ma visite avec Mimmo chez Diane à Versailles. Il écoute patiemment, réagit parfois par une exclamation. Il fronce les sourcils, ouvre de grands yeux, il a du mal à me croire.

Je conclus :

— Maintenant vous savez tout !

Il hoche la tête. C'est à son tour de raconter, pour que nous soyons quittes. Il ne se fait pas prier.

Il dit :

— En 1997, j'avais vingt-cinq ans...

Et il déballe tout.

Son douloureux secret n'a rien à voir avec le nôtre. Quand Élouan Kermarec est mort fin août 1997 sur cette route à la sortie de Lorient, il a laissé deux lettres, une pour sa femme et une pour son fils. Il était programmé pour vivre longtemps, il était médecin, il s'entretenait, arpentait les sentiers côtiers de son île. Il naviguait sur sa barque rouge, jardinait avec son épouse, il ne fumait pas et buvait tellement moins que son père. Mais une nuit où il souffrait d'insomnie il avait éprouvé le besoin d'écrire, de laisser une trace, au cas où il lui arriverait malheur.

La lettre pour Corentine parlait d'amour et de protection. Mais la lettre pour Arthus lui apprenait qu'Élouan n'était pas son père et lui interdisait formellement de dire à sa mère ou à quiconque de Groix qu'il était au courant.

Une simple lettre, quelques mots inscrits peuvent détruire plus sûrement qu'une balle de fusil. Arthus, dévasté par la mort d'Élouan, s'était retrouvé avec ce poids supplémentaire. Il avait du chagrin, se sentait rejeté, il ne pouvait se confier ni à sa mère ni à ses amis. Alors, il avait fui l'île pour ne pas déroger aux dernières volontés d'Élouan.

Il poursuit :

— J'ai prétendu avoir une mononucléose. En bon fils de médecin, je connaissais les symptômes, fatigue, fièvre, mal à la gorge. Ma mère n'avait aucune raison de douter de ma parole. Je suis parti en convalescence à Deauville. Il fallait que je m'en aille, je ne pouvais plus la regarder en face !

Je hoche la tête.

Arthus avait donc débarqué, seul, à Deauville, ne sachant vers qui se tourner. Il avait doublement perdu son père. Son monde s'était écroulé, plus rien n'avait de sens. Hubert avait su l'écouter, choisir les mots adéquats pour l'apaiser.

— J'ai brûlé la lettre d'Élouan. Et j'ai respecté son vœu, je n'en ai jamais parlé à ma mère. Certains jours, j'avais même fini par me convaincre que j'avais rêvé. Et puis vous m'avez contacté, vous m'avez posé ces questions absurdes, j'ai cru que votre père avait trahi ma confiance en livrant mon secret. Ensuite vous avez déboulé à Groix et vous avez bouleversé ma mère...

Je comprends à présent son agressivité. Je demande :

— Vous n'avez aucune idée de qui est votre père biologique ? Un proche de vos parents, un ami de la famille ?

— J'ai prospecté, en vain. Pourtant l'île est petite, tout le monde se connaît, tout se sait. Je n'ai pas trouvé le moindre indice.

Le silence retombe. Il le rompt brusquement en lâchant :

— J'ai lu votre dernier roman.

Cela, aussi, explique pourquoi il a changé d'attitude à mon égard. Il n'est pas mon frère mais nous appartenons à la même famille. Au-delà de nos différences, nous nous rejoignons dans ces heures passées à écrire. J'ai parcouru ses albums, il a ouvert mon livre. Il a dessiné Hubert, je l'ai esquissé. Nous nous sommes mutuellement lus et cela nous rapproche. Je l'ai entendu jouer et cela m'émeut. Nous avons tombé les masques et avancé à découvert, en pleine lumière. Je n'oserai jamais lui demander si mon livre lui a plu, mais j'espère de tout mon cœur que c'est le cas.

Il se lève, se dirige vers le piano, il n'a plus envie de parler, peut-être se reproche-t-il déjà d'en avoir trop dit.

Il s'assied, pose les doigts sur le clavier. Puis il se met à jouer une musique émouvante et tendre. Je pense à Mimmo, ce pourrait être un air yiddish. Mais il y a aussi du celtique dedans, des souffles d'Irlande, des bouffées de Bretagne. On passe de la peine à la joie. On a le cœur serré puis le corps apaisé. D'évidence, cette musique ressemble aux profiteroles de chez Lipp, elle glace et elle brûle. La tristesse puis la jubilation du pianiste sont communicatives.

Je ferme les yeux, j'écoute, longtemps. Les dernières notes meurent. Je demande :

— Qu'est-ce que c'est ?

— Un air que j'ai composé à Groix, juste avant de reprendre le bateau.

Il rabat le couvercle sur le clavier et c'est comme un point final apposé au bas de la page.

Il dit :

— Votre roman m'a touché. Vous tenez de votre père.

On ne peut pas me faire plus beau compliment.

— Alors vous en êtes où, dans votre recherche de frère ? reprend-il.

Je soupire.

— J'ai éliminé l'aîné des trois fils de Diane, il me reste deux possibilités. Le plus jeune vit en Inde. Je vais commencer par celui du milieu.

— Il habite où ?

— Je n'en ai aucune idée.

Il sent mon découragement, vraiment je ne sais plus vers où ni vers qui me tourner.

— Je me mets à votre place, ce doit être vertigineux. Je vous ai demandé de ne plus vous mêler de ma vie... mais votre père m'a aidé autrefois, je lui suis donc redevable. Puisqu'il a disparu, c'est à vous que je dois payer ma dette.

Il réfléchit.

— Vous n'avez plus de voiture et je récupère ma moto demain matin. J'ai deux casques. Je peux vous servir de taxi, si vous voulez ?

Je suis trop découragée pour faire la fine bouche, tout renfort est le bienvenu. Depuis que je ne suis plus motorisée, tout est plus compliqué. Accepter sa proposition me fera gagner un temps fou.

Je précise :

— Il faut que vous connaissiez Mimmo !

Il note l'adresse et propose de venir demain matin. Puis il règle nos boissons en disant :

— Aujourd'hui c'est pour moi.

Le ton est donné : amical. Je me lève pour partir, il n'offre pas de me raccompagner, son implication se limite à m'aider dans mes recherches, c'est bien ainsi que je l'entends.

Il lâche, du bout des lèvres :

— Cette coiffure n'est pas terrible, mais vous auriez pu faire pire.

Je décide que, de sa part, c'est un compliment.

Dans le RER qui me ramène à Montesson, j'envoie un court SMS à Marie, ma proche trop lointaine : *J'ai revu Arthus pour m'excuser. Il joue du piano. Tu me manques. Bonne nuit.*

28

Mimmo et moi entendons la moto vrombir dans la rue calme. Arthus se gare devant la maison, retire son casque. Ses cheveux couleur aile de corbeau lui tombent dans les yeux, il les repousse.

Je fais les présentations dans la cuisine. Les deux hommes se tournent autour comme deux boxeurs sur un ring, ils s'inspectent, se jaugent, s'évaluent.

— Amélie trouve mon café excellent, dit Mimmo. Vous l'aimez comment ?

— Noir, serré, sans sucre.

Mimmo a besoin d'affirmer notre intimité, Arthus de prouver sa virilité. Sans prévenir son hôte, Mimmo saupoudre le café d'un mélange de chocolat et de piment et force exprès la dose.

Arthus boit, savoure la saveur du chocolat, le piment arrive en second, affole ses papilles, embrase son gosier. Les yeux pleins de larmes, il reste stoïque.

— Fameux, votre café !

Mimmo sourit.

— Vous savez apprécier ce qui est bon.

Il a réussi l'épreuve. Ces deux-là vont s'entendre.

J'ai beau taper « Marc de Fongel » sur l'annuaire d'Internet, il n'y a pas de réponse. Il n'a pas le téléphone ou bien il est sur liste rouge.

Il faut donc que je retourne voir Diane à Versailles. L'ennui c'est que la femme qui tient l'accueil ne se laissera pas deux fois attendrir par Mimmo. À l'étage, pas de problème, l'infirmier me prend pour Mathilde, mais pour pénétrer dans la place je dois passer le premier filtre.

Arthus réfléchit :

— Elle ne me connaît pas. Elle ressemble à quoi ?

Nous la décrivons à tour de rôle. Mimmo la voit petite et brune alors que dans mon souvenir elle est de taille moyenne et tire sur le blond. Nous tombons cependant d'accord sur trois points : elle avait une blouse jaune, des lunettes vertes et un rouge à lèvres orange.

Arthus propose de m'accompagner et de rentrer le premier.

— S'il s'agit de la même femme, nous attendrons qu'elle soit relevée. Il y a forcément un moment où on la remplace, elle sort peut-être déjeuner ?

— Vous êtes malin, dommage que vous ne soyez pas le frère d'Amélie ! lance Mimmo avec un bon rire.

Arthus est confus, je suis gênée. Mimmo s'en aperçoit.

— On peut sourire de tout, vous savez. Quand je suis allé voir le film *La vie est belle* de Roberto Benigni, je m'attendais à être choqué par les scènes de déportation, mais j'ai été ému. Je viens d'avoir quatre-vingts ans, l'essentiel de ma vie est derrière moi, j'entends employer au mieux le temps qui me reste et ne pas perdre une occasion de plaisanter.

Il porte une autre chemise, moins blanche, aussi élimée. Il privilégie les manches longues qui cachent le numéro tatoué sur son bras.

Arthus, subtil, enchaîne aussitôt :

— Amélie serait une petite sœur insupportable.

Je poursuis sur le même ton :

— Arthus serait un grand frère impossible.

Nous décidons de nous tutoyer.

Arthus m'emmène sur sa moto, comme convenu. Nous faisons un crochet par une parfumerie puis filons à Versailles. Ce n'est pas la première fois que je chevauche ce genre d'engin, je connais l'ivresse des virages qu'on accompagne de tout son corps, le plaisir de la vitesse, l'impression de ne plus rien peser. Je ne me serre pas contre Arthus, je le connais si peu. Je m'agrippe au porte-bagages, mon thorax vibre, mes jambes épousent la carrosserie rouge. Le chevalier de la table à dessin caracole. S'il figure Don Quichotte, je suis Sancho Pança.

Sur place, Arthus récapitule :

— Blouse jaune, lunettes vertes, rouge à lèvres orange ? Je vais dire que je cherche des renseignements pour quelqu'un de ma famille.

Je patiente dans la rue. Il revient dix minutes plus tard muni d'un dossier cartonné.

— Jaune, vert, orange, c'est elle. Ils n'ont aucune disponibilité actuellement mais on peut se mettre en liste d'attente. Elle a souligné le fait qu'ils ont de nombreux résidents âgés. Sous-entendu, il y aura bientôt des places à pourvoir !

Nous entrons dans le magasin de décoration situé juste en face. Nous circulons entre les travées, examinons les objets exposés pour nous donner une contenance. Nous n'avons pas les mêmes goûts, je remarque un vase qui le fait ricaner, il soulève une lampe que je juge affreuse. Une semaine plus tôt, nous nous connaissions à peine. Aujourd'hui, nous planquons ensemble comme deux coéquipiers du feuilleton *Les Experts*.

À midi, la femme aux lunettes vertes et aux lèvres orange quitte l'établissement. Nous attendons qu'elle ait tourné le coin de la rue.

La personne en blouse jaune qui tient à présent l'accueil n'a pas de lunettes et porte un rouge à lèvres foncé. Elle tricote, ses aiguilles cliquettent.

Je dis :

— Bonjour, je suis Mathilde de Fongel, je viens voir ma belle-mère Diane.

Et je me tourne vers Arthus en désignant le couloir vert :

— C'est au troisième, l'ascenseur est à droite.

Au C 12, Diane se bat avec une Vache Qui Rit. Ses longs doigts qui ont manié le bistouri pour tant d'opérations délicates ont du mal à dépiauter le fromage trop mou. Je devrais l'aider mais je n'ose pas et je me sens envahie d'un sentiment bizarre qui s'apparente à de l'envie. Je suis jalouse d'elle, même si c'est absurde. J'imagine ses mains touchant Hubert. Jusqu'ici, je n'ai considéré que mon point de vue, mon plaisir de gagner un frère dans l'histoire. Je comprends brusquement Marie : il y a eu une autre femme que maman et nous dans la vie de notre père.

Arthus me considère, étonné. Il s'approche du plateau, s'empare de la Vache Qui Rit, ôte le papier, pose le fromage sur l'assiette blanche. Diane s'en saisit avec reconnaissance.

Elle porte le même pantalon de flanelle gris bien coupé, les mêmes charentaises à carreaux bleus et blancs, avec cette fois un pull en cachemire rouge. Ses yeux pétillent, elle avance vivement la main vers le petit sac de parfumerie que je tiens.

Elle demande, avide :

— C'est pour moi ?

Je hoche la tête. Je sors du sac le flacon de N° 19. Un sourire extasié illumine son visage.

— Merci, oh ! merci ! Je vais vous rembourser, je ne sais plus où j'ai mis mon porte-monnaie... Jaaaaacques ?

Elle a crié comme la dernière fois ; je m'y attendais et je ne sursaute pas, contrairement à Arthus.

L'infirmier chauve surgit aussitôt, mais cette fois il nous considère avec méfiance. Il va nous démasquer, nous accuser de nous être introduits en fraude chez une vieille dame sans défense. Ses yeux globuleux tombent sur le parfum, il fronce les sourcils, hésite. Il m'observe attentivement. Puis sourit enfin.

— Voilà pourquoi je ne vous reconnaissais pas, vous avez changé de coiffure ! Vous n'avez pas oublié, elle va être contente.

Heureuse, ce n'est plus possible ; dans le monde où vit désormais Diane de Fongel les notions de bonheur ou de malheur ne signifient rien. Mais elle éprouve encore des plaisirs, des satisfactions, des contentements.

L'infirmier sort. Diane, ravie, manipule son flacon. Elle dit :

— Le 19 est mon chiffre fétiche. Coco Chanel est née un 19 août, comme moi. Elle a lancé ce parfum le 19 août 1970...

Elle se souvient de cela alors qu'elle ne sait plus en quelle année nous sommes. Elle débouche le flacon, verse une goutte sur chacun de ses poignets, là où bat l'artère. Sur le mur derrière elle, je désigne la photo de groupe où figure la joyeuse bande d'autrefois. Arthus voit pour la première fois le visage de notre mère.

Je souris à Diane.

— Je suis Amélie Saint Jean, la fille d'Hubert !

Elle ne réagit pas, cherche dans le fouillis de sa tête. Elle a oublié jusqu'au nom de son amant. Ma jalousie disparaît aussitôt pour faire place à une tristesse mêlée de pitié.

Diane se tourne vers Arthus :

— Qui est ce charmant jeune homme, votre mari ?

Je la détrompe, précise que c'est un ami. Elle lui sourit, revient à moi.

— Et vous êtes... ?

— Amélie, la fille d'Hubert.

— De qui ?

Sur la photo, j'écrase du bout de l'index le visage de mon père. Mon doigt y laisse une trace grasse.

— Hubert Saint Jean. Tu as eu trois fils, Alain, Marc et Henri. Tu te souviens ?

Elle hésite. Je poursuis, passant les photos en revue pour stimuler sa mémoire.

— Celui-là, c'est Alain, l'aîné, avec ton petit-fils Balthazar. Ici, c'est Marc. Henri est parti au Rajasthan, en Inde.

Elle se rembrunit, pince les lèvres, son regard flotte. Elle murmure :

— J'ai opéré une petite fille indienne qui avait une malformation hépatique. Nous nous sommes battus et pourtant elle est morte. Je rêve souvent d'elle...

Ses yeux se remplissent de larmes. Quelle étrange alchimie préside à l'ordonnancement de ses souvenirs ? Pourquoi se rappelle-t-elle cette petite fille en particulier alors qu'elle a opéré des centaines d'enfants ? Comment la questionner sur ce qui m'importe ?

Je demande :

— Tu sais où habite Marc ?

Elle s'agite, grimace. Elle se tourne vers la porte, inquiète, son corps se raidit, elle se tord les mains.

Je la rassure :

— Tout va bien, Diane. Est-ce que Marc vient te voir parfois ?

Elle secoue la tête avec hargne.

Je poursuis :

— Tu as des nouvelles d'Henri ?

Elle me regarde fixement. Puis brusquement, sans crier gare, elle devient agressive, se jette sur moi et me frappe. Arthus s'interpose, lui attrape les poignets pour l'empêcher de continuer. Je recule, effarée.

Elle hurle :

— Sortez de chez moi ! Partez !

Je reste pétrifiée. La violence déforme les traits harmonieux de Diane, je ne la reconnais plus. L'infirmier chauve surgit, se précipite vers elle, il la ceinture de ses bras musclés, il la maintient, l'immobilise. Elle se balance d'avant en arrière dans son fauteuil, très énervée. Il murmure des mots apaisants. Elle cesse enfin de tanguer, s'agrippe à lui.

Il dit, mécontent :

— Vous lui avez encore parlé d'Henri ?

J'acquiesce sans comprendre.

— Je l'ai répété cent fois à votre mari : il ne faut pas le mentionner devant elle ! Vous feriez mieux de vous en aller...

Je m'apprête à obéir, navrée. Je demande juste :

— Est-ce que Marc est venu récemment ?

L'infirmier change de visage.

— Vous savez bien que votre mari le lui a interdit !

Je capitule. Nous quittons la chambre C 12. La prochaine fois que l'infirmier verra Mathilde de Fongel, avec ses cheveux longs et son ventre de future maman, il croira à une hallucination.

Que s'est-il passé dans la tête de Diane ? Qu'ai-je donc dit pour déclencher sa colère ? Je sais qu'Alain lui rend visite puisque l'infirmier lui avait parlé du parfum manquant. Je sais qu'Henri est à l'autre bout du monde. Et je sais désormais que Marc n'est pas le bienvenu à Versailles.

Nous retrouvons la moto rouge, Arthus me tend le deuxième casque. Je ne sais plus que croire. Plongée dans mes pensées, je marmonne :
— *M* comme rose... *M* comme Marc ?

Je ferme les yeux pendant le trajet du retour, agrippée au porte-bagages, bercée par les cahots. Pour nous faire une surprise, Mimmo a commandé un déjeuner indien dans un restaurant de Chatou qui livre à domicile. Des plats odorants s'étalent sur la table de la cuisine, *nan* au fromage, agneau *tikka*, *seekh kebab*, curry de crevettes, poulet *masala* et trois grands verres de lassi à la rose.

Mimmo nous annonce :

— Amélie, tu sais que j'appartiens à une association d'anciens déportés qui a des ramifications à travers le monde. J'ai envoyé des courriers électroniques aux adhérents en demandant à ceux qui ont des contacts avec l'Inde de se renseigner à Jaipur sur Henri de Fongel. On ne sait jamais, cela vaut la peine d'essayer...

Je le remercie. Je frissonne. Nous sommes en été mais j'ai aussi froid qu'à l'intérieur de l'église de l'île de Groix. Je traverse la rue pour prendre un chandail dans ma chambre, et je trouve une lettre recommandée au nom de « Marie Amélie Saint Jean » sur la table du vestibule. L'architecte qui louait Furstenberg nous prévient officiellement qu'elle déménage dans le Sud, elle ouvre un cabinet au bord de la grande bleue, elle ne souhaite pas renouveler son bail.

29

Arthus me dépose à Neuilly devant le domicile d'Alain de Fongel. J'espère ne pas tomber sur lui, les hommes d'affaires sont rarement chez eux en semaine au début de l'après-midi. Je sonne, Balthazar m'ouvre, les yeux grossis par ses lunettes. Je demande à voir sa mère et il court chercher Mathilde. Elle arrive, plus enceinte que jamais, avec cette grâce irréelle des futures mamans qui dialoguent déjà avec leur enfant *in utero*.

Je souris pour la mettre en confiance.

— Votre mari nous a présentées lorsque vous receviez le club des cockers, je suis...

— Je sais qui vous êtes, je me souviens très bien. Alain est à son bureau.

— Je ne veux pas le déranger, je suis sûre que vous pouvez m'aider. J'ai besoin de rentrer en contact avec Marc ou Henri.

Elle se crispe. Pourtant, ce que je lui demande est simple.

— Henri vit au Rajasthan, nous ignorons son adresse. Marc est brouillé avec Alain. J'ai bien peur de ne vous être d'aucune utilité...

Je refuse de m'avouer vaincue. Dans un élan je lui saisis les mains.

— Je vous en prie ! Je ne vous dérangerai plus après, mais il faut absolument que je parle à Marc. Il n'est pas dans l'annuaire. Donnez-moi au moins son adresse ou son numéro de téléphone ?

Elle hésite. Le bébé perçoit son trouble et se manifeste. Le visage de Mathilde se contracte, elle pose la main sur son ventre. Balthazar nous écoute, impassible, plus Harry Potter que jamais avec ses lunettes rondes et ses culottes courtes.

— Je ne sais pas où Marc habite, croyez-moi. Il nous a déçus puis il a disparu de la circulation. Alain et lui en sont venus aux mains, c'est un garçon emporté et violent.

— À ce point ? dis-je.

Si Alain était là il m'enverrait promener. Mais Mathilde est seule, fatiguée et elle veut se débarrasser de moi. Tout de même, je ne suis pas une inconnue, je suis la fille d'un des meilleurs amis de ses beaux-parents.

Elle m'explique :

— Il a triché au concours de médecine et il a été démasqué.

J'apprends qu'après avoir réussi son bac Marc a passé cinq ans aux États-Unis, vivant aux dépens d'une femme de l'âge de sa mère très fortunée et très mariée. Puis il est rentré en France pour suivre les traces de Diane. Et il a raté le concours à l'issue de la première année.

— Alors, la seconde année, il a triché en soudoyant un des assistants pour avoir les sujets.

Mais cela s'est su et Marc a été viré de la faculté avec interdiction formelle de se représenter.

— Sa mère est intervenue auprès du doyen de la fac dont elle avait opéré le fils. Alain a aussi fait jouer ses appuis en haut lieu. On s'est contenté d'exclure Marc, on n'a pas fait de publicité, son nom n'a même pas circulé. Nous n'avons plus entendu parler de lui jusqu'à ce que sa mère perde la tête et soit internée à Versailles. Alain a interdit à Marc de lui rendre visite, Diane se mettait dans des états affreux chaque fois qu'elle le voyait. Mais Marc est passé outre, ils se sont carrément battus, Alain a dû appeler la sécurité pour le faire expulser. Il a l'impudence de continuer à écrire à Balthazar...

À quelques mètres, l'enfant boit nos paroles.

Impitoyable comme seules le sont les femmes amoureuses, Mathilde poursuit :

— La concurrence entre frères est rude. Face à Alain qui est sorti major de Polytechnique et second d'HEC, Marc et Henri n'ont évidemment jamais fait le poids. Alain leur est tellement supérieur !

Elle tient son mari pour un génie. Je ne sais pas si vous êtes comme moi, j'ai instinctivement plus de tendresse pour les cancres que pour les premiers de la classe, les doux rêveurs m'attirent plus que les P-DG âpres au gain. Je suis restée la petite fille de la place Furstenberg courant me pencher au balcon avec ma jumelle pour voir tomber cet argent que, d'après notre mère, notre père jetait par les fenêtres.

À cet instant, j'espère de tout mon cœur que Marc de Fongel est notre frère. Alain n'a pas besoin de nous, Henri a trouvé sa raison de vivre en Inde, mais Marc nous ressemble, blessé, désorienté, vulnérable.

Je devine qu'il n'a pas supporté l'idée de rater son concours et de décevoir ses parents. Je ne l'ai pas vu depuis dix ans mais je me doute bien des sentiments qui doivent l'habiter : honte, remords, humiliation, désarroi. Jacques préférait ostensiblement Alain. Henri était le petit dernier gâté poétique et surprotégé. L'enfant du milieu est le plus fragile, il doit batailler pour trouver sa place.

Je plains le pauvre Marc, seul être humain faillible entouré de héros, vilain petit canard. Moi aussi, je me suis d'une certaine façon effacée devant mon père et ma sœur, acteurs magnifiques exprimant la palette des sentiments humains avec pour seul outil leur corps. Sans les mots, je suis muette.

Marc a fait une erreur, doit-on pour cela le condamner à vie ?

Je demande à Mathilde :

— Donc, vous n'avez pas ses coordonnées ni aucune idée de qui pourrait me renseigner ?

Elle secoue la tête. Balthazar ne perd pas une miette de la conversation. Je sors une carte de visite de mon sac.

— Je vous laisse quand même mon adresse au cas où il reprendrait contact.

À la manière dont elle s'en saisit, du bout des doigts, je devine qu'elle s'en débarrassera dès que je serai sortie.

Arthus m'attend dehors, assis sur sa moto, occupé à griffonner dans un carnet qu'il referme en m'entendant arriver.

— Alors ? Tu as du nouveau ?

Je secoue la tête, infiniment déçue.

Nous sommes tous les trois dans la cuisine de Mimmo où je me console en dégustant un café à la vanille quand mon portable sonne. Une voix masculine, grave et musicale, prononce mon nom.

— Amélie Saint Jean ?

— Oui ?

— Marc de Fongel à l'appareil.

Je m'immobilise, pétrifiée.

— Mon neveu Balthazar m'a donné ton numéro. Cela fait longtemps qu'on ne s'est pas revus.

— Dix ans, exactement.

Dans l'église Saint-Roch, les Fongel étaient placés dans la travée de droite, avec Gus et César. Marie et moi étions dans la travée de gauche, entre maman et Luigi, près de Georges et Pauline. On ne nous avait pas demandé notre avis. Nous aurions tellement préféré être assises de l'autre côté avec la bande d'Hubert.

— Il paraît que tu me cherches ? reprend Marc.

— Euh... oui...

Je bredouille, je ne trouve plus mes mots.

— Tu es libre un soir cette semaine, Amélie ? Je serais heureux de t'emmener dîner.

Je n'ai pas la patience d'attendre.

— On ne peut pas se rencontrer aujourd'hui ? Tu travailles dans quel coin ?

Son bureau est avenue de l'Opéra. Nous nous donnons rendez-vous à cinq heures devant la Comédie-Française.

Je raccroche, émue. Notre échange a été aisé et naturel, Marc ne s'est montré ni méfiant comme Arthus, ni rigide comme Alain. Il paraît nettement plus chaleureux et simple que son aîné. Autrefois il était le plus ouvert des trois frères.

Je souffle à Mimmo :

— J'espère que c'est lui...

— Moi aussi, pour toi !

Je lui souris avec tendresse. Je ne veux surtout pas qu'il se sente rejeté. Je précise :

— Tu appartiens à notre famille, Mimmo. Si Marc est notre parent, il sera aussi le tien.

— C'est bien ainsi que je l'entendais, dit-il.

Arthus consulte sa montre.

— Je peux te déposer là-bas, ensuite j'ai rendez-vous chez mon éditeur pour parler de mon prochain album qui sort bientôt. Ta quête est pratiquement terminée, Amélie : si ce n'est lui, c'est donc son frère !

Le trait d'esprit me fait sourire.

30

Arthus me dépose, récupère mon casque et s'éloigne sur sa moto rouge. La place André-Malraux est telle que dans mon souvenir, telle qu'il y a quelques jours lorsque César y a trouvé la mort.

La photo de Marc dans la chambre de Diane à Versailles datait mais je le reconnais tout de suite. Il est vêtu à la dernière mode, c'est un de ces hommes pour qui on a inventé le mot *métrosexuel*, un urbain qui dépense du temps et de l'argent pour son apparence. Ses cheveux châtains rejetés en arrière sont juste de la bonne longueur, son regard caramel est franc, son visage asymétrique intéressant, son costume bien coupé dans une matière fluide. Il est un poil plus petit que moi.

— Amélie ? On s'embrasse ?

Il a la voix plus basse qu'Alain. Son accolade est dynamique, il a du charisme, il prend possession de l'espace. Il m'entraîne vers un bistrot proche et je lui emboîte le pas, heureuse de m'en remettre enfin à quelqu'un.

Il dit :

— Nous allons arroser nos retrouvailles !

Il commande d'office deux coupes de champagne sans me demander mon avis et c'est reposant. Il est moins beau que Cyril, moins farouche qu'Arthus, moins policé qu'Alain, moins tendre que Mimmo, mais étrangement séduisant. Cela tient, sans doute, à son regard d'une fixité surprenante. Cet homme ne se contente pas de vous dévisager, il vous happe, il vous épingle au décor, il vous hypnotise.

Il lève sa coupe, les bulles montent à l'assaut du verre, crèvent doucement la surface. C'est un peu tôt pour l'apéritif, mais c'est un jour exceptionnel.

Il déclare :

— Toutes les heures sont propices pour boire à la vie. Alors, qu'est-ce que tu deviens ?

— Je suis écrivain. Ma sœur est actrice.

Je me mords les lèvres, trop tard. Quand perdrai-je cette détestable habitude de répondre au pluriel à toutes les questions que l'on me pose ?

— Je le sais bien que tu es écrivain, j'ai aimé tes romans, surtout le second, dit-il comme une évidence.

Je me pince pour vérifier que je ne rêve pas.

Il poursuit :

— Par contre j'ignorais le métier de Marie. Mais je ne suis pas très cinéphile.

Là, c'est certain, je dors et je vais me réveiller.

— Tu ne regardes pas *Uriel et les fantômes* ?

— Je devrais ?

— C'est la grande série du samedi soir à la télévision.

— Je préfère la lecture. C'est grave, docteur ?

Il a dit ça drôlement et, le champagne aidant, j'éclate de rire.

Il redevient sérieux, il a la même capacité qu'Hubert de passer en un instant de la comédie à la tragédie.

— J'ai été navré, pour César...

— Tu es allé à l'enterrement ?

— Bien sûr. Il a été un pilier de notre enfance !

Je l'aime d'avoir dit cela. Alain a considéré qu'un conseil d'administration était plus important que la mort d'un ami. Et Henri joue du sitar à l'autre bout du monde dans un pays où mourir n'est qu'une question de karma.

Demander d'entrée de jeu à Marc si Gus est son parrain, c'est m'exposer à être une fois de plus déçue. Je n'ai pas envie de savoir tout de suite la vérité, j'ai besoin d'y croire encore un peu. Alors je me tais, je savoure mon champagne et la possibilité d'être en train de le boire avec mon frère. Une sexagénaire tabagique au soutien-gorge pigeonnant et au vernis à ongles écaillé, accoudée au comptoir, nous observe.

Marc s'intéresse à moi :

— Où vis-tu ? Es-tu heureuse ? Es-tu amoureuse ?

Sérions les questions.

— J'habite chez notre oncle à Montesson dans les Yvelines. Je suis redevenue célibataire depuis peu. J'étais heureuse jusqu'à la semaine dernière...

Il lève un sourcil.

— Que s'est-il passé ?

Pas encore, pas tout de suite, qu'on me laisse espérer, déguster, goûter cette attente. J'ai la tête qui tourne à cause du champagne, je demande de quoi grignoter, on m'apporte des cacahuètes huileuses et hypercaloriques. Marc commande deux autres coupes malgré mes protestations et pousse l'assiette vers moi.

Il récite :

— « Bon appétit messieurs, oh ! ministres intègres ! »

Je connais par cœur cette tirade de *Ruy Blas*, quand le premier ministre du roi d'Espagne surprend les conseillers du roi en train de se partager les richesses du royaume. Comme Hubert jadis, Marc cite Victor Hugo. Je n'y tiens plus.

— Qui est ton parrain, Marc ?

Il sourit, étonné.

— Qu'est-ce que cela peut faire ?

— Réponds, je t'en prie !

— Pourquoi veux-tu le savoir ? insiste Marc qui prend plaisir à me taquiner comme le ferait un vrai frère.

Ses yeux amusés pétillent jusqu'au moment où il perçoit enfin mon angoisse et cède.
— Bon, d'accord. C'était Gus Dalba.

Il a dit cela, et mes chaînes tombent. Il a dit cela, et ma poitrine se gonfle, je pousse un soupir de soulagement, je sens mes tensions se dissoudre et mes yeux s'embuer.

Je devrais rire, et voilà que je pleure. C'est une excellente nouvelle, et voilà que je craque.

— Ça ne va pas, Amélie ? Hé ?

Marc, inquiet, se penche vers moi, il n'ose pas me toucher, il ignore que le même sang coule dans nos veines. Je tente de m'expliquer, mais je n'y arrive pas, alors je laisse libre cours à mes larmes. Je ne suis pas folle, je pleure parce que j'accepte, je fais enfin mon deuil avec dix ans de retard. Je cesse d'être en colère contre Hubert, je cesse de lui en vouloir d'avoir été vaincu, terrassé, de nous avoir promis qu'il serait toujours là et d'avoir manqué à sa promesse comme maman avant lui. J'admets, aujourd'hui, que sa mort figurait dans le synopsis, que sa disparition faisait partie du script. J'admets le fait qu'il ne lira jamais aucun de mes romans, qu'il ne regardera jamais *Uriel* le samedi soir avec nous, qu'il ne suivra pas notre fil, qu'il n'approuvera pas nos choix. Dans la foulée, je lui pardonne ses manquements, ce vide béant. Je l'absous d'avoir trahi Jacques en lui volant sa femme et même de nous avoir caché l'existence de Marc. Oui, vraiment, je ne lui en tiens plus rigueur. J'ignore encore ses raisons mais j'y souscris d'avance. Je le laisse partir. Je lui rends sa liberté. Il était temps.

Je demande à Marc :

— Qu'est-ce que tu penses d'Hubert ?

— J'avais de l'admiration pour lui, c'était un grand acteur.

— C'était aussi ton père.
— Quoi ?

Il se rend compte tout de suite que je ne plaisante pas, le sujet est trop grave. Il comprend cela, mais il ne réalise pas ce que ma phrase implique. Les questions s'entrechoquent dans sa tête, il cherche une certitude à laquelle se raccrocher. Je le vois perdre pied, puis remonter à la surface. Je mesure son effarement et j'observe son courage.

Il vérifie :

— Attends, Amélie. Je suis le fils de ma mère, d'accord ?

J'acquiesce.

— Mais pas celui de mon père ?

Je secoue la tête en signe de dénégation.

Il reste silencieux pendant des minutes qui me paraissent des siècles. Va-t-il réfuter ? s'énerver ? m'en vouloir ? protester ? D'une simple phrase, je viens de bouleverser son existence, d'annihiler ses convictions les plus profondes.

Son visage change, une onde le parcourt, un frémissement l'agite. Cela part de l'angle des yeux caramel, cela passe par la commissure des lèvres pleines, cela remonte vers l'angle viril des mâchoires.

— C'est donc pour cela que mon père ne m'a jamais aimé et que je ne ressens aucune affection pour lui ? dit-il avec une sorte d'étonnement ravi.

Vous imaginez notre émotion. Nous ne tombons pas dans les bras l'un de l'autre, la pudeur nous l'interdit. Marc de Fongel aurait dû s'appeler Marc Saint Jean. Alain et Henri ne sont plus que deux. Marc, Marie et moi sommes désormais trois.

— Comment le sais-tu ?

Je lui raconte tout depuis le début. Il découvre Mimmo et Arthus à travers mon récit. Je lui cache seulement la réaction de Marie et le fait que je suis au courant de sa tricherie au concours de médecine.

Et puis je demande :

— Toi non plus, tu n'as plus de nouvelles d'Henri ?

— Nous correspondons par courrier électronique. Depuis qu'il est parti en Inde, il a coupé les ponts avec la famille et il n'écrit plus qu'à moi. Alain m'en veut alors que je n'y suis strictement pour rien. Il a raconté des mensonges à maman et dans la confusion de son esprit malade elle me croit responsable de l'absence d'Henri, qui a toujours été son préféré. La dernière fois que je suis allé la voir à Versailles elle ne m'a pas reconnu et s'est montrée très agressive. Alain m'a interdit de revenir, nous nous sommes carrément battus. J'ai eu le dessus bien sûr, il a toujours été une chiffe molle et il n'a aucun ordre à me donner ! Je n'y suis pas retourné, je ne veux pas perturber maman. Ils s'occupent bien d'elle, là-bas. Elle est en paix et en sécurité. C'est le principal.

Il hausse les épaules et grimace pour masquer son trouble. Sa vulnérabilité et son désarroi me touchent. Je suis bien placée pour savoir comment se conduit Diane lorsqu'elle s'énerve. Un garçon a un rapport privilégié avec sa mère, cela a dû être terrible pour Marc. J'ai du mal à imaginer Hubert furieux à ma vue ou ne sachant pas qui je suis. Je compatis en silence.

Marc est attendrissant jusque dans ses errements, c'est le genre d'homme qu'on a envie de protéger, l'exact contraire de Cyril. Tricher n'est pas voler. Il lui a juste manqué une femme pour l'épauler. Une sœur peut jouer ce rôle.

Il reprend :

— Amélie, j'ai toujours rêvé d'avoir une sœur et voilà que j'en ai deux. Il va me falloir du temps pour encaisser le choc, c'est normal, mais je suis heureux de ce que tu m'apprends ! J'ai fait des erreurs dans ma jeunesse, je te raconterai. C'est de l'histoire ancienne, j'espère qu'un jour les miens me pardonneront.

J'apprécie son honnêteté.

— Maman me manque, je me dis parfois que c'est encore pire que si elle était morte, je ne devrais pas dire ça devant toi...

Je pose ma main sur la sienne, je comprends. Au moins, Marie et moi gardons le souvenir d'un père flamboyant qui nous adorait.

— Tu travailles dans quelle branche ?

— L'événementiel, j'organise des lancements, des soirées, ce genre de choses.

Je suis persuadée qu'il y excelle, il a du charme et je ne le dis pas parce qu'il est mon frère. Je roule le mot dans ma bouche. Ma sœur et mon frère. Mon frère et ma sœur. Je ne dis pas « mon demi-frère », je l'ai raté pendant vingt-cinq ans, autant l'adopter dans son intégralité pour rattraper le temps perdu.

Je dis :

— Tu as quel âge, Marc ?

— Trente-sept ans.

— Tu es né quel jour, à quel endroit ?

Il est né à l'hôpital Necker, en septembre, sous le signe de la Vierge. Je suis née il y a vingt-cinq ans, à l'hôpital Saint-Vincent-de-Paul, en janvier, ce qui fait de moi un Capricorne.

— Quel est ton lieu préféré ?

— New York, j'y ai passé cinq années magnifiques avec une femme merveilleuse.

Je hoche la tête comme si je n'étais pas au courant.

— Moi, c'est la place Furstenberg.

— Je me souviens de votre appartement, je le

trouvais spécial, je le croyais magique, quand on est gamin on a des idées bizarres.

Il consulte sa montre.

— Nous n'allons pas nous quitter comme ça, après ce que tu m'as appris ! J'avais un rendez-vous en début de soirée, je vais appeler mon associée et la prévenir que je les rejoindrai plus tard. Dans mon métier, on rencontre souvent les clients en dehors des heures de bureau, mais ils peuvent commencer sans moi.

Il s'éloigne et je dégaine mon portable. J'appelle Marie en premier et je tombe encore une fois sur sa messagerie. Mimmo décroche au moment où Marc revient. J'ai juste le temps de lui souffler :

— Ça y est, je l'ai trouvé, c'est Marc, je t'expliquerai, préviens Arthus !

La fin de la journée se déroule comme dans un rêve. Marc est charmant, il est là, en chair et en os, devant moi, ce frère que j'espérais. Je n'ai plus soif, il boit ma seconde coupe de champagne. Il me parle de son travail, de son associée, d'Alain et de sa réussite ostentatoire, des conflits avec Jacques qui ont émaillé son enfance, du départ de ce dernier en Australie. Nous sommes donc logés à la même enseigne : un parent à l'étranger, l'autre mort, puisque d'une certaine façon l'ancienne Diane est morte.

Marc est un commercial, pas un artiste. Il ne nous ressemble pas, mais il est notre frère et cela me suffit.

Lorsque nous sortons du café il hèle un taxi et demande au chauffeur de nous déposer place Furstenberg. Le fait qu'il éprouve ce besoin me touche, il a hérité de la délicatesse d'Hubert.

Il avoue :

— J'ignore qui était Furstenberg.

— Un cardinal né au début du XVIIe siècle. Il s'appelait Guillaume Egon, comte de Furstenberg, évêque et prince de Strasbourg. Il a été l'abbé de l'abbaye de Saint-Germain-des-Prés.

Sous le réverbère de mon enfance, je passe une heure à lui expliquer la différence entre pensionnaire et sociétaire, pourquoi notre père a quitté la Comédie-Française, quels ont été ses rôles les plus marquants. Il découvre ma famille qui est désormais la sienne. Nous comparons les goûts d'Hubert et de Marc dans les détails idiots inhérents à la vie quotidienne, slip ou caleçon, fromage ou dessert, bière brune ou blonde, thé ou café. Le fils tient du père, indéniablement.

Je songe à l'emmener au Père-Lachaise mais je diffère ce moment. Aujourd'hui la vie triomphe. Aujourd'hui nous marchons de concert, nous avançons dans la ville du même pas, nous sommes jeunes, vifs, ardents.

Il dit :

— Alain a un an de plus que moi, Henri un an de moins. Je suis l'enfant du milieu. Je me sentais différent. J'avais le sentiment de ne pas être à ma place. C'est fou !

Il veut rappeler son associée et annuler son dîner professionnel mais je l'en dissuade. Nous avons la vie devant nous.

Il a soif, de nouveau. Nous marchons vers le boulevard Saint-Germain, nous rentrons au Flore. Il prend un whisky, j'opte pour un jus de tomates. De l'autre côté du boulevard, la brasserie Lipp est bondée.

Marc sourit et commande un second whisky. Il est drôle, léger. Il parle un peu fort, gesticule trop. L'émotion, sans doute, couplée à l'alcool.

D'après notre oncle Georges, Hubert a cessé de voir Diane lorsqu'il a rencontré maman et qu'il s'est marié avec elle. Il n'a donc jamais trompé notre mère, alors que Diane a trompé Jacques. Marie et moi sommes du bon côté de l'histoire, nos parents se sont aimés, c'est un soulagement. Mais Marc découvre que son enfance était fondée sur une imposture. Il y a de quoi avoir le gosier sec.

Nous nous quittons vers neuf heures, à regret. En face, les gens font la queue pour dîner chez Lipp. Je marche vers le métro d'un pas dansant.

Je n'ai ni la force de passer voir Arthus au Kenavo, ni celle de m'arrêter chez Mimmo, même si je leur suis redevable. Je ne suis pas heureuse, le mot est trop fort, et puis l'existence de Marc me ramène à l'absence d'Hubert. C'est plutôt une joie profonde, une renaissance. Je le dois à mes deux complices mais j'ai besoin de solitude pour digérer ce qui m'arrive. De solitude, ou de Marie.

Marionnettes dérisoires, nous avons des élans du cœur et du corps, nous ne sommes que des personnages de théâtre. Notre scène est plus vaste que celle de la salle Richelieu, tout est question de proportion. J'ai gagné un frère dans l'histoire, mais ma jumelle souffre par ma faute et je ressens sa douleur comme une punition. Le chagrin de Marie n'est pas un dommage collatéral, c'est un châtiment, ma condamnation pour avoir bravé le sort. Marc est à mes yeux un cadeau du destin, mais pour elle il remue le couteau dans la plaie.

Je sors mon téléphone de ma poche, j'hésite au moment de rédiger mon SMS quotidien. On n'écrit pas le nom d'un frère tombé du ciel sur un bête écran de portable.

31

Je retrouve Mimmo le lendemain matin dans sa cuisine. Arthus est là aussi, prévenu par Mimmo qui l'a adopté. Ils sont à la fois contents pour moi et déçus que la quête soit finie. La capture du gibier ne vaut pas l'excitation de la chasse. Le jeu est terminé.

Je leur décris Marc, je souligne sa subtilité, j'insiste sur ses qualités.

Mimmo dit :

— Mon David aussi avait les yeux caramel.

Arthus renchérit :

— En fait ton Marc est un bâtard, comme moi.

D'instinct, ils cherchent ce qui les rapproche de lui. J'annonce :

— Je ne suis pas riche, je ne peux pas vous offrir un grand restaurant, mais j'aimerais vous inviter à dîner ce soir pour vous présenter Marc.

— Je viendrai avec plaisir, dit Arthus.

— Nous devons vérifier que ce garçon te mérite, ajoute Mimmo.

Il sourit, pourtant ses yeux sont tristes. J'ai retrouvé mon frère ; Sarah et David, eux, ne reviendront jamais.

— Merci à tous les deux. Sans vous...

— Sans toi je n'aurais jamais goûté le café au piment qui rend dément ! coupe Arthus en roulant des yeux fous.

Je lui suis reconnaissante de nous éviter le pathos. Notre registre est l'humour et doit le rester.

Je dis :

— J'ai réservé à la brasserie Lipp. Pour cinq.

— Marie a accepté ? s'étonne Mimmo.

Je soupire.

— Je vais la convaincre. Tant qu'à faire, je place la barre haute : le restaurant où Hubert nous emmenait, dans l'arrondissement où Marie ne veut plus aller, à trois pas de la place où nous vivions. Elle ne peut pas continuer à ignorer le passé. Elle ne peut pas agir comme si Marc ne nous était rien !

Mimmo et Arthus me fixent en silence. Leurs yeux me répondent que si, elle le peut.

La secrétaire de production m'indique le lieu du tournage, derrière le Panthéon, et Arthus m'y emmène en moto. Il se met à pleuvoir. Mes mains mouillées glissent sur la barre du porte-bagages, je suis obligée de passer mes bras autour de la taille d'Arthus. Ce contact n'est pas anodin. Il n'est ni mon frère ni mon amant, pas encore mon ami, mais nous sommes en train de devenir proches.

Arthus préfère m'attendre dans la librairie d'en face. Bertrand tourne en appartement. Je laisse Marie terminer sa scène, puis je m'avance. Nous ne nous sommes pas revues depuis qu'elle a déménagé de Montesson.

Elle me considère, le visage fermé. Puis elle passe à l'attaque :

— Cette coiffure ne te va pas du tout. Tu m'as envoyé ta photo sur mon portable, j'ai cru à une illusion d'optique, une ombre sur l'écran. Tu es comme Samson, en coupant tes cheveux tu as perdu ta force. Et tu as rompu notre pacte. C'était donc si pénible de me ressembler, Amélie ?

Je reste sans voix. Je me suis vite habituée à ma nouvelle tête. Je n'avais pas songé que ma sœur le prendrait comme un affront.

Elle ajoute :

— Je suis occupée. Je dois me concentrer. Le moment est mal choisi.

Aucun moment ne sera propice. Je me jette à l'eau.

— Marc de Fongel, le fils de Diane, est le filleul de Gus. Je l'ai rencontré hier soir. Il est notre frère, Marie, même si cela te déplaît. Tu peux refuser de l'admettre, mais tu ne peux pas changer ce qui est. Je le revois ce soir, chez Lipp, pour lui présenter Mimmo et Arthus. J'ai réservé pour nous cinq, à vingt heures. J'espère que tu viendras...

Elle me dévisage, effarée. Je ne la ménage pas : le frère, l'arrondissement, le lieu, cela tient du pèlerinage. Je n'ai pas besoin de préciser que j'ai réservé l'ancienne table d'Hubert, cela tombe sous le sens.

Ma jumelle tremble. L'équipe de tournage s'affaire, nous contourne. Nous les voyons à peine. Je suis consciente du trouble de Marie, je ressens son émotion et sa peur, je veux l'aider à vaincre son angoisse. Je suis comme un thérapeute comportementaliste obligeant une patiente claustrophobe à prendre l'ascenseur d'un gratte-ciel.

Je murmure :

— Je peux venir te chercher, nous irons ensemble ?

Elle bat des cils, est-ce une réponse ?

Je souffle :

— Je n'imagine pas cette soirée sans toi. Deux pour le prix d'une. Tu en vois une, tu vois les deux !

L'expression favorite d'Hubert fait mouche, elle tressaille. J'ai envie de l'étreindre mais trop de gens nous entourent, alors je la supplie du regard. On ne joue plus, Marie. Nous sommes au pied du mur. Nous devons affronter cette réalité ensemble.

À cette minute, je n'ai aucune idée de la façon dont elle va réagir. Tout est possible. Je m'attends à tout de sa part, vraiment.

Elle soupire. Je me raidis. Je la sens si lasse.

Elle dit :

— Je sais que tu ne me laisseras pas en paix sinon. Je viendrai, pour toi. Tu as ma parole.

Je suis émue et soulagée. Elle ne viendra ni pour Hubert ni pour Marc. Elle viendra à cause de notre statut de jumelles, à cause de ce lien indestructible qui nous unit. Elle viendra à cause de l'enfance, des déchirements. Elle fera cet effort immense. Bertrand nous interrompt.

— Salut, Amélie. Marie, tu es prête ? On va tourner la scène 20, quand Charlène découvre que Rodolphe lui a menti.

Marie se ressaisit et hoche la tête. En un instant, elle redevient Charlène. Je vois la transformation s'opérer et j'admire son talent. Elle a de qui tenir.

Je murmure :

— Tu préfères venir seule ou que je passe te chercher ?

Elle grommelle : « Seule » et s'avance dans le champ de la caméra. Elle se réfugie dans son personnage, se coule dans la peau de son rôle. Je recule. J'ai obtenu ce que je suis venue chercher.

Je rejoins Arthus dans la librairie où il feuillette une bande dessinée. Il me sourit, satisfait et détendu.

— J'ai vérifié, Amélie, ils ont tes deux romans et trois de mes albums. Tu as convaincu ta sœur ?

J'acquiesce. Il ajoute qu'il n'en doutait pas, qu'il me savait capable de trouver les mots justes. Puis il me tend un livre dans un sac en plastique.

— Je ne leur ai pas demandé de paquet cadeau, ce n'est pas un présent, c'est une évidence, un livre culte : *L'Usage du monde* de Nicolas Bouvier.

Je l'ouvre à la dernière page, selon mon habitude. Les auteurs planchent des jours entiers sur leur première phrase, je préfère passer directement à la fin, là où la lassitude a fait son œuvre, là où les failles se font flagrantes. Je lis : « Ce jour-là, j'ai bien cru tenir quelque chose et que ma vie s'en trouverait changée. » Je souris. Aujourd'hui, j'en suis au même point.

J'ai besoin d'être seule. Arthus le devine, ne me tend pas le deuxième casque. Il dit :

— À vingt heures, chez Lipp ?

Mon regard lui confirme que c'est bien cela. Alors il a ce geste inconcevable, il caresse ma joue. Ce n'est pas un geste fraternel. Je ferme les yeux, je m'abstrais de la rue passante, je gomme le Panthéon, la foule, les autobus, les voitures, les travaux, le brouhaha de la cité. Je ne veux plus rien écouter, je ne veux plus sentir que cela, la douceur de sa main sur ma joue.

Et je rouvre les yeux. Il démarre la moto puis s'éloigne. Et je me blinde pour affronter les longues heures qui me séparent du rendez-vous de ce soir.

32

Je piétine fébrilement sur le trottoir devant la brasserie. Il est presque huit heures, personne n'est encore arrivé. Se sont-ils volatilisés, vaporisés, évanouis dans le néant ? Ai-je rêvé cette aventure inouïe ? Ai-je tout inventé pour peupler ma solitude, le vieux déporté, le chevalier de la table à dessin, l'enfant du milieu ? Ai-je aussi imaginé notre père et sa bande d'inconditionnels ? Ai-je créé de toutes pièces notre *vokdal*, la place Furstenberg, jusqu'au reflet de ma jumelle dans mon miroir ?

Mais Mimmo, le premier, sort du métro devant l'église Saint-Germain-des-Prés. Suivi de peu par Arthus, qui gare sa moto sur le trottoir tandis que Marc descend d'un taxi. Alors que la Laitue surgit de la rue des Saints-Pères, coupe le flot des voitures, se glisse entre deux grosses berlines à l'arrêt.

Je soupire de soulagement. Tout cela est réel, les êtres qui me rejoignent sont faits de chair et de sang, ce ne sont pas des personnages de roman. Je me prépare aux vrais rires et aux vraies larmes.

Ils affluent tous les quatre vers moi en même temps et une étrange angoisse m'étreint. Alors que j'appelais ce moment de mes vœux depuis que j'ai appris l'existence de notre frère, j'ai brusquement envie de tourner les talons et de les planter là. D'oublier le passé, renier ma famille, trahir mes amis, tourner la page, marcher librement vers demain. Mais je suis la fille d'Hubert, cela me confère des responsabilités. J'aime ma sœur, cela m'engage. J'ai de la tendresse pour Mimmo et Arthus, je leur suis redevable. Marc est notre frère, il mérite notre affection. Alors je m'avance en serrant les dents.

Il y a ce groupe hétéroclite sur le trottoir, ces quatre personnes qui ont accepté mon invitation et qui se jaugent. Elles attendent de moi ce que je ne peux leur donner, je n'ai jamais été une meneuse, je ne suis qu'une conteuse, un témoin. Marie est pétrifiée, Arthus nerveux, Mimmo contracté. Marc, lui, me paraît presque trop souriant. Quand je l'embrasse il sent un peu l'alcool, je devine qu'il a bu un ou deux verres pour se détendre, la situation n'est simple pour personne, elle renvoie chacun à son passé, à ses blessures, mais Marc est le plus exposé.

Mimmo donne le ton et l'accueille comme un fils en lui serrant la main avec chaleur.

— Moi aussi j'ai rejoint cette famille un peu tard, bienvenue mon garçon !

En quelques mots il a tout exprimé avec tact et pudeur. Grâce à lui, Marc se sentira accepté.

Marie se tait, elle observe. Ma jumelle n'est plus que cela, un regard brûlant, deux yeux acérés, un corps tendu à l'extrême. Elle salue Mimmo, serre la main d'Arthus, mais quand elle se tourne vers Marc je sens son corps se raidir encore. Elle sue la peur. Tout son être refuse Marc et ce recul forcé vers un passé trop douloureux. Elle ne veut plus se souvenir ni s'attacher. Elle n'est plus disponible.

Tout de même, la situation est singulière : Marc n'est pas un étranger, c'est le fils de Diane, il nous a plongé la tête sous l'eau à la piscine quand nous avions encore nos appareils dentaires, nous l'avons côtoyé très jeunes, il a partagé avec nous les moments sacrés de l'enfance. Arthus aussi, qui nous a regardées jouer au tennis. Ces deux hommes ont connu notre père, tandis que Mimmo, plus proche d'Hubert par l'âge, ne l'a jamais rencontré.

Marie cligne des yeux comme chaque fois qu'elle est bouleversée. Elle s'adresse à Marc pour la première fois, ouvre les hostilités en lançant d'une voix rauque : « Alors, c'était toi ? »

Elle n'esquisse aucun geste, ne l'embrasse ni ne l'étreint. Il acquiesce, respecte la distance imposée, ne s'approche pas d'elle.

— Je suis heureux de te revoir, Marie, dit-il.

Subtil, il souligne le fait qu'ils se connaissent depuis longtemps, qu'il ne s'agit pas d'une rencontre mais de retrouvailles. Elle ne répond rien. Elle ne pourrait pas.

Le cœur battant, je les précède dans la brasserie et je donne mon nom au maître d'hôtel, qui consulte sa liste de réservations. Nous le suivons jusqu'au fond de la salle. Marie tressaille en voyant la table.

Le maître d'hôtel, qui avoisine la soixantaine, n'a eu aucune réaction en entendant le nom Saint Jean. Je lui demande, pleine d'espoir :

— Vous travaillez ici depuis longtemps ?

Sept ans. C'est trop récent, il n'a jamais servi Hubert. Je ravale ma déception. C'eût été trop beau.

Je me glisse sur la banquette en cuir. Les tables sont disposées en fer à cheval le long des murs. Le couvert est dressé pour cinq, deux sur la banquette, deux sur les chaises en face, le cinquième convive dans l'angle.

Mimmo propose à Marie de s'installer près de moi sur la banquette, mais elle refuse d'un signe de tête et prend une chaise. Marc, sans le savoir, choisit l'angle, l'ancienne place de notre père. Le fantôme d'Hubert plane sur la tablée. Marie a son visage des mauvais jours.

Le maître d'hôtel nous propose un apéritif, je ne suis pas assez riche pour commander du champagne et je tiens à offrir le repas. Je consulte la carte des vins et je choisis, à cause de son nom, une bouteille de saint-amour, un beaujolais de 2005. Il y a écrit « cuvée ensorceleuse » sur la bouteille, c'est approprié à la situation, un filtre magique me serait bien utile ce soir. Je lève mon verre.

— À vous !

Le décor est immuable : nappes blanches, nom de la brasserie gravé sur la vaisselle, garçons en nœud papillon, veste noire et tablier blanc. Les lustres sont toujours en fer forgé style Art déco, il y a encore les grands miroirs, les mosaïques sur les murs, rien n'a changé depuis la dernière fois que nous sommes venues, il y a dix ans. Je regrette mon choix, ce lieu trop chargé de symboles ne nous facilite pas la tâche. Je coule un regard d'excuse vers ma jumelle qui observe la scène d'un œil atone. En retrouvant le Quartier latin, elle a perdu sa lumière.

Marc boit, fait la grimace, appelle le garçon :

— Le vin est bouchonné.

Arthus vérifie et secoue la tête.

— Je ne crois pas. C'est un 2005, il est jeune, c'est tout...

— Je m'y connais. Il est imbuvable ! tranche Marc d'un ton sans appel.

Le garçon hésite puis nous apporte une autre bouteille qui, pour moi, a exactement le même goût que la précédente.

— Celui-ci est parfait, dit Marc, satisfait.

Je n'aime pas la façon dont Arthus le regarde alors. Je devine intuitivement que notre frère a voulu faire le malin pour s'imposer, qu'il a eu besoin de cela, démontrer son autorité, s'affirmer.

Chacun s'absorbe dans l'examen du menu cartonné que Marie et moi pourrions réciter de mémoire. Mimmo est tenté par le hareng Bismark, Arthus par les belons, j'ai envie d'une sole comme autrefois. Marc opte pour la traditionnelle choucroute.

Le maître d'hôtel s'approche. J'ouvre la bouche mais Marc me devance et commande son plat en me coupant la parole. Il a faim, les émotions creusent, d'ailleurs il le précise :

— J'ai une de ces fringales !

Arthus ne résiste pas au plaisir de souligner ce manque de courtoisie :

— Les dames d'abord ! À toi l'honneur, Amélie, je t'en prie...

Nous énumérons nos choix. Marie se tait. Le maître d'hôtel attend.

Mimmo vient à ma rescousse et demande :

— Qu'est-ce qui te tente, Marie ?

— Je n'ai pas faim. Une salade me suffira, merci.

Marc, plus rapide que le maître d'hôtel, désigne la phrase anglaise imprimée en haut du menu et s'écrie dans un américain parfait :

« *No salad as a meal !* »

Il l'a dit si fort que nos voisins de table se retournent, agacés. Je croise le regard de Marie et nous pensons la même chose. Hubert parlait couramment anglais, avec un accent si effroyable que nous le taquinions. Marc a vécu aux États-Unis, il est bilingue, mais il en rajoute.

Marie se rabat sur un tartare. Le maître d'hôtel s'éloigne. Un malaise s'installe. Je regrette déjà d'avoir organisé ce dîner stupide. Marc vide son verre, le remplit et repose la bouteille sans nous en proposer. Personne ne m'aide, Mimmo lui-même a jeté l'éponge. L'atmosphère est de plomb. Pourtant il faut faire circuler la parole, alors je me fais violence et, plutôt que de laisser le silence nous engluer, je lâche ce qui me passe par la tête :

— Autrefois leurs soles étaient délicieuses.

Marc lance gaiement :

— Je déteste le poisson, ça pue ! Quand j'étais petit, nous habitions près d'une poissonnerie, c'était une infection...

Il sourit à la ronde. Arthus proteste.

— Le poisson ne pue pas, il sent l'océan ! Mon grand-père était marin pêcheur, il sentait l'Atlantique et l'aventure.

Marc lève les mains en signe de reddition, mais s'enferre.

— Désolé, pour moi l'océan empeste, un peu comme l'hôpital. Ma mère était chirurgien, elle sentait la maladie, ça collait à ses vêtements. J'ai toujours détesté cette odeur, quand j'étais petit et qu'elle rentrait du travail je refusais de l'embrasser tant qu'elle ne s'était pas changée.

Marie le considère avec hostilité. Mimmo évite délibérément mon regard. Je suis surprise et gênée. Le Marc d'aujourd'hui n'a rien à voir avec l'homme séduisant qui m'a charmée hier.

— Décidément, nous n'avons pas les mêmes goûts, dit Arthus d'un ton sec. Mon père aussi était médecin, il sentait l'alcool et j'aimais cela... l'alcool à 90°, pas le beaujolais !

Je fronce les sourcils. Lui non plus, je ne le reconnais pas, ce soir.

On nous apporte les plats. Marc commence sa choucroute dès qu'on la pose devant lui, avant même que Mimmo soit servi, et tout le monde le remarque. Je me persuade que ce ne sont que des détails, des conventions sociales surannées. Quelle importance, que notre frère commette quelques fautes d'étiquette ? La valeur d'un homme ne se mesure pas à sa bonne éducation mais à ses actes.

Marc se tourne soudain vers ma jumelle et déclare :

— Amélie m'a dit que tu refusais de revenir dans le secteur depuis la mort de votre père... enfin, de notre père, puisqu'il paraît que je suis son fils. Mais tu as vaincu ta peur. Bravo, Marie ! Chapeau !

Marie est pétrifiée, et moi navrée. Marc a cru bien faire, les mots qu'il a employés ne sont pas en cause, mais il eût mieux valu qu'il se taise.

Marie, si pudique, me foudroie du regard. Elle m'en veut d'avoir trahi son secret, exposé ses failles devant celui qu'elle continue à considérer comme un intrus. Arthus hausse les épaules. Mimmo examine ses harengs avec attention.

Marc, insensible au malaise ambiant, poursuit avec enthousiasme :

— Je suis vraiment heureux et honoré d'être le frère d'une grande actrice et d'un talentueux écrivain !

Je tique. Hier, il n'avait jamais entendu parler d'*Uriel* et ignorait le métier de Marie. Il veut se faire apprécier d'elle, mais quand même il y va un peu fort.

— Le compliment est bien tourné..., ironise Arthus.

Marc se raidit. J'ai l'estomac noué. Tous les humains qui m'importent au monde se trouvent rassemblés autour de cette table, pourtant je me sens crispée et misérable. J'ai cru naïvement que retrouver notre frère nous ferait revenir au temps de l'insouciance et de la légèreté. Je me suis fourvoyée. Marc et Arthus se toisent. Marie est aussi fermée qu'une huître récalcitrante. J'ai l'impression absurde d'être en train de présenter à ma famille un fiancé indésirable.

Je lance :

— On se retrouve tous samedi soir à Montesson pour regarder *Uriel* ensemble ?

Mais Marie secoue la tête, elle a d'autres projets.

Je m'étonne :

— Bertrand t'emmène en week-end ?

— Il a mieux à faire et tu ne peux pas savoir à quel point je m'en fiche !

Il semble que Bertrand sorte désormais avec une autre jeune vedette, toute l'équipe semble trouver cela normal, sauf ma sœur. J'en déduis que Marie va revenir partager ma chambre. Je ne laisse rien paraître de mon soulagement mais elle me devine.

— Ne prends pas cet air réjoui, Amélie. Je ne veux plus vivre chez Georges et Pauline. Je cherche un studio à Paris.

— Excellente idée. Où allons-nous habiter ?

— Moi, je ne sais pas. Toi, où tu voudras. Il est temps de couper le cordon, tu ne crois pas ?

Elle n'a pas voulu me blesser, j'en suis sûre. Elle souffre à cause de Bertrand et ne se rend pas compte. J'encaisse, bien obligée, mais le choc est rude. Je panserai mes plaies plus tard.

Je serre les dents et je tente le tout pour le tout.

— L'architecte qui louait Furstenberg nous a écrit, elle déménage, l'appartement sera bientôt libre. Il y a deux chambres, nous serions indépendantes...

Je supplie ma jumelle du regard. En revenant ce soir au cœur du Quartier latin, elle a bravé l'interdit et levé le tabou. Je veux encore croire qu'il nous est possible d'emménager ensemble chez nous. J'investis déjà les lieux en pensée, nous y inviterons Mimmo et Arthus. Marc nous aidera à le repeindre en blanc cassé, ou peut-être en pêche.

Marie se tourne vers notre frère. C'est la seconde fois de la soirée qu'elle lui adresse la parole.

— La famille est un leurre, Marc. On croit que les autres feront barrage contre le chagrin, qu'ils nous épauleront, mais non. On vit seul, on meurt seul. Et même si on naît à deux comme Amélie et moi, cela ne change rien.

Je bondis :

— En quoi t'ai-je manqué ? Quand n'ai-je pas été là ?

— Je ne vais pas me fatiguer à te l'expliquer.

Elle a les yeux cernés, le teint brouillé. Bertrand lui a fait mal alors que j'étais occupée à chercher Marc.

Je proteste :

— Moi aussi, j'avais besoin de toi...

— Tu m'as vite remplacée ! remarque-t-elle en désignant du menton Mimmo, Arthus et Marc.

Ne vous y trompez pas, ce n'est pas une dispute banale, une bête crise de jalousie. Ma sœur est vexée et humiliée, ce qui est bien plus grave. Elle pardonnera à son Bertrand de l'avoir trompée. Mais ma trahison s'apparente à une perfidie.

Elle monte au créneau :

— Tu voulais un frère, Amélie ? Félicitations, tu l'as ! Mais n'oublie pas : notre père est mort. Lui, c'est seulement Marc de Fongel. Il ne nous ramènera jamais Hubert. Tu cours après un fantôme...

Un silence navré plane. Marie, en actrice consommée, fixe Marc droit dans les yeux :

— Bienvenue dans la famille !

Puis elle jette un billet de vingt euros sur la table, repousse sa chaise et marche vers la sortie. Je reste un instant pétrifiée, je me lève pour la rattraper. Mais, coincée sur ma banquette, je dois attendre que Mimmo se déplace pour m'élancer dehors.

La Laitue n'est déjà plus là. La place entre les deux grosses berlines est si étroite que j'ai l'impression d'avoir rêvé. Navrée, je rejoins les autres. Marie n'a même pas touché à son steak tartare. Marc commande une autre bouteille de vin.

— Ma nouvelle sœur n'a pas l'air de me porter dans son cœur, remarque-t-il.

Mimmo, bienveillant, tente d'arrondir les angles :

— Vous n'êtes pas en cause, ce n'est pas vous qu'elle rejette ! Votre présence ravive sa peine, c'est tout...

— Parfois, le passé nous saute à la gorge sans crier gare, murmure Arthus.

Il me sourit et cela me rassérène. Je voudrais tant que Marie change d'attitude, le bonheur est presque à portée de nos mains, si simple, si évident après ces années noires. Marc n'est pas parfait, nous non plus, mais nous sommes frère et sœur.

Un jeune vendeur de fleurs entre dans le restaurant. Marc va-t-il imiter Hubert ? Non, il ne remarque pas le jeune garçon. Mimmo le hèle, achète un petit bouquet de jasmin, me le tend. L'attention me touche.

Comme il arrive parfois dans une soirée, le brouhaha ambiant diminue brusquement, sans raison apparente. Alors, dans le silence retrouvé, les notes poignantes d'un violon montent dans l'air. Et Mimmo change d'expression. Il se fige, le visage crayeux. Puis il repousse sa chaise et, à l'instar de Marie, quitte hâtivement la table.

— Qu'est-ce qui se passe ? C'est encore de ma faute ? s'étonne Marc.

Je le détrompe.

— Sarah, la femme de Mimmo, jouait du violon. Elle a survécu à l'horreur des camps de concentration, mais elle est morte ensuite avec leur petit garçon dans un accident de la voie publique. Depuis, Mimmo ne supporte plus le violon.

Marc semble franchement surpris.

— Comment un homme de cet âge peut-il se laisser déstabiliser par un instrument de musique ? Il a vécu l'insoutenable et il réagit mal au crincrin d'un archet sur des cordes ? C'est bizarre, non ?

Arthus le considère avec dédain puis se tourne vers moi.

— J'ai la même réaction par rapport au piano de mon père, je n'y ai pas touché depuis sa disparition. J'aurais l'impression de danser sur sa tombe. C'est pour cela qu'à Groix je vais jouer à la librairie plutôt que chez nous...

Je hoche la tête en songeant au piano à queue entouré de maquettes de bateaux.

Marc hausse les épaules.

— Les objets inanimés ont seulement le pouvoir que vous leur conférez ! dit-il avec insouciance. J'ai balancé à la poubelle tous mes jouets d'enfant, les souvenirs matériels polluent le présent, on doit s'en débarrasser pour ne pas s'enliser. Les morts sont morts, il faut tourner la page, ne pas se laisser kidnapper par le passé. Je ne vais pas perdre un temps stérile à regretter d'avoir trop peu connu mon vrai père, je préfère me réjouir d'avoir gagné deux sœurs.

Les morts ont eu leur chance, il faut les oublier, c'est à notre tour de profiter de la vie !

Il y a pendant quelques secondes un silence à couper au couteau. Je devine ce que pense Arthus, que Marc est mal élevé et égoïste. Et, vraiment, je suis navrée pour notre frère, le manque d'Hubert lui a laissé des séquelles.

Marc remplit à nouveau son verre.

— L'océan pue et les morts nous polluent, mais le vin est nécessaire, c'est ça ? lance Arthus avec ironie.

— Vous vous croyez drôle ?

— Je me crois sobre. Je suis breton, je sais boire.

— Je ne suis pas saoul, si c'est ce que vous insinuez, rétorque Marc.

Je m'interpose avant que cela ne dégénère.

— Arrêtez, enfin, c'est ridicule !

Ils se mesurent du regard comme deux gamins dans une cour de récréation. Plus que de l'inimitié, ils éprouvent l'un pour l'autre une antipathie immédiate et épidermique. Cette soirée est une catastrophe.

Mimmo traverse la salle et nous rejoint.

— Je vais passer des harengs aux profiteroles, j'en ai vu d'appétissants dans une assiette ! annonce-t-il en se rasseyant.

Son œil est redevenu malicieux mais sa pâleur le trahit.

Il ajoute, un ton plus bas :

— Il y a des gens qui sont allergiques aux fruits de mer, moi je suis allergique au violon. Là-bas, je ne me sentais plus le droit de l'aimer alors que mes parents et ma petite sœur ne pouvaient plus l'entendre. Les nazis ne sont pas parvenus à m'exterminer, mais ils ont réussi à me priver de cela. Quand je suis rentré, j'avais la musique en horreur. Sarah m'a réconcilié avec elle, puis elle l'a emportée en disparaissant. Désormais tous les violons jouent faux, je ne peux endurer cette cacophonie. J'ai payé le violoniste pour qu'il s'en aille. Qui veut partager des profiteroles avec moi ?

Je me propose. Arthus prend un baba au rhum. Marc choisit la tarte Tatin.

— Marie est partie, mais vous êtes revenu, et j'en suis heureux, dit Marc à Mimmo d'un ton compatissant.

Arthus lève les yeux au ciel, croyant que notre frère baratine Mimmo. Moi, je lui accorde le bénéfice du doute, je suis persuadée qu'il est sincère.

On nous apporte les desserts mais je suis si mal à l'aise que cela gâche mon plaisir. Marc ne s'est pas présenté sous son meilleur jour, pourtant il est le fils d'Hubert, nous allons apprendre à nous connaître, rattraper le temps perdu, approfondir nos liens. Seul, ce soir, face à nous, il en a rajouté pour se donner une contenance. L'accueil de ma jumelle l'a blessé, il a accumulé les maladresses, enchaîné les gaffes, catalysé l'agressivité d'Arthus. Tout cela pour se faire accepter et aimer.

Je demande l'addition, c'est moi qui invite. Les trois hommes protestent mais j'insiste. Je règle le prix de ce souper raté, de ces présentations loupées.

33

Le lendemain matin, je retourne sur le tournage près du Panthéon. Marie a les traits tirés, les yeux cernés, la maquilleuse a dû s'arracher les cheveux pour la transformer en Charlène.

Je dis :

— Ce dîner était un fameux gâchis, n'est-ce pas ?

Elle évite mon regard.

— J'ai emménagé chez un ami dans le Marais en attendant de trouver un appartement à louer. J'ai besoin de réfléchir, Amélie, de prendre du recul.

Elle me traite comme un amant éconduit. Je serre les dents.

Elle ajoute :

— Tu m'empêches de me concentrer. Je suis fatiguée. Et ne me parle surtout pas de Marc de Fongel !

Je plaide la cause de notre frère.

— Tu ne l'as pas ménagé, avoue !

Elle me fait face, furieuse.

— Je n'ai aucune raison de le ménager, pour moi il n'est personne, il n'existe pas. Tu n'as qu'à t'installer avec lui place Furstenberg, si ça te chante ! Après tout, puisque c'est notre frère, c'est aussi chez lui !

Elle a dit cela, et l'entendre de sa bouche me secoue. J'y avais songé, bien sûr, en passant, en m'étonnant qu'Hubert n'ait pas pensé à protéger son fils. Mais les mots de Marie me percutent de plein fouet. Ce qu'Hubert nous a légué appartient aussi à Marc. Cette certitude m'écrase.

Je dis doucement :

— Il ne t'a rien fait. Pourquoi lui es-tu si hostile ? Ce n'est pas un ennemi.

Elle secoue ses cheveux, farouche.

— Il n'est pas à la hauteur d'Hubert, Amélie. Il fait tache, c'est un couac dans la partition, je l'aurais juré. Je ne suis qu'une petite actrice, rien à voir avec la fulgurance de notre père mais je sens cela, qu'il ne nous apportera rien de bon.

Je proteste. C'est ridicule.

— Donne-lui un peu de temps...

Elle a un pauvre sourire.

— Tu ne m'écoutes pas, Amélie. Tu l'idéalises, tu es partiale, tu t'accroches à un fantasme de frère !

Bertrand s'approche. Ma jumelle se raidit. Tourner quotidiennement avec son ex-amant doit être un supplice.

— Je m'en vais, Marie. On peut continuer cette discussion ce soir en dînant ensemble ?

— J'ai besoin de repos. Je t'appellerai.

Je la laisse travailler. Au moins, dans la peau de Charlène, elle se sentira moins triste. En émergeant dans la rue ensoleillée, je me rends compte qu'elle ne m'a pas donné son adresse.

34

Comme convenu, Marc me fait visiter son bureau près de l'Opéra, un deux pièces qui aurait bien besoin d'être repeint. Il semble que ses rendez-vous avec ses clients se passent toujours à l'extérieur. Son associée, une femme nettement plus âgée, est en pourparlers dans une affaire de grande envergure, il me la présentera la prochaine fois. Il s'entend mieux avec les femmes qu'avec les hommes, travailler en tandem mixte lui plaît. Les temps sont durs, l'événementiel est en perte de vitesse, les entreprises serrent les budgets. Pourtant Marc a confiance en sa bonne étoile, il ne rechigne pas à la tâche, il est persuadé que son travail finira par payer.

Il m'explique :

— J'économise pour participer aux frais médicaux de maman. Alain l'a mise sous curatelle, il est son tuteur légal. Il a vendu la maison du canal Saint-

Martin pour payer le loyer de l'établissement médicalisé de Versailles, mais c'est lui qui règle le reste. Cela ne grève pas son budget, il gagne royalement sa vie, pourtant quand on se voyait encore il ne loupait pas une occasion de le souligner.

Marc, par fierté, tient à payer son écot dès qu'il le pourra. Il vit dans un studio « petit mais lumineux, je ne te fais pas visiter, c'est un antre de célibataire ». Il ne possède pas de voiture, « on ne se gare plus dans Paris, je préfère me déplacer en métro ». Il n'a pas de ligne téléphonique fixe, « mon portable me suffit ». Il porte une montre quelconque, « elle m'indique la même heure que la plus splendide des Rolex ». Bref, il n'arbore aucun des signes extérieurs de richesse que se plaisent d'habitude à accumuler les hommes de son âge pour prouver leur valeur marchande.

Soit il s'en moque, ce qui serait une preuve d'indépendance et de maturité. Soit il tire le diable par la queue, et j'ai bien peur que ce soit le cas.

Marc dit :

— J'ai apprécié Mimmo, mais ton petit ami Arthus est un écorché vif. Remarque, je le comprends, il est inquiet de me voir débarquer dans ta vie, cela prouve qu'il tient à toi.

Je rétablis la vérité.

— Arthus n'est pas mon petit ami, il m'a juste aidée à te retrouver.

Je lui expose dans quelles conditions j'ai connu puis revu le fils de Corentine.

— Tout de même, je le trouve sacrément susceptible, on n'est pas forcé d'aimer le poisson ! Je préfère aimer mes nouvelles petites sœurs...

Je fonds. Que ceux qui résisteraient à pareille déclaration me jettent la première pierre.

Il poursuit :

— Marie est émue et elle a peur, je suis sûr qu'elle changera de comportement avec le temps. Mais ton Arthus est provocant et hargneux. Il devrait se faire soigner, puisqu'il aime tant les médecins !

Je ne trouve pas ça drôle. Marc s'en rend aussitôt compte.

— Je plaisante, Amélie. Arthus est agressif parce qu'il doute de lui et qu'il est jaloux de moi. C'est vrai que j'ai une chance incroyable d'être ton frère !

Cette conversation m'est désagréable et me blesse, Arthus n'est ni agressif ni susceptible, il est courageux et fier. À mon avis, c'est plutôt Marc qui en a fait trop, par manque d'assurance.

Ma famille prend l'eau de toutes parts : Marie n'apprécie pas Marc qui n'apprécie pas Arthus qui lui rend la pareille. Mimmo est le seul qui fasse preuve de bienveillance. Je défends Arthus avec véhémence.

— Il joue merveilleusement du piano, il dessine avec goût, il écrit avec talent et on peut compter sur lui. Tu apprendras à le connaître.

Marc a son sourire juvénile et craquant, d'une absolue séduction.

— S'il a l'honneur de te plaire, il me plaira, Amélie.

Je décris le bureau de Marc à Mimmo. Il dit :

— Les affaires de ton frère me semblent loin d'être florissantes.

J'avais abouti à la même conclusion. Marc a des difficultés financières. Il est tout ce qui nous reste d'Hubert. Pourquoi Marie le considère-t-elle comme un rival ? Elle est ma jumelle, personne ne pourra nous séparer.

Marc a besoin de nous, et c'est réciproque. L'entendre dire qu'il apprécie mes livres est essentiel, à travers lui c'est Hubert qui approuve mes choix, qui entérine mon existence d'adulte. Pour la première fois depuis sa disparition, penser à notre père est doux et apaisant. En l'espace de quinze jours, ma vie a été totalement chamboulée. J'ai trouvé deux complices, ma jumelle s'éloigne de moi, et j'ai découvert notre frère.

— Je me sens dépassée, Mimmo. Tout s'arrangeait. Pourquoi faut-il que Marie réagisse si mal ?

— Tu as raison, et elle n'a pas tort. Une chose est certaine : votre père est mort et il ne reviendra pas...

Parce que cela me heurte, je réplique :

— Sarah et David non plus !

Le sang reflue du visage de Mimmo. Je m'en veux, mais c'est trop tard.

— Ne me fais pas le coup du vieux monsieur désespéré, je t'ai vu à Versailles, cela ne prend pas avec moi ! C'est la vérité, ils sont morts. Et nous sommes vivants. Le sang coule dans nos artères et nos veines, l'air circule dans nos poumons, nos muscles bougent. J'ai le droit de me réjouir d'avoir retrouvé le fils d'Hubert.

Il dit :

— Je n'ai pas pu empêcher ma petite sœur Myriam de rentrer dans les chambres à gaz. Toi, tu peux aider ton frère. Ne t'en prive pas. Te sentir à ses côtés lui donnera l'élan qui lui manquait.

Je soupire.

— Si seulement Marie pensait comme toi !

— Elle y viendra, Amélie.

— Je n'en suis pas si sûre...

— Tu veux parier ?

J'accepte. Je parie que Marie va se buter. Il parie que nous finirons par tomber d'accord. Si je gagne, il m'offrira les quatre albums d'Arthus qui me manquent. S'il gagne, je lui achèterai une nouvelle machine à café.

Je murmure :

— J'ai l'impression de jouer aux chaises musicales, Mimmo. Marc entre en scène, Marie en sort, comme si notre famille était victime d'une malédiction, comme si le destin nous interdisait d'être réunis.

Je m'interromps, submergée par l'émotion. Mimmo ne me touche pas, il a trop de pudeur. Mais ses yeux me redonnent espoir.

Marc est notre frère. Je me sens concernée et responsable de lui.

35

En fin de journée, alors que je me concentre avant une interview téléphonique en direct pour promouvoir mon roman à la radio, Arthus appelle sur mon portable. Il a trouvé porte close en face, Mimmo est sorti.

Nous montons dans ma chambre, l'animateur n'appellera pas avant vingt minutes. Arthus connaît la station, lui aussi se plie aux règles de la promotion, il renouera bientôt avec cette tradition lors de la sortie de son prochain album.

— Quel est le thème de l'émission ?

— Un sujet qui ne se démode pas, les relations parents-enfants.

Il hoche la tête, s'assied sur le lit de Marie.

— On invente les avions furtifs et on marche sur la lune, mais les rapports humains restent d'actualité. Certains hommes sont des pères, d'autres sont des fils, on n'y peut rien, on ne choisit pas. Je n'ai jamais été un fils, même si Élouan était fier de moi. Quand tu évoques tes rapports avec Hubert, je mesure ce que j'ignore. Je n'ai pas vécu cela. J'ai eu autre chose, l'océan, le piano, le dessin, l'écriture...

Il hausse les épaules.

Il ajoute :

— J'ai gardé le secret d'Élouan comme il l'a exigé, je n'ai jamais dit à ma mère que je savais. Et cette fidélité me grandit, elle me sauve, elle me hisse à la hauteur d'Élouan. J'ignore pourquoi elle l'a trompé, qui est mon père biologique. Être bâtard oblige à se dépasser plus qu'un autre. Ton frère est dans le même cas, mais il trouverait cela ringard...

Je me crispe. Je regarde ses mains, longues et puissantes, avec des cals là où les crayons ou les pinceaux frottent.

Il précise :

— Marie est furieuse contre votre père, pas contre toi, Amélie ! Hubert Saint Jean était quelqu'un d'exceptionnel. Vous avez de la chance d'être ses filles. Marc aussi a de la chance.

— Il t'a pris pour mon petit ami.

Arthus sourit.

— Il tient mal l'alcool. Cela lui a sûrement déjà posé des problèmes. Il a le vin mauvais et agressif.

— Tu ne vas pas t'y mettre aussi ? dis-je, mal à l'aise.

— Il est enjôleur et hâbleur. C'est un égoïste et un faiseur doublé d'un goujat, Amélie.

Je m'énerve.

— Tu te rends compte que tu es en train de parler de mon frère ?

Il se lève, agacé, s'approche de la fenêtre, me tourne le dos. Et commence à me raconter son grand-père maternel, marin pêcheur, qui l'emmenait en mer autrefois. Il y a eu cela, la rouille et les algues, les écailles adhérant au pont luisant et glacé, les doigts bleus de froid, l'odeur entêtante de poisson, de sel et de gasoil. Il y a eu, malgré son jeune âge, la cigarette du grand-père dont il tirait une bouffée pour se réchauffer. Il y a eu, aussi, le goût du café versé de cette cafetière que les marins groisillons appelaient la grek. Il y a eu les grandes bottes, les goélands qui suivaient le bateau, les femmes qui attendaient au bout de la jetée, les poissons à vider, les chats prêts à happer les têtes et les entrailles, les touristes patauds sortant leur porte-monnaie, la fierté et le goût de l'aventure.

Un matin, alors qu'ils devaient partir ensemble à la pêche, l'enfant a trouvé le grand-père mort dans son lit. Il est allé réveiller son père, il lui a demandé de lui apprendre le piano et il s'est consolé avec la musique.

— Il me l'a enseignée à sa façon, à l'oreille. Je ne savais pas lire les notes, mais je pouvais reproduire n'importe quelle mélodie.

C'est venu beaucoup plus tard, le goût des partitions, le déchiffrage des morceaux.

— On faisait des concours d'arrangements. C'est peut-être pour cela qu'on ne s'est jamais parlé, on communiquait à travers la musique.

Il s'écarte de la fenêtre, me fait face.

— Tu as vu la réaction de ton frère quand tu lui as expliqué pourquoi Mimmo ne supportait plus d'entendre un violon ? Il n'a même pas compris, Amélie. Et quand j'ai ajouté que je ne touchais plus le piano de mon père, il m'a pris pour un fou.

Il s'approche, se baisse vers moi, grave.

Arthus n'exerce pas sur moi le même attrait que Marc, fait de grâce et de nonchalance. Son charme est différent, cela a à voir avec ses yeux à la couleur étonnante, avec ses mains agiles, avec sa personnalité tour à tour joyeuse et douloureuse. Je l'ai déjà dit, il catalyse l'attention, il a une présence incroyable.

Et puis soudain il fait ce geste, il prend mon visage entre ses mains et l'approche du sien. Nos regards sont rivés l'un à l'autre. Alors nos lèvres se joignent. Alors nos corps se serrent.

À l'évidence, nous pourrions basculer sur le lit, nous enlacer, nous étreindre et rouler ensemble. Nous pourrions cela, oublier Marc et Marie, Hubert et Élouan. Il n'y a plus que nous, il pourrait n'y avoir plus que nous désormais.

Nous pourrions cela, mais le téléphone sonne et nous tressaillons. La radio, déjà ?

Nos lèvres se séparent, nos corps s'écartent, mais nos regards restent aimantés.

Je prends une grande inspiration, je décroche le téléphone. L'animateur dit :

— Amélie Saint Jean ? Vous êtes à l'antenne dans deux minutes !

Arthus sourit, me souffle :

— Je pars à Groix voir ma mère, je reviens dans quatre jours...

J'entends ses pas décroître dans l'escalier.

36

Nous sommes samedi, mais, sous prétexte de tournage nocturne, Marie prévient Georges et Pauline qu'elle ne se joindra pas à notre réunion hebdomadaire pour visionner *Uriel*.

J'ai tourné et retourné la même question dans ma tête cette nuit : comment faire pour aider notre frère ? Je continue à penser au pluriel, je ne peux pas m'en empêcher.

Je repense aux paroles de Mathilde de Fongel. Il a fallu que Marc ait vraiment très peur d'échouer pour en être réduit à tricher au concours de médecine. Enfant, il m'est arrivé de copier sur ma voisine pendant une composition, j'ai même un jour rédigé une antisèche et j'ai tellement transpiré de frousse que le papier s'est imbibé, rendant l'encre partiellement illisible. Ce n'étaient que des peccadilles, des sottises d'écolière. Rien de comparable à la fraude de Marc. Qui vole un œuf ne vole pas un bœuf.

Je suis navrée qu'il n'ait pu devenir médecin comme sa mère si tel était son désir. J'imagine le conseil de famille, l'opprobre, l'embarras du tricheur démasqué. Je devine les phrases assassines, la pâleur de Marc et sa honte. Ce n'était qu'un enfantillage stupide mais ils l'ont vécu comme un drame. Je comprends qu'il ne supporte plus l'odeur de l'hôpital et qu'il en veuille aux siens.

Voilà, ce n'est que cela, l'histoire d'un garçon faible qui a perdu pied. Il a besoin de nous. Je ne lui ferai pas défaut.

Marie et moi avons hérité l'appartement de la place Furstenberg. En toute logique, en bonne justice, il aurait dû en hériter lui aussi. Depuis que Marie me l'a soufflée, cette idée m'obsède.

J'envoie un SMS à ma jumelle : *J'ai besoin de te parler d'urgence*. Elle me rappelle cinq minutes plus tard. Je rassemble mon courage. Elle ne va pas aimer ce que je vais lui proposer. Pourtant c'est quelqu'un de loyal et d'honnête, je suis persuadée qu'elle comprendra.

Je me trompe. Elle ne comprend pas et se met en colère.

— Tu veux vendre l'appartement de la place Furstenberg et partager l'argent avec Marc ? Tu es folle, Amélie !

— C'est toi-même qui l'as dit, en tant que fils d'Hubert, il a droit à sa part ! Il n'y a pas d'autre issue que d'accomplir ce qui est équitable.

Marie s'énerve. Je m'entête. Je suis viscéralement attachée à ce lieu, pourtant je suis prête à m'en dessaisir et à répartir le fruit de la vente en trois parts égales. Hubert n'a pas mentionné Marc dans son testament parce qu'il est mort jeune et qu'il n'avait pas encore réfléchi à sa succession. Nous avons eu la tendresse et le quotidien de notre père. Marc a été dépossédé de tout.

Ma jumelle suggère :

— On pourrait le lui louer gratuitement ?

— Son bureau est miteux et il a besoin d'argent pour aider Alain à payer les soins médicaux de Diane à Versailles.

— Il a droit à quelque chose, admet Marie. Mais pas à Furstenberg !

— Tu ne veux pas y vivre, tu détestes le sixième arrondissement et tous les souvenirs qui s'y rapportent. Où est le problème ?

Elle renâcle.

— Il y a sûrement un autre moyen !

— Nous ne possédons que cela.

— J'ai le briquet en argent d'Hubert, tu as sa montre en or. Si on les lui offrait nous serions quittes ?

— J'y ai pensé. Mais lui aussi aurait dû hériter de ces objets !

Elle tente vainement de me faire abandonner mon idée.

Ne la croyez pas intéressée, elle n'accorde aucune importance à l'argent, mais elle m'en veut encore d'avoir démythifié Hubert, de l'avoir transformé en humain faillible, et elle tient Marc pour responsable.

Je m'obstine. Jusqu'à nos sept ans, maman nous poussait à célébrer le carême par un geste d'abnégation. Je choisissais, pour donner aux bonnes œuvres de la paroisse, ma poupée préférée. Maman m'orientait vers un jouet auquel je tenais moins mais je n'en démordais pas. Quitte à me sacrifier, autant que ce soit avec panache.

Marie finit par baisser sa garde. Je ne m'y trompe pas. Si, au bout du compte, elle accepte ma proposition, c'est uniquement pour absoudre notre père.

37

Mimmo réagit comme Marie et s'oppose violemment à mon projet :

— Cet appartement est le seul souvenir concret de votre père, il constitue votre seule protection !

— Je n'ai aucune envie de m'en séparer, Mimmo. Je veux seulement répartir honnêtement l'héritage d'Hubert.

Je vois passer une lueur étrange dans son œil.

— En fait, tu as besoin d'argent pour Marc ?

J'acquiesce. Aucune banque ne consentira de prêt important à deux jeunes femmes de vingt-cinq ans non salariées sans caution parentale, on nous rirait au nez. Il n'est pas question de demander l'aide de Georges. Luigi est généreux mais il doit rester en dehors de tout ça. On en revient donc à la case départ : l'appartement.

Mimmo sourit.

— Nous n'avons pas eu l'occasion d'en parler, Amélie, mais j'ai l'argent que m'ont donné ces salopards !

Mimmo ne jure jamais, sauf quand il parle de l'entreprise propriétaire de la grue qui a tué sa femme et son fils.

— Je ne pouvais pas le dépenser, il m'aurait brûlé les doigts. Je ne voulais pas le refuser, il fallait qu'ils paient jusqu'au dernier centime, que cela les mette sur la paille. Je pensais le léguer, après ma mort, à mon association d'anciens déportés. Mais je serai plus qu'heureux de vous en faire profiter Marie et toi. Vous êtes ma seule famille !

Il est prêt à nous donner le prix du sang de Sarah et de David.

— Je ne peux pas accepter, Mimmo.

— Bien sûr que si, ainsi vous ne serez plus forcées de vendre cet appartement. Combien vous faut-il ?

Je ne suis pas très au fait des prix qui se pratiquent actuellement à Saint-Germain-des-Prés. Je consulte un journal, et je trouve une transaction récente, dans le même quartier, à neuf mille euros le mètre carré. Il n'y a pas d'ascenseur, ce qui en diminue la valeur, mais la place Furstenberg est très demandée et l'offre restreinte. J'effectue un rapide calcul. Je suis effarée du résultat. Mimmo est généreux mais il ne se rend pas compte.

— C'est énorme, Mimmo. Le tiers, donc la part de Marc, ferait environ deux cent soixante mille !

Il ne les a sûrement pas. Et même s'il en disposait nous ne pourrions le rembourser qu'en vendant l'appartement.

— Deux cent soixante mille, tu dis ? Aucun problème, Amélie !

Son visage s'illumine. Il est enchanté de la bonne surprise qu'il me fait.

— Tu me prenais pour un vieil homme sans le sou, n'est-ce pas ? Mais j'ai plus d'un tour dans mon sac. Deux cent soixante mille, c'est beaucoup mais ce n'est pas trop pour moi, je t'assure.

— Mimmo, nous allons mettre des siècles à te rembourser...

Il me fixe, soudain grave.

— Que veux-tu que j'en fasse ? Que je m'achète quarante cachemires ? Des dizaines de costumes sur mesure ? Des chaussures de bottier pour mes pieds déformés ? Une collection de cannes à pommeau d'argent ? Des machines à café de toutes les couleurs ? Je n'ai pas de permis de conduire, ma maison m'appartient, j'ai horreur des voyages. Comme je suis au régime pour soigner mon hypertension je vais rarement au restaurant. Une seule montre suffit à mon poignet. Je ne porte qu'un seul bijou, mon alliance. Je n'ai plus personne, à part vous... Je ne peux quand même pas laisser Furstenberg tomber aux mains des *goyim* !

Je ris, infiniment soulagée. L'idée de perdre ce lieu de mémoire m'était un véritable crève-cœur. Mimmo nous sauve, je respire, tout va s'arranger. Nous donnerons sa part à Marc, nous continuerons à louer l'appartement, et nous verserons intégralement à Mimmo le loyer de chaque mois, c'est le moins que nous puissions faire.

— Il vous faut cette somme pour quand, Amélie ?

— Dès que tu pourras.

— Ma banque est ouverte le samedi. Je vais prévenir mon banquier ! promet Mimmo.

Je n'ai pas honte d'avoir accepté son offre, il est tellement plus proche de nous que Georges ou que Luigi. Nous nous séparons sous la loi du silence, seule Marie sera au courant.

Je traverse la rue en dansant. Cela lui fait autant plaisir qu'à nous. Marie cherchait une autre solution, celle-ci comblera ses vœux. Quand même, je n'imaginais pas notre vieil ami si riche. Deux cent soixante mille euros, cela fait quoi, un million sept cent mille francs environ ?

Je pile net au milieu de la chaussée et je manque me faire renverser par le bus qui arrive. Le chauffeur klaxonne et freine au dernier moment en m'insultant.

Je saute en arrière, je réintègre l'abri sûr du trottoir. Des euros. Des francs.

Je frémis, une sueur glacée m'inonde. Sommes-nous bien sur la même longueur d'onde ? Mimmo a quatre-vingts ans. Parlait-il en euros, ou en francs ?

Je retraverse la rue. J'entre dans la maison.

Mimmo est au téléphone. Je l'entends dire gaiement à son banquier : « Deux cent soixante mille francs le plus rapidement possible, monsieur Dessigi, vous seriez bien aimable. »

Je me laisse tomber sur une chaise et je souris pour ne pas pleurer.

Mimmo, contrit, pousse vers moi un décaféiné saupoudré de cardamome.

— J'ai déjà du mal à compter en nouveaux francs, alors les euros, tu penses... Voyons, deux cent soixante mille multiplié par six virgule sept...

Il ouvre de grands yeux.

— Je ne dispose pas d'autant d'argent, Amélie !

Il tremble de déception. Je le rassure.

— Cela ne fait rien, c'était très généreux de ta part, on va se débrouiller autrement.

— Et si je contractais un emprunt ? Je vais rappeler monsieur Dessigi, il m'a toujours été d'excellent conseil, c'est un ami fidèle, efficace et intègre.

Je le laisse composer le numéro de la banque, je veux encore espérer. Puis je l'entends parler et mon cœur se serre.

Je devine les questions du banquier aux réponses de Mimmo. Je réalise les trésors de diplomatie et d'humanité déployés par le banquier. Je mesure l'incompréhension et la peine de Mimmo.

— Je voudrais emprunter deux cent soixante mille euros.

On lui répond, avec des circonvolutions, que c'est fort difficile et complexe à son âge.

— Mais je suis en excellente santé !

On n'en doute pas, et on s'en réjouit, mais les assurances ne suivent pas.

Alors j'entends Mimmo proférer cette énormité, si incongrue, si inattendue que je reste pétrifiée :

— Je suis trop vieux, c'est ça, et vous n'osez pas me le dire ? Si cela vous arrange je peux emprunter au nom de ma femme et de mon fils !

Il n'a pas pu dire cela ? Il ne peut pas vouloir donner en garantie à sa banque une femme et un enfant enterrés en terre d'Israël depuis plus de quarante ans ? Il ne peut pas proposer une chose aussi délirante ?

Il a pourtant prononcé ces mots inconcevables. Sarah et David sont si vivants dans son souvenir que, pour lui, ils existent encore. Il ne prend jamais une décision sans les consulter. Ils font partie intégrante de son quotidien.

Je me lève et je me dirige vers lui. Je lui ôte doucement l'appareil des mains, je remercie le banquier, j'entends à sa voix combien il est soulagé de ne pas avoir à mettre les points sur les *i*, de ne pas devoir répondre à son vieux client qu'on ne prête qu'aux vivants.

— C'est trop compliqué, Mimmo, on va trouver une autre solution.

Il se laisse faire. Il a compris et c'est comme si la grue venait de les tuer une seconde fois.

38

Les hommes se rassurent avec des contrats, des lois, des coffres-forts, des signatures au bas de parchemins, des espèces sonnantes et trébuchantes, des comptes courants, des bas de laine. Je ne peux que cela, partager l'argent, fractionner, diviser pour réparer l'absence, pour innocenter Hubert. Si je n'accomplissais pas ce geste, notre père serait en tort et cela me serait insupportable.

Je vois Marc dimanche soir et je lui annonce :

— Nous avons hérité parce que notre père était divorcé et que nous étions ses seules descendantes connues. S'il s'était su malade, il aurait évidemment pensé à toi. Il nous revient de réparer cette injustice. Marie est d'accord avec moi.

D'emblée, il repousse mon offre avec vigueur.

— Je gagne ma vie, je n'ai besoin de rien, Amélie. Je travaille, vous êtes jeunes, il n'en est pas question. Je suis touché, mais oublie ça !

Je suis têtue, lui aussi. Je suis capricorne, il est vierge. Mais je suis femme, il n'est qu'un homme. Je mens avec aplomb.

— Cela fait longtemps que nous avions décidé de vendre cet appartement. Tu disposeras de ta part à ta guise. Tu pourras participer aux frais médicaux de Diane à Versailles... et peut-être même louer un autre bureau ?

Je crains qu'il se vexe mais il éclate d'un rire joyeux et communicatif.

— Si tu n'existais pas il faudrait t'inventer, Amélie. Cet argent vous appartient. Je n'en veux pas.

Notre frère est quelqu'un de bien. Il ne fait pas tache et ce n'est pas un couac dans la partition, comme le prétend Marie. Arthus le croit enjôleur et hâbleur, il l'accuse d'être un faiseur, il se trompe. Marc n'a pas eu de chance, c'est tout.

Je dégaine mon argument massue :

— Ce n'est pas notre argent, c'est celui d'Hubert qui t'échoit avec du retard. Tu es son fils. Il aurait été heureux que tu en disposes...

Il se tait, visiblement ému. Il me serre contre lui très fort, l'argument a fait mouche. J'ai vingt-cinq ans et mon frère m'étreint pour la première fois, il était plus que temps.

Je l'achève en affirmant :

— Tu nous offenserais vraiment en refusant.

39

L'agent immobilier du sixième arrondissement que je contacte le lundi matin est avenant et baratineur, les dollars passent au fond de ses yeux comme dans les dessins animés de Tex Avery. Un appartement en vente place Furstenberg est un produit rare, il connaît plusieurs clients intéressés, cela ira vite. Il exige l'exclusivité de la vente et je la lui concède pour un mois. C'est plus qu'il n'en faut, il a bon espoir, ses mains comptent déjà les billets qu'on lui versera en dessous-de-table, il fera jouer la concurrence, les clients se battront pour acheter.

L'architecte déménage à la fin de ce mois, j'interprète cela comme un signe du destin, le ciel est de notre côté.

Si les prochains propriétaires ne changent pas les serrures, je me contenterai de venir une fois par an. S'ils ont des enfants, j'attendrai la période des vacances scolaires. Je m'adapterai. J'ai toujours été très adaptable.

Tout va très vite, en effet. Les premiers clients visitent aujourd'hui, mardi. Ce soir, je retournerai à l'agence pour examiner leur dossier.

Marc, aux abois, a fini par accepter mon offre en précisant qu'il nous rembourserait dès que ses affaires seraient meilleures. Il est évident que nous refuserons. Marie s'est rendue à mes arguments, mais elle ne veut pas revoir notre frère. Mimmo n'est toujours pas d'accord, pourtant je demeure seule juge. Arthus rentre de Groix demain, nous avons prévu de dîner ensemble, je ne l'ai pas revu depuis que nous nous sommes embrassés, j'ai hâte.

Je suis soulagée de payer la dette d'Hubert. Je sais que j'ai pris la bonne décision.

Il est midi plein. Je n'ai jamais rencontré les clients de l'agence mais je les devine. Séduits, ils admirent la place et le réverbère à globes. Ils s'imaginent déjà réveillés par les cloches de Saint-Germain-des-Prés, buvant l'apéritif du soir au Flore ou aux Deux Magots, soupant chez Lipp. Ils projettent de visiter l'atelier de Delacroix au premier jour de pluie. Ils se voient inscrivant leur nom sur la boîte aux lettres. Ils gravissent les marches usées en se sentant chez eux. Cinq étages sans ascenseur c'est excellent pour le cœur, et puis l'adresse est prestigieuse, n'est-ce pas ?

Au cinquième droite, ils jaugent l'agent immobilier : veste en prêt à porter, cravate trop large, chaussures mal cirées, gourmette trop brillante, chevalière sans armoiries et avec initiales. Ils se croient plus forts sous prétexte qu'ils sont plus riches, mais ils veulent lui plaire et qu'il intercède pour eux auprès du vendeur.

Ils demandent :

— Qui est le propriétaire ?

Il ne résiste pas à la tentation :

— Ce sont les filles de l'acteur Hubert Saint Jean de la Comédie-Française.

Ils sont ravis, cela fera une anecdote amusante dans leurs dîners, ils comptent recevoir beaucoup.

L'agent immobilier vante son produit.

— L'appartement est clair, les volumes sont parfaits, c'est une occasion exceptionnelle...

— Une occasion, peut-être, mais au prix fort !

Ils rient, il est de bon ton de plaisanter avant de parler gros sous pour montrer qu'on n'y accorde aucune importance, que ce n'est qu'une formalité, qu'on est entre gens de qualité.

L'agent immobilier, rusé, a choisi midi parce qu'à cette heure le pianiste du premier cesse ses gammes pour faire son jogging. Les visites prendront fin à quatorze heures, juste avant qu'il recommence à jouer. Tout a été pensé pour que l'affaire soit rapidement conclue.

Alors ils entrent dans l'appartement, leurs yeux inspectent les boiseries, leurs pas sondent les planchers, leurs mains effleurent les murs. Ils remarquent la rayure faite par mes patins à roulettes sur le parquet clair, la trace des griffes de Tartuffe au bas de la porte, le cuir patiné du Chesterfield, les ressorts fatigués du fauteuil club d'Hubert.

Ils commentent avec une pointe de dédain :

— Notre téléviseur plasma a un écran beaucoup plus grand !

Ils ont besoin de cela, prouver que leurs meubles sont plus anciens, leur matériel hi-fi plus coûteux et plus imposant. Ils ont besoin aussi d'affirmer qu'ils régleront cash, sans prêt bancaire. Ils ne mangent pas de ce pain-là. Ils ont de quoi. Ils ne sont pas du genre à quémander l'aide d'une banque.

L'agent immobilier se frotte les mains et regarde ses clients se pavaner. Il les connaît par cœur, avec leurs vantardises et leurs rodomontades. Il les trouve pitoyables et tellement prévisibles.

Ce n'est pas un mauvais bougre, il cherche son intérêt. Comme nous tous.

Voilà, la journée est passée. Je marche vers l'agence, chaque pas me rapproche de l'inéluctable, dans quelques minutes j'examinerai les dossiers des acheteurs potentiels. Je signerai vite la promesse de vente, je préfère m'arracher le cœur tout de suite.

Leur origine ou leur religion importent peu. Mais s'il pouvait s'agir de quelqu'un dont le métier soit en rapport avec le théâtre, le cinéma, la télévision ou l'édition, je me sentirais moins mal. Marie et moi avons appris à lire et à écrire dans cet appartement. Nous avons vu nos parents y dévorer des essais, des pièces, des romans. Nous avons entendu Hubert déclamer, César réciter, Gus jouer. J'ai tellement aimé Furstenberg, qu'on m'accorde la consolation de croire que le nouveau propriétaire regardera Marie à la télévision et lira mes livres.

Je pousse la porte. L'agent immobilier a la mine sombre, sa cravate est tachée de jaune d'œuf, il a moins de dollars dans les yeux et quelque chose qui ressemble à... de la fureur ?

Il gronde :

— Vous m'aviez caché le rottweiler !

Je fronce les sourcils.

— Quel rottweiler ?

— Celui qui habite juste au-dessous de votre appartement et que son maître promène sans muselière et sans laisse. Mes premiers clients étaient très intéressés, prêts à signer ce soir même. Ils l'ont croisé en redescendant, il écumait et montrait les dents, son maître avait le regard vitreux, l'air drogué et un mal fou à le retenir. Ils m'ont téléphoné de leur voiture pour prévenir qu'ils ne donnaient pas suite !

Je hausse les épaules. Quels couards ! Comment peut-on avoir peur d'un chien ?

— Vous m'aviez aussi caché le clochard inconsolable !

— Quel clochard ?

J'apprends qu'un vieil homme sans domicile fixe squatte l'escalier et habite sur le palier du cinquième. Il aurait vécu là autrefois au temps de sa splendeur et revient régulièrement.

— Mes deuxièmes clients, eux aussi séduits par l'appartement, l'ont rencontré en sortant. Il semble apprécier beaucoup votre locataire, il leur a expliqué qu'il sonne souvent chez elle pour utiliser ses toilettes. Il semble que, sinon, il urine dans l'escalier. Mes clients sont partis sans demander leur reste, évidemment.

Je hoche la tête. Il me foudroie du regard.

— Attendez, ce n'est pas fini... Il restait deux autres couples sur lesquels je comptais beaucoup. Ils ne sont même pas montés visiter ! Un motard casqué planté sur le trottoir parlait au téléphone avec un cabinet qui réalise des expertises immobilières. Il paraît qu'il y a des termites dans votre immeuble. Mes clients ont tourné les talons, vous pensez ! Je vous avais pourtant prévenue pour le diagnostic parasitaire. Vous vous êtes foutue de moi et vous m'avez fait perdre mon temps !

Un tic nerveux agite sa paupière droite. Il me déteste.

Un drogué avec un rottweiler menaçant, un vieux clochard inconsolable qui urine dans les escaliers, un motard casqué qui parle de termites, le même jour à la même heure, cela fait beaucoup de hasards.

Je soupire.

— C'est un malentendu. Je vais m'en occuper.

40

Arthus et Mimmo bavardent dans la cuisine de Montesson, hilares. C'est bien ce que je pensais, Arthus est revenu plus tôt de Groix exprès, sans doute prévenu par Mimmo. Ils redeviennent sérieux dès que j'ouvre la porte.

— Ça va, Amélie ? Quel bon vent t'amène ?

Ils ont l'œil qui frise, le menton qui tremblote, les commissures des lèvres agitées de soubresauts. Ils ont fait capoter ma vente avec humour et panache. Ils sont persuadés d'avoir agi pour mon bien.

Je soupire.

— Vous me rendez les choses encore plus difficiles... À qui appartient le chien féroce ?

Les yeux d'Arthus pétillent.

— Il s'appelle Corto Maltese. Il est à un ami dessinateur fan d'Hugo Pratt. Il est doux comme un agneau, je t'assure, Amélie. Mon ami, qui a un sens de l'humour discutable, l'a dressé à gronder et retrousser les babines si on chuchote « attention au chat ». C'est ce que j'ai fait en croisant tes acheteurs.

— Tu as de l'imagination, bravo. Exerce-la autrement. Oubliez-moi, tous les deux, d'accord ? Je ne joue plus. Je devrais être contente que tu n'aies pas fait pipi dans l'escalier, Mimmo ? Me féliciter que tu n'aies pas lâché le chien et les termites, Arthus ?

Ils affichent les mines contrites d'enfants pris en faute. Arthus dit :

— Marc aurait dû refuser ton offre. Ton père n'est plus là pour vous protéger...

Je l'interromps.

— Ça suffit ! Ma décision est irrévocable. C'était drôle une fois. Laissez tomber maintenant. Si vous continuez je serai obligée de vendre en dessous du prix à cause de vous.

Mimmo me prépare un café et le saupoudre de gingembre. Ils jurent qu'ils n'interviendront plus. Je les crois.

Arthus se comporte amicalement avec moi devant Mimmo. Nous dînons en tête à tête demain, j'espère que la situation évoluera. Je n'ai pas besoin d'un frère supplémentaire, Marc me suffit.

L'agent immobilier, à moitié convaincu mais alléché par la perspective de la commission, consent à faire revisiter l'appartement.

— Mais je ne veux plus de mauvaise surprise : faites le ménage chez vous !

Je raconte l'histoire à Marc, qui fait la moue.

— Tes amis s'inquiètent pour toi, c'est tout à leur honneur.

Il me répète combien cela le gêne d'accepter cet argent, il insiste sur le fait qu'il nous le remboursera jusqu'au dernier centime, il demande ce qu'il peut faire pour me remercier.

— Tu veux m'aider ? Va sur place vérifier que ces deux nigauds tiennent leur promesse.

Je n'ai pas le courage de m'y rendre en personne. Je ne veux pas voir ces envahisseurs investir mon lieu d'enfance. Je me souviens du cadran solaire posé sur le bureau d'Hubert, il y était gravé : *Vulnerant omnes, ultima necat*, toutes les heures blessent, la dernière tue. Il faut que cette vente se fasse vite pour que nous passions à autre chose et que je me sente plus légère.

Dans cette période chaotique, Marc me rassure. J'ignore qui est l'ami acteur chez qui Marie habite dans le Marais, j'espère qu'elle retrouve la paix avec lui.

Nous passons devant un magasin de jouets.

— Attends-moi une seconde, Marc !

Je reviens, cinq minutes plus tard, et je lui tends un élégant jeu d'échecs enveloppé dans du papier doré. Il ouvre de grands yeux en déballant mon cadeau.

— Tu aimes les jeux de société ? Ou c'est symbolique parce que nous nous sommes ratés pendant vingt-cinq ans ?

Déçue et frustrée, je lui explique :

— Je croyais te faire plaisir, puisque tu y jouais souvent avec Gus !

Son sourire fondant me rassérène.

— Tu es pleine d'attentions, petite sœur.

41

Je ne reconnais pas sa voix, elle est obligée de répéter trois fois pour que je saisisse son nom : « Corentine Kermarec ». Elle m'appelle de l'Hôtel-Dieu, où Arthus a été transporté.

— Ils parlent de traumatisme crânien. J'ai pris le bateau pour Lorient puis sauté dans le premier train pour Paris.

— Il a eu un accident de moto ?

— Votre frère l'a attaqué, Amélie. Je lui conseille de porter plainte mais il refuse, à cause de vous.

Je ferme les yeux, décontenancée. Mon frère ? Marc a agressé Arthus ?

— J'arrive !

Je ne suis jamais venue à l'Hôtel-Dieu, Hubert est mort dans le service de cardiologie de Necker, l'hôpital où Diane opérait. Je me renseigne aux admissions.

— Vous êtes de la famille ?

Une semaine plus tôt j'aurais répondu oui. Deux semaines plus tôt j'avais totalement oublié le jeune homme de Deauville. À présent, j'ai l'impression de l'avoir toujours connu. On m'indique sa chambre, je me précipite.

Il est couché dans le lit de droite et j'ai mal pour lui. L'ecchymose sur sa tempe me fait souffrir. Le bleu sur sa pommette m'élance. Son œil turquoise au beurre noir trouble ma vision. Sa migraine rend ma tête douloureuse. Ses cheveux noirs et ses yeux clairs tranchent sur les draps blancs de l'Assistance publique. Dans le lit de gauche, un inconnu, la jambe dans le plâtre, lit *L'Équipe*.

Arthus est conscient, heureusement. Il tente de me sourire, grimace, essaie de s'asseoir.

— Ma mère vient de s'absenter. J'ai l'impression d'être passé sous un rouleau compresseur. Ton frère m'a mis en charpie !

— Qu'est-ce qui s'est passé ? dis-je, affolée.

— Je suis allé place Furstenberg pour parler à Marc, le dissuader d'accepter cette somme, lui expliquer combien tu es attachée à cet appartement.

Il soupire.

— Il était midi et il sentait déjà le whisky. J'ai essayé de le convaincre mais il s'est entêté. Les choses ont vite dégénéré...

Je les imagine, tandis qu'il raconte. Marc montait la garde devant l'immeuble, en bon petit soldat. Il a vu s'approcher les premiers clients, il les a salués de la tête, ils n'ont pas compris pourquoi. Puis Arthus est arrivé par la rue Jacob. Marc s'est raidi et avancé pour lui barrer la route. Il a grondé :

— Tu viens de nouveau tout flanquer par terre ? J'ai promis à Amélie de vous en empêcher !

Arthus a secoué la tête.

— Je ne veux pas interférer mais te parler, d'homme à homme. Tu ne lui rends pas service, Marc. Tu es son frère, tu devrais la conseiller, la protéger. Se séparer de cet appartement est un crève-cœur pour elle.

Le regard de Marc s'est durci.

— Personne ne te demande ton avis, nos affaires ne te concernent pas.

— Justement si, et je refuse qu'Amélie fasse une connerie irrattrapable !

— Tu comptes encore décourager les acheteurs ?

— Non, j'ai donné ma parole. Mais si tu ne veux pas m'écouter je trouverai un autre moyen...

— Ça m'étonnerait !

— Tu veux m'envoyer des gros bras pour m'intimider ? a rigolé Arthus.

— Je fais mes courses tout seul ! a rétorqué Marc.

Ensuite cela a été très vite, comme au temps des préaux. Ils étaient là, face à face, même âge, même taille, même poids, même force. Marc a repoussé violemment Arthus qui l'a bousculé en retour. L'honneur était sauf, chacun avait physiquement heurté l'autre, les choses auraient pu en rester là. Ils étaient à égalité, Arthus aurait pu reculer, Marc aurait pu s'écarter.

Mais cela n'a pas été. Arthus a voulu passer outre. Il n'avait pas de but précis, il voulait juste ne pas céder. Et Marc, furieux, lui a balancé son poing dans la figure.

Arthus ne s'y attendait pas, il n'a pas eu le temps de se défendre. Sous le choc, il est allé taper contre le réverbère à globes, l'arrière de sa tête a heurté le métal. Il a vu trente-six chandelles comme dans ses bandes dessinées, et il s'est affaissé doucement. Ses jambes ont ployé, se sont dérobées sous lui. Il a glissé à terre. Marc s'est penché sur lui.

Arthus fait la grimace :

— J'étais sonné mais conscient, j'ai songé que je ne devais surtout pas me protéger le visage avec mes mains, que j'avais besoin de mes mains pour dessiner et jouer du piano. Cette pensée m'est venue avec une acuité incroyable. Il m'a cogné une seconde fois. Après, c'est le trou noir. Je crois que je suis tombé dans les pommes...

Corentine est rentrée dans la chambre pendant qu'il terminait son histoire.

Elle ajoute :

— Il avait perdu connaissance. Un passant a prévenu les secours, on l'a transporté à l'hôpital et ils m'ont appelée.

Ses cheveux noirs striés de blanc sont ébouriffés, son visage de madone est fatigué, ses yeux gris fulminent. Je la salue, elle me bat froid, pourtant ce n'est pas moi qui ai abîmé son fils.

Arthus enchaîne :
— L'interne a préféré jouer la prudence. Il veut me garder en observation jusqu'à demain. Mais je vais très bien, il n'y a aucune raison de s'affoler !

Quelle mouche a piqué Marc ? Je suis à la fois scandalisée et confuse. Quand l'agent immobilier m'a conseillé de faire le ménage, cela ne signifiait pas faire le coup de poing.
— Je suis désolée, Arthus...
— Je t'avais promis de ne plus intervenir, tu aurais dû avoir confiance ! Ton frère est violent et dangereux, c'est un imbécile.
Je suis d'accord avec lui mais tout de même je suis obligée de défendre Marc. Dans les cours d'école, on a l'habitude de cela, absoudre celui qui porte le même nom que soi, le protéger de la vindicte populaire, prendre le parti de la famille. Marie ne s'est jamais battue avec personne. Je me sens maladroite, c'est la première fois que j'ai un frère, je ne suis pas encore habituée.
Je suppose :
— Marc a cru que tu voulais encore dissuader les acheteurs ?
Arthus me lance un regard de reproche. Enfin, une moitié de regard, l'œdème de sa paupière restreint sa visibilité.
— Tu nous as demandé de ne plus nous en mêler, j'avais compris, il était inutile de me transformer en hachis !
Corentine insiste :
— Il faut qu'il porte plainte, il a failli y laisser son œil, vous vous rendez compte ?

Cette femme habituellement si douce est hors d'elle, on a blessé son enfant, elle réclame vengeance. Arthus secoue la tête.

— Ce garçon est un lâche, il m'a eu par surprise sinon je l'aurais aplati comme une crêpe bretonne !

Son petit air fanfaron m'attendrit. Je répète : « Je suis désolée... » en ne sachant plus quoi penser. Apparemment c'est Marc qui est en tort. Arthus est-il juste retourné là-bas pour lui parler ? Je suis partagée. Je ne peux pas croire que Marc l'ait ainsi agressé sans provocation de sa part.

Un jeune médecin entre, un instrument noir à la main.

— Bonjour, je suis l'interne de garde en ophtalmologie, je dois contrôler votre fond d'œil. Votre famille peut nous laisser ?

L'œil valide d'Arthus pétille, je suis officiellement incluse dans le clan Kermarec.

Nous obtempérons, battons en retraite. Corentine vacille, je remarque sa pâleur.

— Vous avez déjeuné ?

Elle secoue la tête. Elle a reçu le coup de fil, foncé au bateau, couru à la gare, sauté dans le taxi. Elle était trop angoissée pour songer à se nourrir.

Il y a un petit café dans la rue près de l'hôpital. Les couleurs de Corentine reviennent tandis qu'elle boit un thé sucré et mastique une barre chocolatée. Elle respire mieux, elle a eu si peur ce matin. Elle n'a plus qu'Arthus. S'il lui arrivait malheur, elle perdrait le goût de vivre. Elle dit cela avec calme, c'est un fait indiscutable. Je n'ai pas d'enfant mais j'éprouve un sentiment voisin envers ma jumelle.

Elle dit :

— Quand vous êtes venue l'autre jour sur le caillou, j'ai espéré...

Elle ne termine pas sa phrase. Le caillou, c'est ce morceau de terre où elle a été heureuse et malheureuse, où elle a aimé et pleuré son Élouan. Elle reprend en plantant son regard dans le mien :

— Vous n'êtes pas la petite amie de mon fils, n'est-ce pas ?

Je secoue la tête. Nous nous sommes affrontés puis appréciés, mais nous n'en sommes qu'aux prémices, nous n'avons pas encore d'histoire.

— Vous n'êtes pas névrosée et paranoïaque comme il le prétend ?

Je confirme.

— Vous êtes vraiment la jumelle de la Charlène d'*Uriel* ?

J'acquiesce.

— Vous n'auriez pas dû couper vos cheveux, je vous préférais avant.

— Ils repousseront ! dis-je en soupirant.

Elle poursuit :

— Vous m'avez fait remarquer qu'Arthus ne ressemble pas à son père...

— J'ai vu la photo de votre mari, Arthus est très différent.

— Ensuite vous m'avez parlé de septembre 1997, quand Arthus est parti se reposer à Deauville après sa mononucléose...

Je soutiens son regard.

— Il y a rencontré notre père, Hubert Saint Jean, qui est décédé un mois plus tard.

— Mon mari aussi venait de mourir. Vous avez cela en commun avec mon fils, une année maudite.

Elle a raison. 1997 est l'année du malheur, du vide abyssal, de l'incompréhension. Quand on la cite dans une conversation, un livre, un film, je frémis, ce poids indicible m'oppresse à nouveau, je m'avance dans les sables mouvants de ces jours terribles. Il y a eu avant 1997 et après 1997, la veille du jour où notre vie a basculé et son lendemain. Nous avons dû concevoir et supporter un monde sans Hubert.

Corentine inspire à fond, cette conversation lui coûte, c'est une taiseuse, pas le genre à parler pour rien, elle préfère l'action. Elle est la descendante des femmes courageuses de son île qui tenaient la maison pendant que leurs hommes partaient en mer. Pendant qu'eux pêchaient le thon, elles cultivaient la terre, élevaient les enfants, portaient tout sur leurs épaules.

Elle dit :

— Je connaissais les amis d'Arthus quand il vivait à Groix, mais depuis qu'il habite Paris vous êtes la première qu'il a invitée...

Je ne précise pas que je suis venue contre son gré.

— J'ai besoin de votre aide, Amélie. Vous êtes attachée à mon fils, il y a de la tendresse entre vous, une mère sent cela. En 1997, j'ai perdu à la fois mon mari et mon fils. Après la mort de son père, Arthus a changé, il est devenu un autre. La disparition d'Élouan, seule, ne suffit pas à expliquer cette métamorphose. Mon mari lui avait laissé une lettre. Arthus ne me l'a jamais montrée. Il vous en a parlé ?

Je reste silencieuse assez longtemps pour qu'elle comprenne que c'est une réponse.

— Je vois. Vous ne voulez pas trahir Arthus. C'est bien ce que je pensais. Élouan m'avait pourtant promis de se taire. Il n'a pas voulu emporter ce secret dans la tombe. Il a dû considérer que la mort le déliait de sa promesse...

Je persiste dans mon mutisme. C'est leur histoire, je ne dois pas interférer.

Elle plie soigneusement l'emballage de la barre chocolatée, hésite à le laisser sur la table où il risque de s'envoler, finit par glisser le papier dans son sac.

Elle n'est pas comme les touristes qui abandonnent sur la lande des papiers non biodégradables. Elle préserve la nature, même si ici il y a plus de béton que de fougères.

Elle soupire.

— C'est la première fois que je viens à Paris. Cela sent vraiment mauvais. L'odeur ne vous gêne pas ?

Pour Marc, c'est l'océan qui empeste. Je secoue la tête.

Corentine demande :

— Est-ce qu'Arthus vous a parlé d'Yves ? Jamais ? C'était le frère de mon mari.

Le père d'Élouan était originaire de Lorient, sa mère venait du Midi. C'était une femme ravissante, une brune à la bouche rouge et aux seins opulents. C'est dans sa tête que cela n'allait pas : à l'époque, on disait qu'elle avait les nerfs fragiles. Maintenant on appelle cela psychose maniaco-dépressive, maladie bipolaire ou cyclothymie.

— Elle s'est suicidée jeune, un jour où Élouan et son frère étaient à l'école. Ils l'ont découverte en rentrant. Vous imaginez !

Le père d'Élouan s'est mis à boire pour oublier qu'il n'avait plus de femme. Yves l'a imité pour chasser la vision terrible de sa mère se balançant au bout d'une corde. Élouan a tenu bon, s'occupant comme il pouvait de son père et de son frère. Jusqu'au jour où Yves s'est à son tour donné la mort en avalant des comprimés.

— Élouan s'est battu pour sauver son père mais c'était trop tard, il est mort d'une cirrhose. Élouan est resté seul à dix-huit ans. Il s'est abruti de travail. Il est devenu médecin. Nous nous sommes rencontrés quand je me suis cassé la jambe, c'est lui qui m'a plâtrée. Cela ne lui a guère coûté de quitter

Lorient pour me suivre à Groix. Il n'avait rien vécu d'heureux sur le continent.

J'écoute, je ne fais que cela. J'attends, tendue vers la révélation.

Corentine poursuit :

— Élouan était l'homme de ma vie. Je désirais des enfants de lui, bien sûr. Il s'y est formellement opposé. Il avait vu tous ses proches mourir, il ne voulait pas transmettre ses gênes familiaux, il refusait de faire à un innocent ce cadeau empoisonné. La psychose, la dépression, le suicide, l'alcoolisme, c'était un héritage trop lourd.

Je hoche la tête parce que c'est ce qu'elle souhaite.

— J'ai tenté de le fléchir, en vain. Sa décision était irrévocable. Il a même proposé de me rendre ma liberté, il pouvait comprendre que je veuille le quitter pour fonder une famille. Il m'aimait tant qu'il m'aurait laissée partir avec un autre, vous vous rendez compte ! Mais je ne voulais pas d'un autre. Mon bonheur, c'était me réveiller près de lui, m'endormir dans ses bras, passer chaque minute de chaque journée en sa compagnie. J'ai pleuré des nuits entières, me révoltant contre le sort. Tant de femmes désiraient des enfants sans pouvoir en concevoir. Moi je pouvais mais il ne fallait pas !

Je lui souris, elle interprète cela comme un encouragement.

— C'est lui qui a eu l'idée. Cela m'a d'abord paru fou, insensé, inconcevable, et puis j'ai réfléchi. C'était la plus grande preuve d'amour que nous pouvions nous donner l'un à l'autre. Je ne désirais pas d'autre père qu'Élouan pour notre enfant. Nous avions juste besoin d'un... intermédiaire. Quelqu'un de sain.

J'ouvre de grands yeux. Je les imagine, prospectant sur cette bande de terre, évaluant les hommes, considérant les gênes, soupesant les risques.

Comme si elle lisait dans mes pensées, elle dit :

— Quelqu'un d'extérieur à Groix, sinon cela se serait su et il n'aurait pas supporté. Mais le propre d'une île est d'être un lieu de passage, une escale, une étape. Quand un grand navigateur transitait par chez nous on en parlait, le bouche à oreille fonctionnait. J'ai su avant Élouan que l'un d'eux allait arriver. J'étais jolie, je vous le dis sans orgueil, maintenant cela n'a plus d'importance mais à l'époque les hommes se retournaient sur moi. J'ai dit à Élouan qu'il ne s'inquiète pas, que peut-être je rentrerais tard la nuit suivante. Il a hoché la tête. Il y avait tant d'amour dans son regard...

Corentine n'est plus devant l'Hôtel-Dieu, elle est repartie en arrière dans le temps, elle se tient sur le quai de Port-Tudy, au milieu de la foule, au moment où le bateau de ce navigateur célèbre passe entre les feux d'entrée du port et vient s'amarrer. L'homme est valeureux, auréolé de gloire, respecté par tous les marins du monde. Elle est belle, fraîche, elle a ôté son alliance, elle s'avance vers lui. Elle n'a pas le sentiment de tromper son homme mais d'accomplir une mission sacrée. Le reste leur appartient.

J'apprends ainsi qui est le père biologique d'Arthus. Vous le connaissez, ainsi que son bateau. Vous l'avez vu à la télévision franchir les lignes d'arrivée, sabler le champagne, regarder les vagues, humer le vent, descendre à quai avec cette démarche étonnée de ceux qui passent plus de temps en mer qu'à terre, répondre aux questions des journalistes avec cette humilité fière de ceux qui se sont colletés avec l'océan. Son nom, comme celui d'Hubert, est inscrit dans l'histoire des hommes. Ils ont tous les deux disparu trop tôt.

Corentine conclut :

— Maintenant, vous savez. Élouan et moi ne l'avons jamais dit à personne, nous avons gardé le secret et élevé Arthus comme notre fils. Je vous ai fait confiance, Amélie. Aidez-moi, pas pour moi, pour lui. Arthus connaît-il l'identité de son vrai père ?

Je secoue lentement la tête. Un espoir immense envahit les yeux gris.

— Il croit encore que c'est Élouan ?

Je me contente de la fixer sans bouger un muscle. Son regard s'assombrit, la lumière s'éteint, le sourire s'efface, le corps se recroqueville. Elle comprend, elle accepte. Élouan n'a pas voulu mourir en trompant son fils. Il n'a pas trahi la promesse faite à sa femme. Il a juste tenu à préciser son rôle.

Nous remontons dans la chambre où Arthus s'est endormi. Son visage tuméfié se détache sur le drap immaculé. Son corps est musclé et puissant dans le sommeil.

J'aperçois près de sa main le carnet de croquis qui ne le quitte jamais. Je contourne le lit pour regarder la page ouverte. Arthus a immortalisé Marc en le caricaturant. Il a les yeux exorbités, des mains comme des battoirs, une expression féroce, un air stupide. Arthus ne s'est pas vengé avec ses poings, il a employé ses propres armes et a étalé son adversaire pour le compte.

Nous ne dînerons pas en tête à tête ce soir.

42

Je file directement au bureau de Marc en sortant de l'hôpital. Une fois de plus, son associée n'est pas là. Marc a les traits tirés, l'air tendu, il s'en veut terriblement. Son visage est exempt de toute trace de combat, je devrais m'en réjouir. Pourtant j'aurais préféré que les deux hommes portent les marques de leur affrontement, des plaies et bosses sans conséquence. Marc a attaqué par surprise puis frappé son adversaire à terre. On n'est plus au temps des cavernes, les hommes ont inventé le langage pour régler leurs différends.

Je m'écrie :

— Qu'est-ce qui t'a pris d'agresser Arthus ?

— Il voulait à nouveau faire capoter la vente. Tu m'as demandé de l'en empêcher... je l'ai fait pour toi !

La version de Marc est totalement différente. Il prétend qu'Arthus, très énervé, a voulu pénétrer dans l'immeuble et parler aux clients de l'agence pour les décourager.

— Alors j'ai vu rouge. Je sais à quel point tu aimes cet appartement. Tu m'as dit toi-même que si tes amis continuaient tu serais obligée de le vendre au-dessous du prix. Je ne voulais pas que tu sois lésée, je me suis senti coupable et j'ai perdu les pédales, Amélie. Je suis prêt à régler tous les frais médicaux d'Arthus, évidemment. Tu lui présenteras mes excuses ?

Leurs deux histoires divergent. Arthus prétend qu'il voulait discuter avec Marc et que mon frère l'a assailli. Marc assure qu'Arthus est venu pour contrecarrer la vente.

Je n'étais pas sur place. Qui croire ? Mon propre frère ou l'inconnu qu'Hubert a conseillé jadis ? Mon propre sang ou l'étranger qui m'a épaulée dans ma quête ?

Je suis partagée, écartelée. Ce qui s'est passé écorne l'image de héros sans peur et sans reproche que j'avais de notre frère. Arthus qui n'a pas voulu porter plainte en sort grandi, Marc en sort sali. On a toujours tort d'en venir aux mains. Même si Arthus l'a provoqué, Marc a cogné le premier puisqu'il n'a même pas été blessé.

Une petite voix dans ma tête me souffle que ce n'est pas la première fois. Mathilde m'a raconté que Marc s'était battu avec Alain chez leur mère à Versailles, qu'Alain avait dû appeler la sécurité pour le faire expulser.

Je me sens un peu responsable. Marc a voulu mener à bien la mission que je lui avais assignée. Il a eu peur d'échouer, comme il a eu peur jadis d'échouer au concours. Hubert ne l'a ni endurci ni rassuré, Marie et moi l'avons spolié sans le vouloir. Quand Furstenberg sera vendu et qu'il disposera de sa part, je me sentirai mieux.

43

L'agent immobilier m'appelle, son ton est guilleret, il a des dollars plein la tête, il doit songer à ses prochaines vacances, à la nouvelle BMW qui vient de sortir sur le marché ou à la caméra dernier modèle qu'il fera passer en frais professionnels.

Une Américaine a visité l'appartement, elle veut l'acheter, elle n'a même pas demandé à baisser le prix, c'est inespéré. Elle veut nous rencontrer aujourd'hui, Marie et moi.

— Vous vouliez une artiste, vous allez être servie, je vous laisse la surprise ! Elle est assez curieuse, vous verrez. Mais j'ai vérifié, elle est solvable, elle a du répondant.

Nous convenons d'un rendez-vous en fin d'après-midi. J'envoie un SMS à Marie pour lui annoncer la nouvelle et lui demander de me retrouver à l'agence. Elle répond : *Si c'est ce que tu veux...*

J'arrive en avance. L'agent immobilier m'apprend que ma jumelle est passée il y a deux heures pour confirmer qu'elle approuve tout ce que je déciderai. Il dit :

— La coiffure mise à part, vous vous ressemblez vraiment beaucoup ! Sauf qu'elle, cela lui fait mal au cœur de vendre. Elle préférait ne pas rencontrer votre acheteuse.

J'en suis également malade, mais je fais face.

Curieuse, l'acheteuse l'est sans nul doute. Âgée de soixante-dix ans, elle a un gros nez rouge et chausse du 55. Entendons-nous bien : je ne vous parle pas de son appendice nasal mais du nez de clown qu'elle a fiché par-dessus. Et je ne fais pas allusion à ses propres petons mais aux chaussures de clown dans lesquelles ses petits orteils flottent.

Belinda Hunter est bénévole dans les hôpitaux où elle se déguise pour distraire les enfants malades. C'est une riche héritière texane à la tête d'une fortune confortable, elle souhaite acquérir un pied-à-terre à Paris. Elle est venue directement de l'hôpital en tenue de travail, j'imagine la tête du chauffeur de taxi qui l'a chargée.

Nous nous mettons d'accord et fixons la date de la promesse de vente chez le notaire avant qu'elle reparte en Amérique.

C'est la première fois que je parle d'argent avec une femme qui porte un maquillage de cirque.

44

En sortant de l'agence je retourne à l'hôpital, bien décidée à démêler le vrai du faux. Puisque Arthus et moi devions dîner ensemble, j'ai acheté des petits-fours salés et sucrés chez un bon traiteur. L'alcool est sans doute proscrit après un choc à la tête, j'ai pris une eau minérale irlandaise.

Je pousse la porte de la chambre, mais le lit de droite est vide. L'homme à la jambe plâtrée du lit de gauche me sourit, content de cette diversion.

Je demande :

— On a emmené votre voisin faire des examens ?

Il secoue la tête.

— Il a insisté pour que sa mère rentre en Bretagne, puis il s'est disputé avec l'interne, il a signé sa pancarte et il est parti.

Il me montre la grosse boîte de chocolats posée sur sa table de chevet.

— L'imbécile qui lui a cassé la gueule lui a envoyé ces chocolats pour s'excuser. Il me les a offerts. Vous en voulez un ?

Je refuse. Je lui tends les plateaux de petits-fours.

— Vous avez faim ?

Ses yeux brillent. Pour lui, ce soir, je suis le père Noël.

Le trottoir devant le Kenavo est vide, Yann et Pierrot servent les clients à l'intérieur.

La blonde et la brune au diamant sont accoudées au piano, elles ne lâchent pas l'affaire. Je me glisse discrètement au fond de la salle.

utre jour, autre genre, Arthus se défonce sur du jazz. Il a chaussé des lunettes de soleil pour cacher son œil au beurre noir, ses doigts martèlent les touches, il plaque ses accords avec férocité, comme s'il rendait ses coups à Marc.

Je me sens attirée vers lui mais le mensonge me hérisse. Je me réjouis d'avoir retrouvé notre frère mais la brutalité me révolte.

Qui est le bon ? Qui est le méchant ? Je ne sais plus. C'est la parole de l'un contre celle de l'autre.

Je suis venue pour être rassurée sur le sort d'Arthus, il va bien. Je me faufile dehors, suivie du regard par Yann.

Je retrouve ma chambre solitaire à Montesson. J'ouvre le second tiroir de ma commode et j'y pêche un écrin. La montre d'Hubert dort là depuis dix ans, attendant son heure. *Vulnerant omnes, ultima necat.* J'y tiens comme à la prunelle de mes yeux mais c'est un objet d'homme, plus adapté à un fils qu'à une fille. Le bracelet en cuir noir fatigué est trop grand pour mon bras, le cadran en or est un peu éraflé. César et Gus l'avaient offerte à Hubert pour ses soixante ans. Ses initiales, HSJ, sont gravées sur le boîtier. Je voulais la donner à Marc mais j'hésite, à présent. Alors je la repose dans son écrin et je la glisse tout au fond du tiroir.

45

Il y a des matins où l'on devrait rester au lit, se cacher sous sa couette et laisser le monde s'agiter.

Mimmo, l'air lugubre, me désigne une chaise.

— Assieds-toi, Amélie. Cela vaut mieux.

J'obéis, méfiante.

— Tu te souviens que, quand nous ne savions pas encore lequel des Fongel était ton frère, j'avais envoyé des courriers électroniques aux adhérents de mon association d'anciens déportés ? L'un d'eux a un fils qui vit en Inde et travaille dans la finance. Il s'est renseigné à propos d'Henri.

Je m'attends à tout. Il poursuit :

— Tu m'avais dit qu'Alain lui envoyait des mandats à Jaipur. Le fils de mon contact a enquêté sur place. Les mandats sont effectivement touchés là-bas, puis cet argent, grevé d'un prélèvement fixe de dix pour cent, est réexpédié à Paris, vers une boîte postale dont j'ai obtenu le numéro et l'adresse. Henri est revenu en France !

Je tombe des nues. Ainsi, Henri habite Paris. Il ne rend jamais visite à sa mère dans son établissement de Versailles. Il préfère recevoir l'aumône de son frère plutôt que le revoir. Est-il resté marginal ? Est-ce un de ces sans domicile fixe que le Samu social tente de nourrir et de réchauffer ?

Il ment à Alain pour continuer à être entretenu aux frais de la princesse. Il ment à Marc puisqu'il correspond avec lui par Internet en se prétendant toujours au Rajasthan. Ce dernier point, soudain, attise ma colère. Marc n'a décidément pas de chance avec sa famille, qu'elle soit biologique ou officielle. On l'a floué, on le trompe encore. Il est temps, enfin, que la vérité éclate.

C'est réglé comme du papier à musique : la banque d'Alain vire mille euros le premier de chaque mois. L'argent transite par Jaipur où l'on ponctionne cent euros. Neuf cents euros reviennent dans une poste parisienne où ils sont touchés le 10 du même mois. Donc, théoriquement, aujourd'hui.

Mimmo et moi décidons, sur-le-champ, de nous rendre sur place pour démasquer Henri.

Il fait lourd, Mimmo a ôté sa veste, nous mourons de chaud dans cette petite poste hors du siècle, en bordure de Paris, une poste comme on n'en voit plus guère, le receveur ressemble à un lutin et l'employé à un farfadet. Les boîtes postales sont alignées contre le mur de gauche, on se croirait dans un roman de Simenon.

Le mandat n'a pas encore été touché. Nous ignorons à quelle heure Henri viendra. Nous faisons semblant de consulter les annuaires, le receveur nous considère avec méfiance, à l'époque d'Internet, du Minitel et des renseignements téléphoniques, rares sont ceux qui utilisent encore ces dinosaures de papier.

Sur la photo dans la chambre de Diane, Henri est un adolescent barbu et chevelu, on voit juste ses yeux qui dépassent. S'il s'est rasé et porte les cheveux courts je vais avoir du mal à l'identifier.

Les heures coulent. Nous dévisageons avec espoir tous les hommes qui quittent la rue chaude pour se diriger vers les boîtes postales. Des émigrés, souvent, qui ne disposent pas d'une adresse personnelle. De vieilles gens qui ont gardé cette habitude. Des jeunes qui préfèrent ne pas recevoir certains courriers chez leurs parents.

Mon imagination travaille, j'ignorais l'existence de cette pratique. Henri pourrait-il être cet homme maigre au visage buriné ? cet autre, à la moustache fournie, qui avance en baissant la tête ? cet autre encore, qui traîne les pieds et porte le poids du monde ?

Je n'ai rien dit à Arthus, le malentendu qui nous a opposés au début m'a suffi. Je n'accuserai pas Henri sans preuves, j'ai au moins appris cela.

Le receveur vient voir ce que nous fabriquons, Mimmo s'adresse à lui en yiddish, un mélange d'hébreu, d'allemand et de polonais. Je traduis, j'explique que mon grand-père vient d'emménager dans le quartier. Le receveur lui souhaite la bienvenue.

La poste va fermer dans un quart d'heure. Nous bouillons d'impatience dans l'atmosphère pesante. Tout d'un coup, une silhouette se profile, surgit de l'ombre, se découpe, nette, dans la lumière de cette fin de journée.

L'homme est jeune, souple, il se meut avec une grâce nonchalante. Je retiens une exclamation en le reconnaissant. Mimmo me saisit le bras et le serre, demain j'aurai un bleu magistral.

Nous ne bougeons pas. L'homme s'avance vers les boîtes postales. Il en ouvre une, prend une enveloppe, la déchire.

La main de Mimmo se crispe, ses ongles s'enfoncent dans ma peau. Je me mords les lèvres pour ne pas crier.

L'homme s'approche à présent du guichet. Le receveur compte les billets qu'il lui remet. L'homme les glisse dans son portefeuille puis se dirige vers la sortie.

Il ne nous a pas aperçus derrière le tourniquet des annuaires. Je m'avance. Mimmo me suit. L'homme sursaute. J'avais raison... c'est bien Marc !

Ses yeux caramel s'écarquillent. Il se raidit, fronce les sourcils. Je suis furieuse. Mon frère n'est pas une victime, il aide Henri à escroquer Alain. Je n'aurais jamais cru cela de lui. Je l'ai déjà dit, j'ai de la tendresse pour les cancres et les rêveurs, mais là il s'agit d'autre chose, un larcin minable, une filouterie sans envergure.

Je demande :

— Où est Henri ?

Marc me prend par le coude et m'entraîne au-dehors sous le regard étonné du receveur. C'est un quartier peuplé et cosmopolite, la rue est animée. Je cherche Henri sur le trottoir au milieu de la foule.

— Il t'attend dans le coin ? Tu es de mèche avec lui ? Il n'a pas le courage de venir lui-même chercher l'argent qu'il vole ?

Ma déception est immense. Marc ne semble pas gêné, ses lèvres esquissent un drôle de petit sourire.

— Alain en gagne trop pour lui tout seul. C'est une juste répartition des biens, Amélie. Et puis, l'argent reste dans la famille, il faut partager entre frères, ce sont tes propres termes !

C'est en employant ce même argument que je l'ai convaincu d'accepter le tiers du prix de la vente de Furstenberg.

— Depuis quand Henri est-il rentré à Paris ?

Encore cet étrange sourire.

— Il n'y est pas.

— Tu veux dire qu'il habite ailleurs, en France ? Pourquoi est-ce toi qui touches son mandat ?

— Il est au nom de Fongel.

Il plante son regard dans le mien pour me rappeler qu'il aurait dû logiquement s'appeler autrement, qu'il subit les conséquences d'un passé dont il n'est pas responsable.

Je m'entête :

— Pourquoi n'est-ce pas Henri qui le reçoit directement ?

— Il ne peut pas.

Une pensée désagréable me vient.

— Il a fait des bêtises et il est en prison, c'est ça ?

Marc secoue la tête.

— Tes deux romans se terminent bien mais ce n'est pas toujours le cas dans la vie, Amélie. J'ai une très mauvaise nouvelle à t'annoncer : Henri est mort.

Mimmo ouvre de grands yeux. Je suis abasourdie. Henri ne vole personne, Marc se contente de ramasser l'argent disponible, c'est aussi simple que ça.

Il enchaîne :

— Pardon de te l'apprendre si brutalement. Henri est mort il y a huit ans, en Inde, dans une bousculade lors d'une baignade collective au cours d'un pèlerinage religieux. Cela arrive hélas couramment.

Marc n'a pas voulu le dire à sa mère, cela l'aurait tuée. Il a choisi de le cacher également à Alain, il m'assure que c'est pour son bien. Parce que, au départ, Alain devait accompagner Henri sur place, et avait annulé au dernier moment en privilégiant ses affaires. Henri, le doux rêveur, était donc parti seul. Mais, au lieu de revenir au bout d'un mois, il s'était installé dans un ashram et consacré au yoga et à la méditation. Alain s'était senti responsable et avait décidé de l'aider financièrement pour se dédouaner.

Marc soupire.

— J'étais en contact régulier avec Henri par Internet, on m'a prévenu de son décès. Son corps a été brûlé puis ses cendres dispersées dans le Gange selon la tradition. J'ai pleuré et j'ai réfléchi. Alain continuait à lui envoyer des mandats, j'aurais été bien stupide de ne pas profiter de cette manne qui me tombait du ciel. Il m'a suffi d'un aller et retour à Jaipur pour tout organiser.

— Et Jacques ? Il a tout de même le droit de savoir ce qui est arrivé à son fils !

Le visage de Marc devient farouche, ses yeux étincellent, sa violence est palpable, il ressemble soudain au personnage outrancier qu'Arthus avait crayonné dans sa chambre d'hôpital.

— Il n'a jamais fait attention à moi, quand nous étions enfants il passait son temps à m'appeler Alain, tu imagines, Amélie ! Qu'il crève !

C'est donc cela encore, on en revient toujours au même point, le mensonge et le manque d'amour. Jacques a-t-il deviné que Marc n'était pas son fils ? Se trompait-il sciemment de prénom, ou était-il si affaibli par sa maladie qu'il confondait ses propres enfants ?

Rejeté par son père officiel, nié par son vrai père, Marc s'est débrouillé comme il a pu, c'est-à-dire mal. Il a triché, il continue, il prend ainsi sa revanche sur Alain, le glorieux aîné, digne de figurer dans le *Who's Who*, digne de l'adoration de sa femme, de l'admiration de son fils, de la fidélité de ses cockers.

Marc est pris dans une spirale infernale. Pour briser ce cercle vicieux il faut apurer ses comptes, le convaincre d'annoncer à Alain la mort d'Henri, lui donner la part de Furstenberg qui lui revient.

Je suis déçue et choquée par son comportement. Je commence à faire mon deuil du frère idéal que j'avais fantasmé. Marie avait raison, que Marc s'appelle de Fongel ou Saint Jean ce n'est qu'un homme, et il ne nous ramènera jamais Hubert.

Mimmo secoue la tête :

— Personne n'est parfait, mon David ne l'aurait pas été, pourtant je l'aurais défendu quoi qu'il fasse, un père a ce devoir. Tu es le frère d'Amélie, Marc, je t'ai ouvert les bras comme à un fils. Mais voler un mort, c'est impardonnable !

Je sais qu'il a un jour témoigné contre un homme qui prétendait avoir été déporté dans le même camp de concentration que lui. Il en était malade, il avait tellement peur de se tromper, d'accuser à tort. Puis il a acquis la conviction que l'autre mentait. Cet homme le révulsait et insultait la mémoire de ceux qui n'étaient pas revenus.

Marc fait front et répond avec lassitude sans baisser les yeux :

— Henri n'a plus besoin de cet argent. Il n'est plus qu'un souvenir, on ne vole pas un souvenir. Il est le seul à ne m'avoir jamais repoussé, et il a continué à m'aider après sa disparition. C'était comme un signe du ciel !

Henri, mort, l'a épaulé. Hubert va prendre le relais par notre biais.

Je dis, lentement :

— Tu n'es plus seul, maintenant, Marc.

46

Mimmo et moi n'avons pas envie de rentrer à Montesson. Je l'emmène au Kenavo. Arthus y dîne d'une pizza en compagnie de Yann et de Pierrot. Ils partagent avec nous tandis que Yann débouche une bouteille de vin.

— C'est la tournée de la maison !

Arthus n'a plus ses lunettes de soleil, l'hématome de son œil vire au jaune.

— Yann m'a appris que tu étais passée hier soir, Amélie. On ne devait pas dîner ensemble ?

— Si. Je suis allée à l'hôpital avec un pique-nique. Ton voisin de lit s'est régalé.

— Pourquoi n'es-tu pas venue me parler ?

J'élude.

— Tu jouais pour tes groupies.

— Et du coup tu as préféré rejoindre ton cher frère ?

Mimmo nous interrompt.

— À propos de frère, nous avons une histoire à te raconter...

Arthus écoute, le visage fermé. Il n'accable même pas Marc alors que ce serait tentant, et je lui en suis reconnaissante. Marc est faible et menteur, il boit trop, il est bagarreur et un peu escroc. Mais il est notre frère. Je l'ai rêvé, puis espéré, et quand il a enfin déboulé dans ma vie cela a été une divine surprise. Je n'en démords pas, en dépit de ses nombreux défauts. Il est le fils d'Hubert et mon affection lui est acquise. Je dis cela tout haut :

— Il est le fils d'Hubert.

Arthus hoche la tête.

Je me ronge les ongles quand je suis émue, je l'ai déjà dit. Mimmo, lui, a un tic qui lui agite la jambe gauche, elle trémule comme si son cœur battait si fort qu'il faisait frissonner son corps entier. C'est le cas à présent. La mort d'Henri le bouleverse, il ne supporte pas la disparition des jeunes hommes, il n'en aura jamais fini avec ses fantômes.

Alors Arthus se lève et s'installe au piano. Quand il ne trouve pas les mots, il dessine ou il s'exprime à travers les notes. J'espère qu'il ne va pas jouer un air trop mélancolique. Il hésite, puis se lance.

Sa main gauche plaque des accords à quatre temps tandis que la droite se met à danser sur le clavier. Je ne connais pas cette musique joyeuse et sautillante mais sa gaieté est contagieuse.

— Du ragtime ! murmure Mimmo, ravi.

— J'adore Scott Joplin, ajoute Yann.

— C'est le thème principal du film *L'Arnaque*..., précise Arthus.

Je choisis de ne pas le prendre pour Marc.

Nous passons une heure exquise à écouter le piano tandis que les clients arrivent. Marie me manque, elle devrait être là avec nous, je lui envoie un SMS où j'écris que je pense à elle. L'absence de Marc ne me gêne pas, après l'avoir cherché de toutes mes forces, après l'avoir souhaité de toute mon âme, mes yeux se sont dessillés.

Depuis que Marc et Arthus se sont battus, je me sens mal à l'aise avec eux. L'un des deux me ment, l'un des deux trahit ma confiance. Je devine lequel, mais je veux encore espérer que mon propre frère me dit la vérité.

47

Je ne vois pas Arthus de toute la semaine. Il planche sur son prochain album qui sort bientôt. Je me rends compte que je n'ai pensé qu'à moi ces derniers temps, enfin, à Marie, Marc et moi, et que j'ai fait preuve d'un égoïsme monstrueux.

Arthus regrette-t-il ce moment d'abandon dans ma chambre, juste avant l'interview ? Je repense à sa main sur mon épaule dans l'église de Groix, à sa main sur ma joue dans la rue près du Panthéon, à ses mains sur les touches noires et blanches du piano. Je suis la sœur de l'homme qui lui a démoli le portrait, il y a de quoi le refroidir.

Je compte les jours qui me séparent de la promesse de vente. Ensuite, sans doute, j'y verrai plus clair.

Je me suis adressée au notaire qu'Hubert avait consulté avec Gus et César, si notre père l'avait choisi il est donc digne de confiance. Il a accéléré les choses par un de ces tours de passe-passe administratif dont les hommes de loi ont le secret. Marie s'est rendue en son étude pour signer une procuration, elle accepte pour moi mais ne sera pas présente. Nous consentons légalement à Marc une donation correspondant au tiers du total. Belinda Hunter, clown dur en affaires, a fait rajouter une clause stipulant qu'une fois la promesse signée nous ne pourrons plus changer d'avis, sauf non-paiement de sa part.

La promesse de vente a lieu aujourd'hui, tout à l'heure. J'ai hâte que cela soit fini, irrévocable. Qu'Hubert soit absous, dédouané. Que Marc se sente enfin protégé et aimé.

J'envoie un SMS à Marie : *Je signe aujourd'hui, merci d'avoir accepté.* Elle me répond *J T M,* trois lettres qui me prouvent que notre complicité est inébranlable, notre affection de jumelles immuable. Ces trois lettres signifient aussi, sans doute, qu'elle me pardonne.

Je consulte ma montre. Il est temps. Mimmo propose de m'accompagner mais je refuse, il y a des actes qu'il faut accomplir seul, droit dans ses bottes. Marc m'a invitée à dîner ce soir, il manifeste sa gratitude par de multiples attentions et je lui en sais gré. Je boirai plus que de raison pour célébrer, oublier, prendre congé de l'enfance.

— Bon. J'y vais.

Je me lève. Dérogeant à ses habitudes, Mimmo me serre contre lui comme si j'allais enterrer un ami et c'est un peu ce que je ressens.

Je suis partie en avance pour faire un dernier crochet par la place Furstenberg. Je n'ose pas pénétrer dans l'immeuble. J'ai le sentiment que je n'y ai plus droit, que j'en suis chassée, que j'ai moi-même dénoué cette amarre. Ce n'est pas un au revoir, c'est un déchirement choisi et consenti. Ce n'est pas un adieu, c'est un naufrage.

Le jour où les clients de l'agence ont visité l'appartement je m'imaginais que je pourrais continuer à venir en leur absence mais c'est inconcevable. Il est temps de tourner la page. Ce n'est plus chez nous, ce ne sera plus jamais chez nous.

C'est poignant de lever la tête vers les fenêtres. C'est une torture d'observer les habitants qui entrent et sortent. Je suis bannie du paradis par ma faute. L'argent qui m'échoira me brûlera les doigts comme celui que Mimmo a reçu de l'entreprise responsable de la grue. Je le placerai et je n'y toucherai pas. Il servira pour mes enfants ou ceux de Marie.

Cette place m'a vue grandir, jouer à la marelle, à l'élastique, au ballon prisonnier. La comédie et la tragédie se sont succédé sous le réverbère à globes contre lequel je m'adosse. Je suis arrivée ici à l'âge de trois jours, j'en ai été arrachée à quinze ans. Cette place est le symbole des années bonheur.

Ma seule consolation est que, selon ses propres dires, Belinda Hunter est une enragée liseuse. Je l'imagine dans notre salon, dans sa tenue de clown, son gros nez rouge projetant une ombre sur la page de son livre, ses pieds s'agitant au rythme de la narration dans ses chaussures géantes.

C'est l'heure. Je m'écarte du réverbère, je m'arrache à la contemplation de l'immeuble comme il y a dix ans je me suis détournée de la tombe du Père-Lachaise.

J'imprime une dernière fois sur ma rétine l'image de la place telle qu'elle est aujourd'hui, je ne reviendrai plus, je vais imiter ma jumelle, l'effacer de la carte. Je ferme les yeux un instant. Quand je les rouvre, Arthus est devant moi. Je sursaute. J'étais tellement concentrée que je n'ai pas entendu la moto arriver.

Il dit :

— Je pensais bien te trouver là, Amélie.

Sa présence me touche infiniment.

— Merci d'être venu. Je dois y aller maintenant...

J'esquisse une grimace et ironise :

— Après tout, ce n'est qu'un appartement, il n'y a pas mort d'homme, en tout cas pas aujourd'hui.

— Ce n'est qu'un appartement mais tu ne le vends plus ! Il faut tout annuler !

Je fronce les sourcils. Il poursuit :

— Tu ne vas rien signer, Amélie. Je suis arrivé trop tard chez Mimmo, il ignorait l'adresse de ton notaire, alors j'ai roulé comme un fou, j'avais si peur de te rater, j'étais sûr que tu viendrais ici !

Je ne comprends rien à ce qu'il raconte.

— Je me suis démené toute la semaine. C'est quelque chose que tu as dit la dernière fois au Kenavo. Cela m'avait frappé...

Il prend une grande inspiration avant d'ajouter :

— Tu as affirmé, à propos de Marc, *il est le fils d'Hubert*. J'ai pensé que c'était inimaginable. J'ai peu connu ton père, mais il était inconcevable que Marc soit son fils et se conduise ainsi. J'ai voulu en avoir le cœur net. J'ai effectué des recherches, j'ai rencontré le prêtre de la paroisse où vivaient Jacques et Diane de Fongel. Puis je suis remonté jusqu'à l'évêché. L'archiviste est breton, cela m'a facilité les choses.

Il a fourni un travail de Romain. Avant une certaine époque on n'a pas jugé utile d'informatiser, il a dû exhumer des centaines de classeurs poussiéreux, fouiller des dossiers au papier fragile, déchiffrer des écritures illisibles, décrypter des abréviations et des codes.

Il dit :

— Ma mère est revenue à Paris pour m'aider, elle s'habitue à l'odeur de la ville. Je crois que tu lui plais.

Je les imagine, Corentine et lui, penchés côte à côte des journées entières, unis dans un même but.

— Je n'avais pas les dates de baptême des frères Fongel, il a fallu chercher sur trois années complètes. Nous sortions de là couverts de poussière !

Il a besoin de cela, raconter par le menu, détailler, mettre en scène. Il a besoin de souligner son acharnement, de démontrer sa persévérance pour me prouver son affection. Je ne vois toujours pas où il veut en venir.

Et puis, soudain, il fait à ce nouveau ce geste, il prend mon visage entre ses paumes. Ses mains sont douces contre mes joues. Alors, sans me quitter des yeux, il lâche sa bombe :

— Marc n'a jamais été le filleul de Gus : c'était Henri ! Je suis formel, Amélie, j'ai des preuves écrites. Cela va te faire un choc, mais c'est ce qui pouvait vous arriver de mieux. Marc n'est pas votre frère !

Je frémis. Arthus me regarde, navré, avec une incroyable douceur dans son regard clair.

La vérité, lentement, se fait jour dans mon esprit. Quelle idiote j'ai été... Quelle sombre imbécile ! Pourtant les indices s'amoncelaient, gigolo aux États-Unis, tricheur au concours de médecine, voleur touchant sans vergogne l'argent de son frère mort. J'aurais dû deviner, flairer, me douter. J'étais si heureuse de l'avoir trouvé que je refusais de voir la vérité. J'étais tellement en manque de père que je voulais le ressusciter avec Marc.

Comment ai-je pu croire que le fils d'Hubert avait ces défauts ? Comment ai-je pu être aveugle au point d'accepter ce frère immoral et cynique ? Comment ai-je pu lui trouver des excuses ? Comment ai-je pu l'aimer ?

48

Je suis tellement secouée qu'Arthus appelle le notaire à ma place pour annoncer que j'ai un empêchement, me décommander et repousser la promesse de vente. Puis il m'emmène en moto à Montesson.

Mimmo, mis au courant, me prépare un décaféiné qu'Arthus saupoudre de chocolat à l'orange et à la cannelle. Je bois machinalement, hébétée.

Arthus nous explique :

— Henri de Fongel est né en mai 1971, il a été baptisé un mois plus tard. J'ai ici la photocopie de l'acte. Tu vois, c'est inscrit là. Parrain de l'enfant mâle : Gustave Marie Joseph Dalba. Marc avait été baptisé deux ans plus tôt en octobre 1969. Parrain de l'enfant mâle : Patric Nottrait. C'est très clair.

On ne peut plus clair, en effet.

Je suis scandalisée et sonnée. Marc est un imposteur qui s'est fait passer pour notre frère par intérêt. Henri, mon vrai frère, est mort.

Une part de moi se rebelle, espérant encore. Si Marc a menti sur tout, Henri est peut-être encore vivant ?

Mimmo suit le même raisonnement et allume son ordinateur pour envoyer un courrier électronique à l'ancien déporté dont le fils vit en Inde.

Puis nous nous mettons tous les trois à attendre en silence, assis dans la cuisine.

Je sais cela, attendre, d'instinct, j'en ai pris l'habitude très jeune. Marie et moi attendions Hubert dans les coulisses de la Comédie-Française, pendant les répétitions, pendant la couturière, pendant la générale, pendant les représentations. Nous avons attendu un miracle le jour où César nous a annoncé la mort de notre père. Nous avons attendu l'impossible le jour où le vétérinaire a endormi notre chien Tartuffe. J'ai cru, j'ai vraiment cru que Marc était la justification de toutes ces attentes.

Il n'y a que quatre heures de décalage avec l'Inde, les bureaux sont ouverts. La réponse nous parvient bientôt. Un fonctionnaire a scanné à notre intention le certificat de décès d'Henri de Fongel, né à Paris en mai 1971, décédé à Calcutta en 1999. Le document officiel est incontestable. Ma quête est terminée. Notre frère est mort. Le fils d'Hubert est mort. C'est fini.

Je suis tellement anéantie que je n'arrive même pas à pleurer ce frère que j'ai si peu connu lorsque nous étions enfants. J'espère qu'il a trouvé en Inde la sérénité qui lui manquait. Je me rappelle son visage sur la photo chez Diane. Le dernier fils, l'enfant de l'amant, parti avec sa guitare réciter des mantras à Bollywood. Son karma était de mourir jeune en ignorant la vérité. Je suis revenue à mon point de départ, avant la dédicace dans la librairie de Chatou. J'ai perdu notre frère avant de le trouver.

Une fois la stupeur passée, j'émerge lentement. Le ciel m'est tombé sur la tête, il m'en reste une surprise au fond des yeux, une colère qui monte, m'envahit, et bientôt se transforme en rage. Je veux me venger de Marc. Je veux lui faire rendre gorge.

49

Le bureau n'a pas changé depuis la dernière fois. Je reconnais les meubles de mauvaise qualité, la plante verte jamais arrosée, la moquette sale, les peintures cloquées. Je reconnais également l'associée de Marc que je croyais n'avoir jamais rencontrée. C'est la sexagénaire à la gorge pigeonnante qui nous observait en fumant, accoudée au comptoir du bar où Marc a fêté nos retrouvailles au champagne. Premières minutes, premier mensonge, d'emblée. Elle peut garder son arnaqueur, je n'en veux plus. Quand je pense que j'ai failli lui offrir la montre d'Hubert...

Marc me lance un grand sourire franc et lumineux.

— Tout s'est bien passé chez le notaire ?

Je ne suis plus dupe. Je regarde d'un œil nouveau ses cheveux châtains rejetés en arrière, son regard caramel, sa bouche gourmande, sa tenue parfaite. C'est un *métrosexuel* malhonnête et aigrefin. Et il n'est pas mon frère. Je me tourne vers Gorge Pigeonnante qui, je le devine, est plus que son associée.

— Ne me dites pas que vous êtes fière de lui ? C'est un imposteur et un pauvre type...

Elle baisse les yeux. Je comprends, on sent cela, qu'elle est amoureuse de lui. Je le vois à la voussure des épaules, à l'acceptation du buste, à l'inclinaison du cou.

— La petite Amélie se rebiffe, on dirait ? lance Marc d'une voix changée.

Comment ai-je pu être si crédule, si innocente, si idiote ?

Je dis :

— Je sais tout.

Cela ne le déstabilise même pas. Il ment tellement que « tout » ne signifie plus rien.

Il pose la main sur l'épaule de Gorge Pigeonnante. Elle relève la tête et croise mon regard. Je comprends que depuis le début elle a été complice de cette mascarade, qu'il ne saurait en être autrement, qu'elle n'a plus le choix depuis longtemps, qu'elle le suit dans ses méandres, dans ses labyrinthes. Ils sombrent ensemble, elle préfère cela plutôt que se retrouver seule dans son bureau sordide.

Un sourire narquois déforme les traits de Marc.

— Que crois-tu savoir, Amélie ?

— Tu n'as jamais été notre frère. C'était Henri !

Ma voix s'étrangle d'émotion et de fureur. Il n'a pas seulement volé l'argent d'Henri, il lui a dérobé le plus intime, le secret de sa filiation. Il a osé cela, prétendre être le fils d'Hubert.

Il rétorque :

— Tu n'as pas perdu au change. Je suis un bien meilleur frère que lui, je t'assure !

Le garçon séduisant aux attentions délicates a disparu. Un nouveau Marc se tient en face de moi, arrogant, effronté. La transformation est aussi brusque que saisissante. Il aurait pu être acteur et l'ironie amère de cette réflexion me frappe de plein fouet. Comment ai-je pu croire qu'il était le fils d'Hubert ?

Il dit :

— Ainsi donc, j'ai perdu ? Tant pis. Tu vois, je suis beau joueur. Comment as-tu découvert la vérité ?

— Arthus a recherché vos certificats de baptême.

— Je n'ai jamais aimé ce type, j'ai tout de suite su qu'il fallait m'en méfier. Pourquoi est-il allé fourrer son nez là-dedans ? Il a des vues sur toi, ma belle. Tu prétends qu'il n'y a rien entre vous...

Je rougis. Il s'esclaffe.

— Ho, ho, alors la situation a évolué ? Tu vas manger du poisson avec ce crétin ?

Je bondis. Sa gouaille m'insupporte. Sa fatuité me révulse.

— Tu n'es qu'un salaud !

Il ricane.

— Des insultes, bravo, tu grandis, tu t'améliores. Bientôt tu me ressembleras comme une sœur !

— Tu es un être méprisable...

Il se cabre. Il entend me prouver qu'il est le plus fort, le plus malin, le plus roué. Il entend démontrer ma stupidité et nous rouler dans la boue. Il veut salir sa mère et mon père, détruire, polluer, contaminer.

— Tu sais pourquoi ils l'ont appelé Henri, l'enfant de l'amour, le merveilleux bâtard qui jouait à cette imbécillité de jeu d'échecs avec ce vieil idiot de Gus ? À cause d'Henri Robert. Tu ne sais même pas qui c'est, je parie ?

Je soutiens son regard. Au moins je suis capable de cela, l'affronter sans mollir, le regarder au fond des yeux. Il n'aime pas qu'on se taise, qu'on le défie. Il a besoin de cris, de larmes, d'imprécations, de supplications. Je me demande comment Diane l'a dévisagé quand elle a su qu'il avait triché au concours.

— Tu as joué toute cette comédie uniquement pour l'argent ?

— Ce petit nigaud de Balthazar surveillait ses parents et me servait d'indicateur. Il t'a entendue demander mes coordonnées à sa mère et il m'a tout de suite prévenu. J'avais appris il y a longtemps, en écoutant aux portes, qu'Henri était le fils d'Hubert Saint Jean. Quand j'ai su que tu me recherchais j'ai compris qu'il y aurait peut-être du fric à ramasser. Je me suis renseigné sur toi, j'ai découvert que tu étais écrivain, je me suis précipité pour acheter tes romans et les feuilleter avant d'aller à notre rendez-vous, c'était en quelque sorte une avance sur recette !

Je suis stupide. J'ai marché, j'ai couru, j'ai foncé tête baissée, tout heureuse qu'il connaisse mes livres.

Il continue, avide d'expliquer, comme si ma colère lui apportait une juste reconnaissance.

À l'âge de neuf ans, par hasard, Marc a découvert l'infidélité de son père, il a compris l'intérêt qu'il pouvait en tirer et il l'a fait chanter. Jacques variait les plaisirs, secrétaires, visiteuses médicales, jamais de patientes. Il payait Marc pour avoir la paix.

Puis un jour, Marc a suivi Diane qui allait retrouver son amant. Et il a découvert qu'il s'agissait d'Hubert.

Il dit d'un ton supérieur :

— Ils se retrouvaient tous les après-midi, depuis des années, rue Cambon, dans un petit appartement qui était au nom de ton père. J'ai passé des heures à les épier sur le palier. C'est là que pour la première fois j'ai entendu maman parler d'Henri comme du fils d'Hubert. Tu ne sais pas la meilleure ? À la naissance d'Henri, Hubert avait proposé à maman de donner son nom à l'enfant, il voulait qu'elle divorce pour l'épouser. Mais cette idiote a refusé parce que papa venait d'apprendre qu'il avait un cancer. Il la trompait en sautant sur tout ce qui portait jupon, mais elle n'a pas voulu l'abandonner à cause de sa maladie. C'est attendrissant, non ? Elle aimait Hubert, pourtant elle l'a supplié de garder le secret et d'accepter que son fils grandisse auprès de son rival !

Marc éclate d'un rire moqueur et méprisant.

J'imagine Hubert et Diane rue Cambon, je me représente un petit appartement gorgé de soleil, décoré de couleurs gaies.

Je la vois arriver de l'hôpital Necker, elle se déleste de ses vêtements de ville, elle se débarrasse du poids des enfants souffrants et des morts innocents comme cette petite fille indienne qui hante ses cauchemars, elle pose son bistouri.

Je le vois arriver par la rue du Faubourg-Saint-Honoré, il arrache sa cuirasse de comédien connu, il ôte ses costumes de scène, il oublie ses tirades.

Elle a fini d'opérer, il a fini de répéter. Elle est l'épouse d'un homme malade qui la trahit, elle s'occupe de ses enfants. Il est encore célibataire, ne doit rien à personne. Ils ont un fils ensemble.

Marc poursuit :

— Maman vénérait Henri, le sublime rejeton de son amant. Ils l'ont conçu le 19 août 1970, le jour de son anniversaire à elle. Il est né exactement neuf mois plus tard. Tu ne trouves pas ça romantique ? Papa la trompait depuis des lustres, on ne se méfie jamais assez. Maman, chirurgienne au grand cœur, croyait aux vertus du mariage. Quand elle s'est rendu compte qu'elle avait un mari volage, son ami d'enfance Hubert l'a consolée... Quel galant homme !

Je serre les poings.

Il enchaîne :

— Ensuite, Hubert a rencontré votre mère et il a rompu avec la mienne. Mais j'ai continué à la racketter en la menaçant de révéler à papa qu'Henri n'était pas son fils. C'était la poule aux œufs d'or !

Je n'en crois pas mes oreilles.

Je dis, d'une voix blanche :

— Ils ne t'ont jamais fait de mal. Pourquoi les détestes-tu autant ?

Il sourit, je vous jure.

— Je ne déteste personne, Amélie, toi, par exemple, je t'aime bien ! Je profite des opportunités qui passent à ma portée. Quand mes parents ont refusé de payer, j'ai révélé à chacun que l'autre le trompait, c'était de bonne guerre. Ils ont divorcé à cause de moi, c'est pour ça qu'Alain m'en veut et qu'on s'est battus. Maman avait perdu la tête pour Hubert, elle l'a perdue pour de bon. Papa a craqué et fui en Australie. Tu comprends, à présent, pourquoi il ne m'aimait pas, pourquoi il ne supportait pas de prononcer mon prénom ? Puis Henri est mort, les mandats d'Alain ont pris le relais. Et tu es arrivée, petite sœur de mon cœur...

Je le fixe, révulsée. Gorge Pigeonnante, créature pathétique amoureuse d'une ordure, fuit mon regard.

Je m'écrie :

— Tu t'es bien fichu de moi en jouant au bon fils qui veut régler sa part des soins médicaux de sa mère... alors que tu as passé ta vie à la racketter !

Son cynisme me stupéfie. Je me suis trompée depuis le début. Alain n'est pas l'antipathique premier de la classe devenu vilain P-DG, c'est un fils aimant et responsable. Marc n'est pas le doux rêveur cancre malmené par la vie, mais un menteur et un escroc. Arthus a toujours dit la vérité, bien sûr. J'ai douté de lui. Pourra-t-il me le pardonner ?

Je regarde Marc et je vois enfin son vrai visage. Le pire c'est qu'il est sincère, il m'aime à sa façon, pour l'argent que j'ai failli lui donner. Marie m'a prévenue qu'il ne nous apporterait rien de bon, Arthus m'a mise en garde, je n'ai pas voulu les écouter. Insulter Marc ne servirait à rien. Il faut pourtant que je lui exprime ma façon de penser, que je me libère de ce poids.

Je dis :

— Je rêvais d'un frère dont nous puissions être fières. Je préfère encore un Henri mort qu'un Marc vivant. Tu es petit, tout petit. Moins que rien. Tu es lâche et veule. Je te méprise. Tu m'écœures. Tu n'existes pas. On te souffle dessus et pouf, tu disparais comme un mauvais rêve. C'est cela, je vais me réveiller et tout n'aura été qu'un songe, une illusion. J'ai déjà oublié ton nom, ton visage. Tu es gommé, effacé. Tu t'es évaporé dans le néant. Je ne te vois même plus. Tu ne manqueras à personne. Tu n'es personne.

Marc n'apprécie pas. J'ai, au moins, la satisfaction de voir que mes phrases ont fait mouche.

50

En sortant du bureau de Marc je préviens le notaire que la vente et la donation sont annulées. Puis je téléphone à Belinda Hunter pour lui présenter mes excuses. L'annulation étant de mon fait, je dois une commission à l'agent immobilier. Mimmo m'a déjà dit qu'il me prêterait l'argent, cette fois nous sommes d'accord sur la somme en euros.

Je fonce ensuite au Père-Lachaise. Une nouvelle inscription gravée dans la pierre indique que César a rejoint son ami. Je pèse sur la porte de la chapelle jusqu'à l'ouvrir. Je retrouve le manuscrit de la pièce de César, le 7 d'or de Gus, la photocopie du contrat de Marie dans le dossier rose, le tas de cailloux gris de Mimmo et les trois mystérieuses clefs. J'ai ma petite idée et je tiens à la vérifier avant de prévenir ma jumelle.

J'appelle la cavalerie à la rescousse.

Le soir tombe sur ce quartier de Paris peuplé de magasins de luxe. Clients et employés se hâtent, les caisses et les porte-monnaie sont pleins. À quelques encablures de la prestigieuse place Vendôme, la rue Cambon est étroite et courte, à peine une cinquantaine de numéros.

Mimmo arrive le premier, il a pris le RER puis marché. Arthus gare sa moto. Je leur montre le trousseau de clefs, convaincue que ce sont celles de l'appartement où Hubert et Diane se sont aimés.

— On commence par le numéro 1 ?

Nous débutons côté impair. J'essaye chaque clef dans chaque serrure de chaque porte cochère sous l'œil de commerçants curieux et de passants indifférents.

Certaines ne s'ouvrent plus qu'avec un code, un interphone ou une clef magnétique. Hubert est mort il y a dix ans, Diane s'est réfugiée dans son monde depuis deux ans. On a pu changer les serrures, modifier le système ?

Je continue, je tente ma chance dans chaque immeuble avec un soin obsessionnel.

J'arrive au milieu de la rue. Rien encore. La plupart du temps la clef ne rentre même pas. Elle tourne à vide deux fois. Je soupire, mes mains moites laissent échapper le trousseau.

Je demande :

— L'un de vous sait-il qui est Henri Robert ?

Mimmo acquiesce :

— C'était un avocat membre de l'Académie française, il est mort à la fin des années trente, je crois qu'il avait défendu Landru.

Landru ? Hubert et Diane ont appelé leur fils Henri à cause de l'avocat d'un tueur en série qui brûlait des femmes dans son poêle ? Je hausse les épaules. Sûrement une stupide blague de Marc.

Nouvelle porte, nouvelle tentative couronnée d'échec, nouvelle porte...

Cette fois, la clef pénètre à l'aise. Je la tourne, le cœur battant. La serrure, bien huilée, fonctionne. La porte s'ouvre, démasque un vestibule obscur.

Pas d'ascenseur dans cet immeuble mais un escalier qui fleure bon la cire. Dans la cour attenante des orchidées fleurissent la fenêtre d'une loge de concierge. Des orchidées, pas des géraniums.

Je m'avance, fébrile. Je toque à la porte vitrée. Une fausse blonde âgée et lourdement maquillée nous ouvre. Elle a peut-être connu Hubert. Il venait dans cet immeuble avant ma naissance, il est mort depuis dix ans, l'appartement a dû changer de mains même si la clef ouvre encore la porte cochère.

Je balbutie :

— Bonjour, je cherche l'ancien appartement d'Hubert Saint Jean.

Elle ne sourit pas, c'est autre chose, le coin de ses yeux se plisse, s'étire, on a dû lui faire récemment des injections de botox et cela explique la paralysie du bas de son visage. Dans ce quartier du luxe et de la beauté, même les concierges n'ont pas le droit de vieillir.

— C'est au premier gauche. Vous êtes de sa famille ?

Je suis si surprise que j'en reste coite.

Mimmo répond à ma place :

— Oui.

La concierge le jauge :

— Vous avez un mois de retard pour les charges et mes heures de ménage.

Un mois ? Alors que notre père est mort il y a dix ans ?

Arthus intervient :

— Qui règle, d'habitude ?

— Les amis du propriétaire.

— Depuis 1997 ?

— Je ne comprends pas votre question...

— Hubert Saint Jean est mort en 1997, vous ne le saviez pas ?

— Si, je l'ai bien connu. Mais l'appartement n'était déjà plus à lui depuis longtemps. Le nouveau propriétaire ne l'habite pas, il vit à l'étranger, en Inde.

Je crois comprendre. Mimmo pose la question à ma place :

— C'est Henri de Fongel ?

Elle acquiesce. Voilà pourquoi l'appartement n'est pas passé dans la succession. Hubert n'avait pas oublié son fils. Il avait imaginé ce moyen pour ne pas le léser, lui garantir sa part d'héritage et garder le secret de Diane.

La concierge s'adresse en priorité à Arthus, c'est pour lui qu'elle fait ces efforts, enfin, pour les hommes, ceux qui ont un corps jeune, des abdominaux en tablettes de chocolat, des cuisses fuselées, de grandes mains et de larges bouches. Je ne suis rien pour elle, juste une petite péronnelle. Mimmo a dépassé la date de péremption, il n'existe plus. Elle s'ennuie, nous la distrayons, c'est une bavarde. Elle explique à Arthus qu'Hubert a acheté l'appartement en 1970.

— C'était ma première année dans l'immeuble, j'étais toute jeunette !

Elle raconte qu'Hubert « est régulièrement venu avec son amie, une jolie femme élégante, pendant dix ans ».

J'échange un regard avec Arthus et je hoche la tête. Hubert est venu avec Diane jusqu'au moment où il a rencontré, puis aimé, puis épousé notre mère. Cela se tient.

— Lorsqu'il a cessé de venir il a vendu son appartement à cet Henri de Fongel que je n'ai jamais vu, mais il a continué à payer les charges. À sa mort, j'ai découpé les articles dans les journaux. Il était gentil, généreux avec les étrennes, et pas fier ! Ensuite un acteur connu a continué à payer, celui qui jouait dans cette fameuse série historique...

Je comprends qu'elle parle de Gus et de son rôle dans la fresque qui lui a valu son fameux 7 d'or.

— Il y a cinq ans, un autre de leurs amis a pris le relais, il est mort tout récemment, il y avait sa photo dans le journal, il écrivait des pièces de théâtre.

Entrée en scène de César dans le rôle de l'ami modèle et discret.

— Depuis, plus personne ne s'est manifesté... jusqu'à vous aujourd'hui ! dit-elle.

Elle tente de sourire à Arthus, son menton tremblote, ses pommettes se crispent, sa peau se tend, c'est la tempête en surface.

— Moi, ça ne me regarde pas du moment qu'on paye mes heures de ménage et qu'on n'oublie pas mes étrennes ! Je passe l'aspirateur une fois par mois, vous pouvez vérifier, l'appartement est impeccable.

Je croise le regard de Mimmo. Gus puis César ont réglé les charges et probablement aussi les impôts. Ils attendaient qu'Henri, le fils de leur ami Hubert, revienne d'Inde. Ils ne pouvaient pas deviner qu'il était mort. La concierge fait le ménage tous les mois pour un jeune homme dont les cendres sont charriées depuis huit ans par les eaux du Gange.

Elle continue à s'adresser exclusivement à Arthus.

— Vous êtes qui, par rapport à M. Saint Jean ?

Il me désigne.

— Amélie est sa fille.

Déçue, elle consent à admettre ma présence. Une idée me traverse l'esprit :

— Est-ce que par hasard Henri Robert, l'avocat de Landru, a habité dans cet immeuble ?

Elle écarquille les yeux dans la mesure du possible, sa peau malmenée par la chirurgie esthétique se rebiffe. Elle secoue la tête avec énergie, offusquée. Je crois d'abord qu'elle n'a pas apprécié l'allusion au tueur en série, mais c'est mon ignorance qui la choque.

— Henri Robert était un grand parfumeur, tout le monde sait ça ! Vous avez dû remarquer la boutique Chanel, plus haut dans la rue ? J'y faisais le ménage dans le temps. Ils me donnaient des échantillons gratuits. C'est Ernest Beaux, créateur de parfum à la cour des tsars de Russie, qui a inventé le N° 5. Henri Robert lui a succédé, c'est lui qui a créé le N° 19 et Cristalle !

Il y a donc deux Henri Robert homonymes. Hubert et Diane ont donné à leur fils le prénom du créateur du parfum favori de Diane.

La concierge poursuit, ravie d'avoir un auditoire si attentif :

— Après Chanel, j'ai fait le ménage chez Hermès et chez Cartier. Je n'ai travaillé que pour des marques prestigieuses, j'ai ma fierté !

Nous écoutons, captivés.

Elle se tourne vers moi :

— Il avait de belles idées, votre papa. La première fois qu'ils sont venus ici, c'était un 19 août, pour l'anniversaire de son amie. Le mercredi 19 août 1970, le jour de la sortie du N° 19. Je faisais le ménage chez le locataire d'en face tous les mercredis. Quand ils sont arrivés j'ai regardé par l'œilleton, je voulais voir la tête des nouveaux propriétaires. La dame ne savait pas, pour l'appartement. Il lui a fait la surprise, il lui a donné le trousseau de clefs et il a désigné la porte. Elle a ouvert. Il y avait un énorme bouquet de roses dans l'entrée, un grand flacon de N° 19 sur la table, et il lui a souhaité bon anniversaire. Elle a ri, elle l'a attrapé par sa cravate et elle l'a attiré à l'intérieur. Ils ont refermé. Je n'ai plus rien entendu après, ce n'est pas mon genre d'écouter aux portes. J'ai pensé que c'était une bonne chose d'avoir un acteur célèbre dans l'immeuble.

J'ai envie de l'embrasser malgré les kilos de fard étalés sur sa figure.

Elle ajoute :

— On ne parlait que de cela à la télévision, ce nouveau parfum. Dans la publicité on voyait, à la fin d'une course de chevaux, une femme attraper un homme par sa cravate, exactement comme ça, puis l'embrasser. Le N° 19 était un mélange de rose de mai, de narcisse, d'iris de Florence, de cèdre de Virginie et de mousse de Yougoslavie.

Je jette un coup d'œil à Mimmo. S'en souvient-il ? Lorsque nous sommes allés ensemble voir Diane à Versailles et que je lui ai demandé comment s'appelait le fils d'Hubert, elle avait cité ces essences dans cet ordre précis. En commençant par rose de mai.

L'appartement, un deux pièces clair, ressemble à ce que j'imaginais. La chambre est blanche avec un grand lit recouvert d'un tissu rayé bleu et blanc assorti aux rideaux. Les œuvres complètes de Molière dans la Pléiade sont posées sur la table de nuit. Dans la salle de bains, un grand flacon entamé de N° 19 voisine avec un après-rasage. Dans le salon, près du canapé, il n'y a ni télévision ni magnétoscope, mais un vieux pick-up et une pile de disques.

Un cadre en argent renferme la photocopie d'un extrait de naissance, celui d'Henri de Fongel, enfant de sexe masculin de Jacques de Fongel et Diane Bernon. Diane, cela ne peut être qu'elle, a barré à l'encre turquoise le nom du père, elle a inscrit à la place celui d'Hubert, et elle a ajouté en majuscules MERCI et JE T'AIME.

Hubert a acquis l'appartement en 1970, il y est venu chaque après-midi de semaine avec Diane jusqu'au début des années 1980, ce décor a abrité leur bonheur et leurs étreintes. Ils n'étaient pas du style à se rencontrer à l'hôtel. Ensuite le lieu est demeuré tel quel, attendant qu'Henri grandisse pour en disposer.

Je soupire :

— Il faudra que j'apprenne la mort d'Henri à Alain. Et que je lui parle de cet endroit.

— Je t'accompagnerai si tu veux ? propose Arthus.

Je le remercie d'un sourire. Diane héritera ce pied-à-terre de son fils, cela paiera ses soins médicaux.

Je considère ce lieu, ces objets, et je m'y sens étrangère. Il ressemble aux deux amants qui s'y retrouvaient. Je n'y suis pas la bienvenue, leur histoire n'est pas mon histoire, je dois rester à ma place, habiter mes souvenirs, ne pas m'immiscer dans ceux des autres. Je suis la fille, pas l'amante ni l'épouse. Je suis la jumelle, l'enfant qui applaudissait en rougissant quand les acteurs saluaient à la fin de la pièce. Je suis l'adolescente qui n'osait pas sourire à cause de son appareil dentaire. Je suis la jeune femme écrivain du XXIe siècle qui a la vie devant elle. Mes cheveux repousseront.

Mimmo, pensif, murmure :

— Il y a de la rose de mai dans le parfum de Diane. Rose... avec un *r* ? Mai... avec un *m* ? Rose de mai... avec un *r* et un *m* ? *M* comme rose ?

M comme rose, voilà ce que voulait dire Diane. *M* comme rose, c'est ce qui surnageait dans son esprit embrumé. Les autres résidents de l'établissement médicalisé de Versailles ne s'y sont pas trompés, ils avaient raison, on aurait dû lui donner le point.

51

J'ai tant de choses à dire à ma sœur que je ne sais par où commencer. Cela s'entrechoque dans ma tête, les mots se bousculent sur mes lèvres, les émotions m'assaillent. Nous sommes sur la terrasse de son nouvel ami acteur, rue des Francs-Bourgeois, nous dominons le Marais et les toits de Paris.

Je demande :

— Comment vas-tu ?

Elle comprend que cela m'importe, que ce n'est pas une question en l'air, que je désire réellement savoir où elle se situe et si sa peine est moins intense.

— Mieux, vraiment.

L'absence de Bertrand lui coûte moins, l'orgueil a remplacé le chagrin, elle veut lui prouver qu'il ne représentait rien, elle sort officiellement avec l'acteur en vue chez lequel elle a posé ses valises.

Je dis :

— Fais attention à toi !

Elle rit :

— Il est gay, Amélie. Nous nous servons mutuellement d'alibi et nous passons des nuits torrides à visionner des vieux films et à faire décoller puis atterrir des avions sur son simulateur de vol. La production croit que nous en sommes au stade de la passion échevelée. Nous nous séparerons avec fracas à la fin de l'été.

Je hoche la tête. Qui a dit que les acteurs n'avaient aucune imagination ?

Elle poursuit :

— Et toi, où en es-tu ? L'autre soir, chez Lipp, j'ai vu comment tu regardais Arthus... C'est à cause de lui que tu es si bouleversée ?

Grâce à lui, plutôt. Ma sœur me connaît par cœur

mais elle est loin d'imaginer la vérité. Alors je lâche en vrac :

— Marc n'a jamais été notre frère, Marie. Il nous a bernés. Hubert a bien eu un fils avec Diane, c'était Henri, le plus jeune, il est mort en Inde il y a huit ans. Hubert a acheté en 1970 un appartement rue Cambon où il retrouvait Diane, il l'avait mis au nom d'Henri. Marc est un salaud. On ne vend plus la place Furstenberg. L'architecte déménage à la fin du mois prochain, je vais m'y installer. Viens avec moi !

Ma jumelle vacille sous l'avalanche de nouvelles. Je la regarde avec tendresse. C'est une jeune femme courageuse, valeureuse, intense. Je me suis jetée tête baissée dans cette quête absurde, elle a eu assez de sagesse pour ne pas me suivre, assez de discernement pour tourner la page Bertrand. Nous avons les mêmes traits mais elle me vaut cent fois.

— Tu m'en veux, Marie ?

Elle secoue la tête. Même avec ma nouvelle coupe, je retrouve l'impression familière de m'observer dans un miroir.

— Explique-moi cette histoire de rue Cambon ?

Je me lance, c'est un peu embrouillé au début et puis je trouve le rythme de la narration, je tire chaque fil, je dévide chaque écheveau. Elle écoute de toute son âme.

Je lui raconte Hubert et Diane, je lui narre l'étrange saga du parfum de la femme que notre père a aimée avant de rencontrer notre mère, je lui dépeins ces amants qui ont accepté de vivre séparés parce que l'époux de la femme souffrait d'un cancer. Ils se sont quittés quand maman est arrivée à la Comédie-Française, elle était belle, amoureuse, disponible, elle a fait voler leur couple en éclats. Nous n'en saurons jamais plus. Hubert a disparu, Diane a oublié.

Marie remarque :

— Cela ferait un fameux scénario !

Ses yeux ont flambé d'indignation à l'énoncé des turpitudes de Marc. Elle ajoute :

— Le Marais me plaît, un appartement va se libérer à l'étage au-dessous, j'ai déjà signé le bail, je comptais te le dire. Tu as toujours adoré la place Furstenberg, tu y seras heureuse, Amélie !

Je fronce les sourcils. Maintenant que nous avons mis les choses au point, j'espérais pourtant...

— Tu préfères être seule ?

Ma déception transparaît dans ma voix. Je croyais que nous étions réconciliées, que l'harmonie était restaurée, que nous allions redevenir inséparables.

Elle dit :

— Nous avons passé l'âge de cohabiter.

La douceur avec laquelle elle a prononcé ces mots n'atténue pas la douleur qu'ils me causent. Je parviens à faire bonne figure, par fierté. Sur sa demande, je dépeins l'appartement de la rue Cambon, je dessine les espaces dans l'air avec mes mains, j'évoque les couleurs, je précise les détails, je campe la concierge cocasse. Je joue la comédie.

Puis elle enchaîne en me décrivant ce deux pièces du Marais où elle emménagera bientôt.

Nous voilà maintenant parlant papiers, peintures, matériaux, nous voilà comparant les mérites de la moquette, du parquet et des tommettes, nous voilà calculant les surfaces, évaluant les possibilités.

Au moins, ce faux frère n'aura pas brisé notre complicité. Nous ne sommes pas un couple qui divorce et trie en se disputant les livres, la vaisselle et les disques. Nous sommes deux jumelles, nous partagions la même chambre chez notre oncle, et nous allons emménager ensemble dans des lieux distincts.

Elle dit :

— Tu auras la clef, bien sûr. Le contraire serait impensable. Chez moi, c'est chez toi.

La clef. Personne ne changera jamais les serrures de Furstenberg. J'étais la plus attachée à cette place, je rêvais d'y retourner, mon désir va être exaucé. Je retournerai souvent à Montesson voir Mimmo. Mais je ne traverserai plus la rue en sens inverse. Je me contenterai, depuis sa cuisine, de contempler le haut du cerisier sous lequel Tartuffe repose pour l'éternité.

52

J'arrive chez Mimmo chargée d'un carton que je pose sur la table. Il pousse vers moi un paquet plat. Nous avons eu la même idée. Je déballe les quatre bandes dessinées qui manquaient à ma collection, sous le regard surpris d'Arthus.

Je proteste :

— C'est toi qui as gagné le pari, Mimmo ! Marie avait raison de se méfier de Marc...

Mimmo sort du carton une machine à café rouge et secoue la tête :

— Non, Amélie, c'est toi qui as gagné ! Tu avais parié que Marie se buterait... elle est restée ferme sur ses positions, et elle a eu raison. Nous n'y avons vu que du feu. Il nous a manipulés en beauté.

Arthus dit :

— Tu as perdu un frère, et j'en suis désolé pour toi. Mais il vaut mieux que ce soit Henri, plutôt que ce sale type de Marc. Tu as eu un père exceptionnel. Tu as une sœur jumelle rare. Un ami formidable en la personne de Mimmo. Et tu m'as moi, ce qui n'est pas rien...

Je souris. J'ai pensé à Henri ce matin en me lavant les dents et en ouvrant le robinet d'eau froide, à ses cendres dispersées dans l'eau du Gange.

Une question me taraude. Henri serait-il parti en Inde si on lui avait dit qu'Hubert était son père ? Serait-il revenu s'il avait su que l'appartement de la rue Cambon lui appartenait ? Il aurait peut-être suffi de presque rien, quelques mots, pour changer la donne. Un jour, il est trop tard et on se reproche d'avoir gardé le secret. Hubert a certainement regretté son silence, il avait conclu un pacte avec Diane, il a tenu sa promesse.

Élouan aussi avait conclu un pacte avec Corentine. Mais pas moi ! Moi, je ne suis liée par rien. Personne ne me tranchera la gorge si je parle. Je suis libre. Et le chevalier de la table à dessin a droit à la vérité.

Je plonge dans les yeux clairs d'Arthus. Je dis :

— Toi aussi ton père était exceptionnel. Deux pères exceptionnels, en fait. Tu t'es imaginé, à tort, qu'Élouan t'aimait moins parce que tu n'étais pas son fils. Mais c'est le contraire. Le fait que tu ne sois pas son fils est la preuve éclatante de son amour. Tu n'es pas un bâtard, Arthus. Tu as été choisi, attendu, et infiniment désiré par Élouan et Corentine !

Je lui conte l'histoire d'un homme qui aimait tellement sa femme qu'il a accepté de la laisser porter l'enfant d'un autre. D'un homme qui aimait tellement son fils qu'il ne voulait lui léguer que joie et sérénité. D'un homme qui aimait tellement la vie qu'il ne supportait pas de transmettre le mal de vivre. D'un homme de parole, d'honneur, de compassion.

Je lui parle aussi du navigateur, des défis lancés à l'océan, de la fierté du marin victorieux, de son humilité devant les tempêtes. Deux personnalités hors du commun. Un héritage peu banal.

Et Arthus, bouleversé, comprend tout ce qu'il leur doit.

Il se tait un long moment. Mimmo et moi attendons sans hâte.

Enfin, un sourire illumine son visage, l'espace autour de lui, et nous englobe.

— Merci de m'avoir parlé. Je mesure combien il t'a été difficile de prendre cette décision. Mes deux pères ont disparu pour toujours, comme Sarah et David, comme Hubert et Henri. Ce n'est pas ton frère que tu cherchais, Amélie, c'est toi-même. Ce n'est pas mon père que j'avais perdu, c'est moi-même. Grâce à toi, je me suis retrouvé.

L'écho de ses paroles résonne dans la pièce. Il me connaît par cœur. Il a senti, perçu, deviné. Nous sommes de la même trempe, du même bois.

Je me retourne vers Mimmo et je m'aperçois avec étonnement qu'il n'est plus là. Son manteau n'est plus suspendu à la patère, son portefeuille n'est plus posé sur la table de l'entrée. Il s'est subrepticement éclipsé pour aller acheter ses chers journaux en bas de la rue.

Arthus poursuit :

— Je ne suis pas ton frère, Amélie... et je m'en félicite !

Alors, enfin, il fait le geste que j'attendais, il se penche vers moi. Et je retrouve la douceur de ses lèvres, le goût de sa bouche, l'évidence de notre étreinte.

Je croyais, en trouvant mon frère, retrouver mon père. Je n'aurais jamais imaginé qu'au bout de ma quête je rencontrerais l'amour.

Nous nous séparons au bout d'un long moment et c'est comme un arrachement. Nos bouches s'éloignent, nos mains se défont, nos corps se détachent. J'oublie Marc et Henri, j'oublie cette folie et les tourments qui en ont résulté.

Arthus dit :

— Avant de voir l'océan, on ne peut imaginer son immensité et sa force. Avant d'avoir un enfant, on ne peut imaginer ce bouleversement. Avant d'éprouver l'envie de se marier, on ne sait pas. C'est inimaginable, inconcevable. Ce n'est pas une question d'âge ou de convenance mais de personne. Tu es ma bonne personne. Grâce à toi je suis fier de porter le nom d'Élouan. Je veux le partager avec toi, Amélie.

Je ne réponds pas.

Il poursuit en souriant :

— Si on m'avait dit cela il y a un mois, j'aurais éclaté de rire. Mais c'est devenu une évidence, une nécessité. Cela tombe sous le sens, cela donne le sens, comme l'exigence d'écrire, comme le besoin de dessiner.

Il s'écarte, pose un genou en terre et déclare avec gravité, la main droite sur le cœur :

— Amélie, tu croyais que je m'appelais Saint Jean comme toi... Si tu changeais de nom pour t'appeler Kermarec ? Amélie Saint Jean, voulez-vous me prendre pour époux ?

— C'est impossible !

Il fronce les sourcils. Son regard chavire. Il ne s'attendait pas à cela. Il se remet debout, machinalement, par pur réflexe, mais sa main reste quelques secondes de trop rivée à son torse, sous sa gorge, comme pour contenir ses émotions.

Il se reprend vite :

— Je disais cela pour plaisanter, tu l'as compris. Nous nous sommes entraidés, c'est parfait. J'ai payé ma dette envers ton père. Je te souhaite d'être heureuse.

Il saisit son casque, sort en coup de vent. Je demeure pétrifiée, tournée vers la porte qui a claqué dans son dos. Je n'ai même pas eu le temps de m'expliquer.

Lorsque Mimmo revient avec ses journaux, il s'étonne :

— Arthus est déjà parti ?

J'acquiesce. Je ne parle ni du baiser échangé ni de notre étreinte fiévreuse, j'explique qu'Arthus m'a fait une demande en mariage à l'ancienne mode. Et que j'ignore s'il était sérieux.

— Qu'est-ce que tu as répondu ?

— Que c'était impossible.

— Et il a réagi comment ?

— Comme si c'était une bonne blague.

Mimmo secoue la tête.

— Pourquoi as-tu refusé, Amélie ?

— Parce que je ne peux pas me marier !

Nous avons été baptisées dans la religion catholique grâce à notre Italienne de mère. Nous avons suivi le catéchisme et les étapes classiques. Maman était encore là quand nous avons fait notre première communion. Petites, nous rêvions d'avancer plus tard vers l'autel dans une belle robe blanche, au bras d'Hubert, pour épouser le prince charmant.

Je n'ai rien contre le mariage civil, nous sommes en république, dans un état laïc. Mais je n'en ai pas rêvé, cela ne signifie rien pour moi. À mes yeux, le mariage à la mairie n'est qu'un contrat administratif destiné à payer moins d'impôts ou à hériter plus. Pour moi, un vrai mariage est avant tout religieux.

Cela vient de loin, d'autres temps. Cela a à voir avec mes gènes italiens, avec ces portraits jaunis d'ancêtres endimanchés sur les parvis des églises, avec la descente des marches sous les pluies de riz, avec le « oui » murmuré dans le silence des cathédrales en réponse à la question du prêtre, avec l'engagement devant Dieu et devant les hommes, jusqu'à ce que la mort nous sépare, ce que Dieu a défait, nul ne le défera.

J'aurais aimé cela, mais c'est impossible, alors je me suis fait une raison.

La demande d'Arthus me chamboule. Je me sens déchirée de ne pouvoir y répondre favorablement.

Dans la religion catholique comme dans la religion juive, la future épouse entre dans l'église ou la synagogue au bras de son père. S'il est décédé, c'est son frère, son parrain ou son oncle qui le remplace.

Je murmure, d'une voix étranglée :

— Mon père, mon frère et mon parrain, c'est-à-dire Hubert, Henri et César, sont morts. Il n'est pas question que Georges les remplace. Voilà pourquoi je ne peux pas me marier, Mimmo. Je peux aimer Arthus, mais je ne peux pas l'épouser.

53

Les semaines passent. Je n'ai aucune nouvelle d'Arthus et je ne vais pas au Kenavo. Je prépare mes cartons pour déménager dès que l'architecte aura vidé les lieux. Je meuble le temps, je m'épuise pour ne pas réfléchir.

Un matin, je reçois par la poste le nouvel album d'Arthus. Je traverse la rue, Mimmo est en train de déballer le sien, nous le découvrons ensemble. Cette fois le héros a les traits d'Arthus, qui s'est aussi inspiré de nous pour ses personnages. Je reconnais Mimmo, Corentine, et une jeune femme qui ressemble à Marie ou à moi. Marc figure le méchant de l'histoire, Arthus a dû travailler comme un fou pour modifier ses planches et les rendre en temps et en heure.

Je commence à lire. Une place revient souvent dans le décor, une petite place parisienne avec des arbres et un réverbère à globes. Un CD, vendu avec l'album, est inséré à la fin dans la couverture. Il s'intitule *Place Furstenberg*.

Je le glisse dans l'ordinateur. Je reconnais l'air déchirant et tendre, d'inspiration à la fois yiddish et celtique, qu'Arthus avait composé à Groix et joué au Kenavo. La musique qui glace et brûle comme les profiteroles de chez Lipp. Une musique affective, émouvante, évidente.

Je vois avec surprise les yeux de Mimmo s'embuer, c'est la première fois que je le vois pleurer, c'est déconcertant et terrible, le chagrin d'un vieil homme, pourtant c'est du piano, pas du violon.

Je m'écrie :

— Qu'est-ce qu'il y a ?

Il me montre le haut d'une page. Le héros, dans un jardin public, croise une femme qui tient un enfant par la main. Elle est rousse, belle, le petit garçon rit aux éclats. Mimmo me désigne, au mur de sa cuisine, la photo encadrée de Sarah et de David. Mêmes silhouettes, mêmes visages, mêmes taches de rousseur, mêmes rires, mêmes vêtements.

Il murmure :

— Il les a réveillés et arrachés à l'oubli.

Quand quelqu'un meurt dans une maison, les juifs couvrent les miroirs. Arthus vient d'ôter le voile qui cachait les reflets de Sarah et de son fils, et il leur a rendu la vie sous la forme de personnages de papier.

L'arrivée de l'album produit en moi une sorte de déclic et lève mon blocage. Je n'ai pas encore le courage d'aller au Kenavo mais j'appelle Arthus pour le remercier. Je laisse un message sur son portable, je lui explique mon refus par téléphone puisque je n'ai pas su le faire de vive voix.

Je mets les points sur les *i* du mot impossible, je précise que ce n'est pas lui que je refuse, mais l'accablement de pénétrer dans l'église seule, le chagrin de ne pas avoir mon père à mon bras pour m'avancer vers l'autel, la douleur de n'être plus, devant Dieu et les hommes, la fille de personne. C'est peut-être enfantin, risible, ridicule, mais me marier en l'absence de mon père serait inconcevable.

Le lendemain, je reçois un SMS : *Palais-Royal 18 h*. Le numéro de l'expéditeur est masqué. Où cela, au Palais-Royal ? Sous les fenêtres de Colette ? près du théâtre ? devant un des restaurants ? derrière la Comédie-Française ?

Lorsque j'arrive, je découvre Marie, Mimmo et Arthus qui m'attendent. Arthus tient en laisse un imposant rottweiler dans le collier duquel il a passé un camélia blanc. Il murmure : « Attention au chat » et le fauve retrousse aussitôt les babines en grondant de manière menaçante. Puis il chuchote : « Dis-lui qu'elle est la plus belle » et Corto Maltese se couche à mes pieds en gémissant et en me regardant avec des yeux de merlan frit.

— Son maître a un sens de l'humour qui me plaît, dit Mimmo.

Alors Marie sort son lecteur MP3 et m'ordonne d'en coiffer le casque. La marche nuptiale de Mendelssohn éclate dans mes oreilles. Mimmo s'avance, très digne. Il appuie avec sa main sur sa jambe gauche pour l'empêcher de trembler. Il serre sa canne à pommeau doré et dit :

— J'aimerais remplacer ton père, Amélie. Cela fait deux fois que je survis aux miens, je me demandais pourquoi, j'ai peut-être trouvé la réponse. Je t'accompagnerai à l'autel si tu acceptes de me faire cet honneur ?

Il attend, suspendu à mes lèvres, dans le vent léger qui chasse la poussière vers la Comédie-Française.

Marie enchaîne :

— Moi, si tu es d'accord, je serai ton témoin. Je savais que tu n'emménagerais pas seule à Furstenberg, Amélie. Tu comprends pourquoi je t'ai répondu que nous avions passé l'âge de cohabiter ?

Arthus s'avance :

— Moi, j'aimerais tenir le rôle du marié. J'ai déjà auditionné une fois mais on m'a refusé. Alors je me représente au casting. Il faut m'imaginer habillé différemment, bien sûr. Je suis irrésistible en costume.

Je ne peux pas m'empêcher de sourire à travers mes larmes. Je demande doucement :

— Pourquoi, Arthus ? À quoi bon officialiser ?

Il répond, soudain grave :

— Pour ne pas imiter nos parents, Amélie. Hubert était obligé de se cacher pour retrouver Diane. Élouan a eu peur de transmettre sa part d'ombre à un enfant. Je veux que tout soit clair entre toi et moi. Si, dans un siècle, nos descendants remontent la piste, je veux qu'il n'y ait ni mystère ni secret. Qu'ils sachent que nous nous aimions. Que ce soit évident.

Je hoche la tête et murmure :

— Laissez votre CV, merci d'avoir auditionné, on vous écrira.

Il rit, il renverse la tête en arrière, ses dents blanches brillent, je revois l'incisive ébréchée qui lui donne un air de jeune loup. Ses mèches aile de corbeau volent dans la brise. Nous avons presque la même coupe de cheveux.

Une petite vendeuse asiatique chargée d'un panier de roses traverse le jardin, il l'aperçoit et la hèle :

— Mademoiselle, ne partez pas ! Je prends tout !

Alors je présente mon bras, arrondi, à Mimmo. Et je réponds à Arthus un OUI qui vibre dans le soir, qui rebondit sur les arcades du jardin, qui retentit jusqu'à la Comédie-Française.

Je vais épouser Arthus parce que nous nous aimons. Mimmo me conduira à l'autel, oncle Georges sera ulcéré, cela confirmera Pauline dans sa conviction que nous sommes des ingrates. Marie sera mon témoin, Yann celui d'Arthus. Corentine viendra de son île. Maman arrivera de Toscane flanquée de l'élégant Luigi. Tous nos morts seront présents, invisibles : Hubert et Élouan, Gus et César, Henri avec sa guitare, Sarah avec David.

Parce qu'il y a des morts et des survivants. Parce que nous pouvons continuer, aimer, vibrer, pour ceux qui sont hors jeu. Arthus, Mimmo, Marie et moi allons nous y employer, aimer, vibrer, rire, vivre. Les autres ont perdu au jeu des chaises musicales, pas nous, peut-être que les lignes de vie dans nos mains sont plus longues. Marie et moi ne sommes ni bretonnes comme Arthus ni juives comme Mimmo, pourtant tous les quatre nous sommes de la même famille. C'est cela, nous n'avons pas trouvé un frère, nous avons rebâti une famille.

Je vais épouser Arthus. Ce jour-là, le chapeau de Marie s'envolera de sa tête, tombera sur le sol de l'église et je réciterai les vers de Victor Hugo. Ce jour-là, il y aura du champagne et des roses de mai.

J'ai résolu l'énigme, j'ai trouvé ce qu'ouvrait le mystérieux trousseau de clefs. Nous sommes tous bardés de serrures, de verrous, de cadenas. Parfois, ils ne protègent que du vide. Après la cérémonie, j'irai avec Arthus déposer notre contrat de mariage dans la chapelle du Père-Lachaise. Et nous passerons un week-end en Toscane chez maman et Luigi.

La lectrice aux cheveux carotte avait raison : Gus était le parrain de notre frère. Ma jumelle avait raison : nous sommes filles uniques. Diane avait raison : *m* comme rose.

Montesson, Rome, Groix, 2007

Merci

à Bernard Barrault et Françoise Delivet

à Renata Parisi, Didier Piquot, Christine Soler, Catherine Ritchie, Sylvie Overnoy, Évelyne Bloch-Dano, Silvia Gatti

à Danielle et Elizabeth Arthur, mes jumelles préférées qui n'ont rien à voir avec celles de ce roman

à ma mère, à Behzad Behnam
aux traiteurs indiens, japonais et chinois
au cocker Uriel, à tous les *vokdal*

à notre rendez-vous à la Locanda Cipriani de Torcello en 2016
Musiques : « Mon frère » de Maxime Leforestier, « Tendresse et rage » de Moshe Leiser

Bienvenue à Teresa Medici
www.lorrainefouchet.com

8884

Composition
PCA

Achevé d'imprimer à Barcelone
par CPI Black Print
le 3 juin 2024

Dépôt légal juin 2024
EAN 9782290393307
OTP L21EPLN003674-623944

ÉDITIONS J'AI LU
82, rue Saint-Lazare, 75009 Paris

Diffusion France et étranger : Flammarion